Le rêve d'un père

*

Une infirmière irrésistible

DIANNE DRAKE

Le rêve d'un père

Traduction française de
CHARLINE McGREGOR

BLANCHE

HARLEQUIN

Collection : Blanche

Ce roman a déjà été publié en 2018

Titre original :
NO. 1 DAD IN TEXAS

HARPERCOLLINS FRANCE
83-85, boulevard Vincent-Auriol, 75646 PARIS CEDEX 13
Service Clients — www.harlequin.fr
ISBN 978-2-2805-1060-8 — ISSN 0223-5056

Édité par HarperCollins France.
Composition et mise en pages Nord Compo.
Imprimé en août 2024 par CPI Black Print (Barcelone)
en utilisant 100% d'électricité renouvelable.
Dépôt légal : septembre 2024.

FSC www.fsc.org
MIXTE
Papier issu de sources responsables
FSC® C159065

Pour limiter l'empreinte environnementale de ses livres, HarperCollins France s'engage à n'utiliser que du papier fabriqué à partir de bois provenant de forêts gérées durablement et de manière responsable.

1

— Suivant !

Le Dr Belle Carter regarda la dizaine de vachers qui lui faisaient face, les yeux rivés sur elle, mais obstinément muets. Elle avait l'habitude que les hommes la dévisagent, mais pas de cette façon. Ceux qui étaient le plus mal en point, présentant ce joli teint verdâtre si typique des empoisonnements alimentaires, s'accrochaient aux meubles pour maintenir un équilibre visiblement précaire. La bactérie *E. coli* avait frappé la moitié des employés du ranch de Chachalaca Creek, situé non loin de Big Badger, au Texas. Avant même de recevoir les résultats des premiers tests qu'elle avait envoyés au labo, elle avait soupçonné les germes de haricots qui agrémentaient leur salade verte. Pour une fois que des cow-boys mangeaient des légumes au lieu de leurs habituels steaks ou côtes de porc ! Cela dit, tant que ces hommes refuseraient de se laisser examiner, elle ne pourrait pas vérifier son diagnostic.

— Si vous souffrez des symptômes que je viens de vous décrire ou que j'ai évoqués lors de mes précédentes visites, il faut me le dire tout de suite. Sans traitement, vous en avez au minimum pour dix jours de lit, vous pouvez me faire confiance… J'ai des antinauséeux, si ça intéresse quelqu'un, ajouta-t-elle en agitant une boîte de pilules.

Sans provoquer la moindre réaction… C'était la troisième fois qu'elle se déplaçait, et s'ils continuaient à l'ignorer de la sorte, ce serait la dernière.

— Ils ont toujours du mal avec les nouveaux médecins, lui murmura son aide-infirmière, Maudie Tucker, qui l'avait prise à part. Ils avaient l'habitude du vieux Dr Nelson, alors ce n'est pas facile, pour eux, de se confier à une doctoresse. Ils se méfient de toi.

C'était l'évidence même ! Mais, bon sang, ils étaient malades, et en principe ce simple fait aurait dû les aider à passer outre la méfiance initiale. Elle n'allait tout de même pas se laisser dépasser par une bactérie gastrique !

— Oui, seulement il se trouve que ce bon vieux Dr Nelson s'est volatilisé avec sa réceptionniste, de trente-cinq ans sa cadette. Je suis donc le seul médecin à cent kilomètres à la ronde, alors soit ils s'habituent à la doctoresse, soit ils se débrouillent tout seuls avec leur virus.

Elle compatissait, car ils étaient visiblement mal en point, mais leurs comportements l'agaçaient. S'ils espéraient lui échapper aussi facilement, c'était mal la connaître. Elle les examinerait dans la salle de jeux où ils s'étaient réfugiés s'il le fallait !

— Il va leur falloir du temps pour se faire à vous, reprit Maudie. Les gens sont un peu rudes, par ici, mais ils finiront par s'habituer.

— Peut-être, mais c'est *maintenant* qu'ils sont malades.

Belle aimait beaucoup Maudie, pour qui le cabinet médical était toute sa vie. Infirmière chevronnée, elle y travaillait déjà quand Belle était arrivée, et y serait probablement encore quand elle repartirait, malgré ses quarante-deux ans de carrière. Elle était douce et gentille avec les patients, qui l'adoraient. Mais aujourd'hui la gentillesse ne servirait à rien. Il fallait se montrer ferme, ce qui n'était pas la qualité principale de Maudie.

— Donc, poursuivit Belle, soit ils prennent ces cachets, soit certains cas vont s'aggraver et ils ne pourront pas aller travailler. Je doute que le propriétaire du ranch apprécie beaucoup si je lui explique pourquoi ses vachers sont cloués au lit.

Elle avait été appelée pour résoudre un problème, et elle le résoudrait. Elle poursuivrait ces hommes jusqu'à ce qu'ils se laissent soigner. Il ne serait pas dit que Belle Carter se laissait impressionner par quelques fortes têtes. En tant que médecin de famille, elle en avait vu d'autres. Dans sa vie personnelle aussi, d'ailleurs : elle avait repris ses études de médecine à un âge où ses collègues étaient déjà installés, élevait son fils seule, avait été mariée à un homme qui passait la plupart de son temps loin d'elle. *Avait été mariée*. Au passé.

Alors, aujourd'hui, avec une dizaine de bonshommes qui essayaient de lui filer entre les doigts, six rendez-vous qui l'attendaient au cabinet cet après-midi et les vaccins antigrippes à administrer ensuite au ranch de Salt Creek, elle n'avait pas de temps à perdre. D'autant qu'elle avait promis à son fils, Michael, de passer la soirée avec lui.

— Je veux les examiner un par un, vérifier qu'ils ne présentent pas de symptômes plus graves, qu'ils ne sont pas déshydratés et les soigner. Rien de bien sorcier, à condition qu'ils me laissent faire mon travail.

— Besoin d'un coup de main ? demanda une voix familière. Je n'ai pas ma sacoche avec moi, mais je peux sûrement me rendre utile…

Lui ! Malgré l'habituelle réaction épidermique, elle sentit les battements de son cœur s'accélérer. Cet homme avait le don de la mettre en colère.

— Qu'est-ce que tu fais là, Cade ? marmonna-t-elle, prenant soin de ne pas trop élever la voix. Ce n'est pas ton week-end, d'ailleurs on n'est même pas le week-end, alors pourquoi viens-tu me déranger en plein travail ?

— Mon petit cœur me manquait trop.

Elle prit une profonde inspiration pour ne pas exploser. Les vachers étaient dans la pièce voisine et ils l'observaient, sans doute. Voilà une scène qu'ils n'hésiteraient pas à utiliser contre elle, quand leur patron leur reprocherait leur excès de méfiance à l'égard de la « doctoresse », comme ils l'appelaient. Elle se redressa donc et répondit avec tout le calme dont elle était capable.

— Il est à l'école.

Quatre mots qui lui demandèrent un effort surhumain. Comme toujours, avec Cade.

L'entente était pourtant cordiale en ce qui concernait Michael. Du moins en apparence. Deux fois par mois, Cade faisait le voyage de Chicago pour voir son fils. Jamais il ne manquait un rendez-vous. Sur ce point, il était sans reproche, elle devait le reconnaître. C'était quand même ironique : elle voyait Cade plus souvent depuis qu'elle vivait au Texas avec Michael que lorsqu'ils habitaient dans la même rue. A vrai dire, elle parvenait plus aisément à l'éviter, quand ils vivaient dans la même rue. Et elle ne s'en privait pas.

Maintenant qu'il venait de si loin, elle ne pouvait décemment plus se conduire de la même façon.

— Et je n'ai pas besoin de toi pour m'occuper de mes patients, ajouta-t-elle, enfin capable de lui faire face. Et comment savais-tu où me trouver, de toute façon ?

Il se tourna vers Maudie, qui passait par toutes les nuances de rouge, et sourit.

— J'ai quelques amis à Big Badger.

C'était reparti ! Le Dr Cade Carter aurait pu séduire un cactus dans le désert. Un véritable charmeur. Et il venait de faire une nouvelle victime : Maudie Tucker.

— Eh bien, au cas où tes amis ne te l'auraient pas dit, j'ai une rude journée qui m'attend, et pas de temps à perdre en bavardages. Enfin puisque, pour une raison qui m'échappe, tu es là, sache que tu pourras voir Michael après l'école. Je vais appeler sa nounou pour la prévenir.

— Oui, sauf que je ne suis pas venu que pour Michael. Quand je viens le week-end, on n'a pas assez de temps, ou bien tu es trop occupée. Mais il faut qu'on parle, Belle. J'ai des choses à te dire, des choses qui n'entrent pas dans notre arrangement habituel. J'espérais que... Bref, c'est important, voilà tout.

Elle sentit son cœur s'emballer, ce qui était bien la dernière chose qu'elle souhaitait. Que voulait-il, au juste ? Depuis dix ans qu'elle le connaissait, cet homme l'avait souvent déçue et leur divorce, cinq ans plus tôt, avait mis fin à ses chagrins.

Pas question de repasser par là. Mais elle savait qu'elle restait vulnérable face à Cade. Très vulnérable.

— Je travaille, Cade. On parlera plus tard. En attendant, laisse-moi tranquille, d'accord ?

— Comme tu voudras. Mais, au passage, j'ai l'impression que tu aurais bien besoin de l'aide d'un autre médecin, sur ce coup-là.

Elle jeta un coup d'œil dans l'autre pièce. Ses patients semblaient s'être totalement désintéressés de leur conversation. Elle s'approcha de lui, mâchoires serrées, et murmura entre ses dents :

— Ne me fais pas ça, Cade Carter. Ne sous-entends jamais que je suis incapable de me débrouiller sans toi. A plus tard.

— Je ne faisais que proposer, dit-il, sans bouger d'un pouce.

Il ne faisait que proposer. Mais quoi, au juste ? Elle avait été soulagée quand leur divorce avait été prononcé. Bien sûr, c'était triste, par bien des aspects, pour Michael notamment, mais leur divorce avait été un vrai soulagement. Elle ne supportait plus la vie avec Cade.

— Quelles que soient les mauvaises nouvelles que tu as à m'annoncer, elles attendront que j'aie fini ma journée.

— Je ne voulais pas faire ça, tu sais ?

— Faire quoi ?

— Te donner une mauvaise opinion de moi. Tu crois toujours que je vais t'annoncer une catastrophe.

— Je n'ai pas une mauvaise opinion de toi, Cade. Mais on a été mariés, tu t'en souviens ? Et je sais à quoi m'en tenir, avec toi.

— Je n'ai pas que des mauvais côtés..., dit-il avec un sourire canaille.

Puis il inclina légèrement son chapeau et sortit.

— Je n'en reviens pas que vous ayez laissé filer un homme pareil, lâcha Maudie en le regardant s'éloigner.

— On ne peut pas garder les gens contre leur gré, répondit-elle en se retournant vers ses patients.

Mais c'était Cade qu'elle avait à l'esprit. Bon père. Excellent chirurgien. Et la dernière personne qu'elle s'attendait à voir aujourd'hui. Il devait mijoter quelque chose. Elle ne savait pas quoi, mais c'était certain. Mais, pour l'instant, elle devait en revenir à sa tâche.

— O.K., les gars... Voilà la situation : j'ai un enfant de sept ans à nourrir, et pas beaucoup de temps à lui consacrer. Plus je m'attarde ici, et moins Michael verra sa maman. Ceux d'entre vous qui ont une femme ou des enfants me comprendront. Vous allez former une file devant moi pour que je puisse vous examiner.

— La fibre sentimentale, bien vu..., lui chuchota Maudie, quand, l'un après l'autre, les hommes vinrent se placer en ligne face à elles.

— Tous les moyens sont bons, répliqua Belle, amusée.

Serait-ce aussi le cas pour Cade ? Il voulait certainement obtenir quelque chose. Quelque chose qu'elle refuserait de lui accorder. Tout le contraire de leur mariage — là, c'était elle qui demandait quelque chose qu'il n'avait pas voulu lui donner.

La matinée s'acheva bien mieux qu'elle n'avait commencé. Ce soir, quand les cachets auraient fait effet, les vachers se sentiraient mieux, à l'exception des trois qui ne s'étaient pas présentés. Etait-elle parvenue à gagner leur respect ? Non, il ne fallait pas être naïve. Mais tant pis l'essentiel était fait. La doctoresse remportait la première bataille. La deuxième, en revanche, restait à mener, et l'adversaire risquait d'être plus coriace. Même si elle n'en était pas certaine, un pincement au creux de l'estomac lui disait que sa discussion avec Cade serait rude.

— Je ne voulais pas te mettre en porte-à-faux, dit Cade lorsque Belle sortit de la voiture.

— C'est ta façon de t'excuser ?

— Si tu estimes que je te dois des excuses, alors oui.

Appuyé au chambranle de la porte de son bureau, chapeau baissé sur les yeux, il l'attendait dans l'ombre. L'homme le plus sexy qu'elle ait jamais vu n'avait rien perdu de sa beauté sauvage. Malgré elle, il lui faisait toujours autant d'effet, avec ses cheveux bruns légèrement ondulés, ses yeux gris ardoise et sa silhouette athlétique. Elle n'avait pas résisté bien longtemps à son charme, jadis, et ils s'étaient mariés rapidement. Sans réfléchir.

— C'est quoi, ce chapeau ? demanda-t-elle.

Il fallait bien avouer que cela le rendait encore plus sexy.

— Je ne le porte qu'au Texas, répondit-il en la regardant sous sa visière.

— Excuses acceptées, mais ne me refais jamais ça, Cade, dit-elle en déverrouillant la porte. C'est assez dur comme ça de me faire accepter ici, dans l'ombre du fameux Dr Nelson. Je n'ai pas besoin que tu viennes me proposer ton aide, ni quoi que ce soit d'autre, d'ailleurs. Si tu me disais plutôt ce que tu fais ici ? Ça ne fait que trois jours que tu es parti, tu ne devais pas revenir avant...

— Neuf jours. C'est pour ça que je suis venu. Neuf jours, c'est long. Trop long, en fait.

L'estomac de Belle se noua encore un peu plus fort. Voulait-il obtenir la garde de Michael ? Il n'avait jamais fait de démarches dans ce sens jusqu'à présent, alors, pourquoi maintenant ?

— Et donc ? demanda-t-elle, d'un ton qu'elle espérait neutre.

— Et donc, je ne passe pas assez de temps avec Michael. Il grandit, et un week-end sur deux ça ne me suffit pas. Cet arrangement me rend fou, Belle. Alors, j'ai décidé de prendre quelques semaines de congé pour venir m'installer à Big Badger. Je veux apprendre à le connaître, et les quelques heures que je passe avec lui ne me permettent pas de le faire.

— Mais c'est comme ça depuis cinq ans, alors pourquoi maintenant ?

— Parce que je vieillis.

Elle secoua la tête.

— Tu ne me dis pas tout.

— Peut-être qu'il n'y a pas de raison particulière, Belle. Peut-être que je veux juste m'impliquer davantage.

Bien sûr... Comme il s'était impliqué dans leur mariage ? Comme il s'était impliqué dans leur vie de famille ? Il s'était toujours soustrait à toutes ses obligations, alors qu'est-ce qui pouvait bien le pousser à changer d'attitude maintenant ?

— Tu n'es pas malade ?

— Tu as toujours été directe, toi au moins, dit-il, un sourire aux lèvres. Non, je vais très bien. Pas trop déçue ?

— Crois-moi si tu veux, Cade, je n'ai rien contre toi. Je n'ai jamais rien eu contre toi, et à moins que tu ne m'en donnes de bonnes raisons, en me prenant Michael par exemple, ça ne risque pas de changer.

— C'est ce que tu penses ? Que je veux te prendre Michael ?

— Ça paraît logique, non ? Tout se passe bien, et soudain tu viens ici m'annoncer que tu veux faire des changements...

— Ce que je veux, ce que j'ai toujours voulu, c'est ce qu'il y a de mieux pour Michael. Je ne l'éloignerai jamais de toi, Belle, parce que je sais que tu es ce qu'il a de plus cher. Je suis désolé que tu aies pu penser le contraire. Décidément, je passe mon temps à m'excuser, aujourd'hui, ajouta-t-il en secouant la tête. J'aimerais tellement que les choses soient différentes entre nous.

C'était au moins un soulagement. Pourtant, il se comportait de façon bizarre.

— Je sais, moi aussi. Et sache que je n'ai jamais vraiment cru que tu voulais me l'enlever. On a eu des mauvais moments, mais je savais au fond de moi que tu ne ferais jamais ça. J'étais juste surprise de te voir, et je ne sais jamais à quoi m'attendre, venant de toi.

— Et tu veux toujours savoir ce qui t'attend, remarqua-t-il sans méchanceté apparente.

— Eh oui, je suis comme ça. Bref, je sais que Michael te manque, mais ça ne me dit pas pourquoi tu es là au juste.

— Je te l'ai dit. Pourquoi refuses-tu de me croire ?

Elle secoua la tête, puis lui fit signe de la suivre jusqu'à son bureau.

— Tu es en train de me dire que tu peux abandonner ton cabinet comme ça, sur un coup de tête ? demanda-t-elle en s'appuyant à la porte pour stabiliser ses jambes chancelantes.

Divorce à l'amiable. Le mot était bien joli, mais ce n'était qu'un mot et elle ne voyait rien d'amiable dans ce que Cade était venu réclamer. Elle prit une profonde inspiration. Il voulait chambouler sa vie une seconde fois, et même ses paroles réconfortantes ne laissaient aucun doute sur ses intentions.

— Du jour au lendemain, tu décides de te mettre en congé et tu t'envoles pour le Texas ?

— C'est l'un des avantages à être associé dans un cabinet médical. C'est moi qui établis les règles. Et puis, il y a toujours des collègues pour prendre le relai. Alors, j'ai décidé que j'avais besoin… Enfin bref, pense ce que tu veux, je suis venu passer du temps avec Michael.

Tout cela n'avait pas de sens.

— Ah oui ? Pour quelques semaines ? Tu comptes rester à Big Badger quelques semaines ?

Cade était du genre arrogant, mais elle ne percevait rien de cela dans ses yeux à cet instant. Il n'avait pas non plus ce regard froid derrière lequel il se retranchait parfois. Il tenait vraiment à rester.

— Sérieusement, Belle, est-ce si mal de vouloir passer du temps avec mon fils ?

En général, non, bien sûr. Elle ne savait plus que penser car elle avait aperçu cette lueur d'émotion dans ses yeux. Brièvement, mais de façon certaine. La même que le jour où Michael était né, la même que le jour où elle lui avait annoncé que ce dernier était atteint du syndrome d'Asperger. Cade Carter ne dévoilait pas grand-chose de ses sentiments, sauf de temps en temps… Et dans ces moments-là il était sincère, elle le savait.

— Bon, apparemment, tu n'as pas l'intention de m'en dire plus, et je n'ai pas le temps de te cuisiner. Disons que je te crois, et pour l'instant je ne chercherai pas à en savoir plus. Mais il faudra bien qu'on tire tout ça au clair, Cade, que ça te plaise ou non.

— Je te jure qu'il n'y a rien d'autre, dit-il en affichant ce sourire charmeur qui l'avait mise dans le pétrin des années plus tôt.

— Avant que tu fasses des projets, je te signale que j'ai prévu des choses pour Michael. Je l'ai inscrit à un programme qui a reçu de nombreuses récompenses pour ses avancées sur l'autisme. Il est d'ailleurs dirigé par un médecin de renom international. Il sera donc à Austin les trois prochaines semaines.

— Il n'a pas besoin d'y aller, maintenant que je suis là.

— Tout est déjà organisé.

— Je ne me rappelle pas avoir été consulté.

— C'est vrai, j'aurais peut-être dû t'avertir, tout comme tu aurais dû m'avertir de ton arrivée. Mais il y a un mois, quand je t'ai dit que je voulais te parler d'un programme dont j'avais entendu du bien, tu m'as répondu que tu me rappellerais. Idem les trois autres fois où j'ai essayé de remettre le sujet sur le tapis. Tu t'en souviens ?

— J'étais occupé, marmonna-t-il entre ses dents.

Le charme était rompu, laissant place à leurs querelles habituelles.

— Moi aussi, rétorqua-t-elle. Mais j'ai quand même pris le temps de me renseigner sur ce programme, et d'essayer de t'en parler. Mais voilà... Tu continues à te comporter comme quand on était mariés : tu n'accordes pas la moindre attention à ce que je te dis.

Tous deux voulaient ce qu'il y avait de mieux pour Michael, mais leur collaboration s'arrêtait là. Pour Cade, il suffisait de lui accorder plus de temps et d'amour. Elle pensait en revanche que Michael s'épanouirait mieux s'il suivait des programmes consacrés aux enfants comme lui.

— Donc, j'espère que tu as pris un aller-retour, reprit-elle. En faisant vite, tu peux être rentré à Chicago ce soir.

— Désinscris-le de ce programme. Je veux passer les prochaines semaines avec lui.

— Pas question ! Tu auras Michael six semaines d'affilée à la fin de l'été, comme prévu. Rentre chez toi et laisse-moi tranquille.

Tout était déjà organisé, elle n'avait aucune intention de bouleverser le programme de Michael. Ce n'était pas bon pour lui dont l'équilibre était déjà si précaire.

— Il me manque, Belle. Ça me rend fou, de ne pas pouvoir le voir quand j'en ai envie. Trois jours une semaine sur deux, plus quelques vacances, ce n'est pas assez. D'autant que je passe la moitié du peu de temps qui nous est imparti dans les trajets. Tu t'es déjà demandé combien de temps ensemble ça nous laisse effectivement ? Deux, peut-être trois heures en tout, si on retire ses rendez-vous et si on prend en compte sa capacité d'attention limitée. Je veux passer tout l'été avec lui, et pas juste une partie, ajouta-t-il après une longue inspiration. J'ai besoin de développer le lien qui nous unit.

Elle devait reconnaître qu'en quittant Chicago pour venir s'installer à Big Badger c'était elle qui avait éloigné Cade de son fils, brisant par la même occasion un système de garde alternée qui fonctionnait parfaitement. Mais, après tout, c'était lui l'enfant du Texas, lui qui avait passé leur mariage à vanter cette région, affirmant qu'il retournerait y vivre un jour, et que c'était le meilleur endroit au monde pour élever un enfant.

Elle n'avait fait que l'écouter. Mieux encore, elle l'avait cru, puisqu'elle était là. Mais sans lui.

— Ecoute, Cade, le programme ne dure que trois semaines. Je veux bien que tu le prennes les trois semaines suivantes en plus, à condition que tu restes ici. Ça te laisserait plus de temps que ce qui était prévu.

— Je veux plus, dit-il d'un ton têtu.

— Sans m'en avoir avisée.

— Il n'y avait pas à t'aviser, je l'ai décidé..., commença-t-il en jetant un coup d'œil à sa montre. Il y a dix heures, Belle, j'ai chamboulé ma vie parce que mon fils me manque. Et je pense que ça lui fera plus de bien de passer du temps avec moi que de participer à ce programme.

Il avait raison, même si le programme en question était excellent. Ce serait formidable pour Michael d'avoir son père avec lui. Mais le Dr Amanda Robinson, qui dirigeait le programme, était précédée par sa réputation en ce qui concernait le traitement de l'autisme. Elle faisait vraiment des miracles, et c'était pour se rapprocher de son institution que Belle s'était exilée à Big Badger. Entre autres... La ville lui avait aussi fait une offre qu'elle n'avait pu refuser. Mais tout ce qu'Amanda pouvait faire pour Michael ne remplacerait pas l'impact que son père pouvait avoir sur lui. Elle devait penser en priorité à son fils.

— D'accord. Si tu dois rester ici, je le retire du programme.

Mais il m'a suppliée de l'inscrire à une sortie camping de trois jours, et je ne l'annulerai pas quoi que tu dises. Le Dr Robinson se met en quatre pour Michael.

— Tu as une aussi bonne opinion de cette femme ?

— Absolument. Michael a besoin de cette influence professionnelle, et moi, j'ai besoin de son soutien.

— Bon, ça me va.

Donc, il était satisfait. Mais elle, qu'y gagnait-elle ? Big Badger était une petite ville et elle se voyait déjà tomber sur Cade à chaque coin de rue pendant les six semaines à venir. Elle s'était habituée à la distance qui les séparait depuis leur divorce — non qu'ils aient été très proches pendant leur mariage — et ne savait pas comment elle réagirait à cette proximité forcée.

— Je me moque que ça t'aille ou pas, répliqua-t-elle sèchement. Ce qui importe, c'est Michael. Et je t'avertis, pas question que tu vives chez moi.

— Je n'en avais pas l'intention. J'ai pris une chambre dans un gîte, et mes six semaines sont payées d'avance.

Il sourit en haussant un sourcil. Exactement le genre d'attitude qui l'avait fait craquer autrefois.

— Cade Carter descend dans un gîte ? ironisa-t-elle.

— Trouve-moi un hôtel de luxe à Big Badger, et je m'y installe sur-le-champ.

— Et tu ne veux toujours pas me dire ce que tu as en tête ?

Le connaissant, il y avait forcément une explication. Il aimait sincèrement son fils, même si Michael ne le lui rendait pas totalement. Se pouvait-il que Cade se sente exclu, mal-aimé ? Elle souffrirait si Michael se comportait avec elle comme avec son père. Après tout, c'était peut-être là l'explication…

Mais elle ne devait pas se faire trop d'illusions. Cela ne lui avait pas réussi, dans le passé.

— Je te le répéterai tous les jours s'il le faut : je suis là pour passer plus de temps avec Michael. C'est tout, Belladonna.

Elle en doutait ! Enfin, une femme avertie en valait deux… Mais avertie de quoi ?

— Bon, tu as tes six semaines en plus. Mais ne m'appelle pas « Belladonna ».

C'était ainsi qu'il l'appelait quand il voulait obtenir quelque chose. Son sourire charmeur s'élargit et il rabaissa son chapeau sur ses yeux.

— On ne t'a jamais dit que tu étais un vrai tyran, Belle Carter ?

— On me le dit tout le temps, rétorqua-t-elle en ouvrant la porte de son bureau pour le faire sortir. Tout le temps...

Elle le regarda s'éloigner. Que mijotait-il ? Et saurait-elle lui résister ? Les questions tournaient encore dans sa tête quand, revêtue de sa blouse blanche, elle fit entrer son premier patient de l'après-midi.

— Ça te dirait de passer plus de temps avec ton papa, cet été, Michael ? demanda-t-elle en s'affalant sur le canapé. Michael ?

Pas besoin de le regarder pour deviner ce qu'il faisait : il était sur sa chère console. Depuis peu, cependant, il ne se contentait plus d'y jouer. Il créait son propre jeu vidéo, dessinant des croquis, imaginant les détails de l'histoire.

— Tu m'as entendue ?

— Ouais, répondit-il, l'attention toujours fixée sur son jeu.

— Tu sais, il est ici, à Big Badger.

Même si Michael ne réagissait pas immédiatement, il enregistrait les informations. Elle poursuivit donc :

— Il veut passer l'été avec toi, Michael. Alors, il faudrait que tu commences à réfléchir à ce que tu veux que vous fassiez ensemble. Tu pourrais peut-être préparer une liste, qu'en dis-tu ?

— Ouais.

Son fils était tellement complexe que, parfois, elle en était effrayée, même si la plupart du temps elle n'y prenait pas garde. Parce qu'elle était sa mère et qu'une mère a des tas de choses à faire. Comme préparer le repas.

— Qu'est-ce que tu veux manger ? demanda-t-elle, avant d'ajouter : Pas de la pizza, ça fait deux soirs qu'on en mange. Alors ?

— Pizza, répondit-il.

— Non, pas de pizza, Michael.

— O.K., dit-il en se tournant enfin vers elle avec un large sourire. Du poulet avec de la purée sans grumeaux et de la sauce blanche sans grumeaux, du maïs grillé et des cookies. Au miel...

Elle s'apprêtait à protester puis éclata de rire. Il le faisait exprès. Son fils aimait bien la taquiner.

— Tu ne préfères pas des hamburgers ?

— Est-ce que je peux les préparer ?

— Est-ce que les poules ont des dents ?

— Seulement dans un monde parallèle, maman, dit-il avant de se replonger dans son jeu.

— Quand tu dis des choses aussi mignonnes, tu sais ce que je suis obligée de faire ?

— Non ! hurla-t-il en se repliant sur lui-même. Pas ça !

Elle se laissa glisser du sofa et se dirigea vers lui à quatre pattes.

— Oh ! si ! Le jeu des câlins. C'est mon préféré.

Ce jeu était en fait une forme de thérapie que l'on utilisait sur les enfants qui refusaient d'être touchés, comme Michael lorsqu'il était plus jeune. C'était l'un des troubles sensoriels qu'elle devait gérer, avec l'aversion du bruit et des couleurs vives. Il lui avait fallu des années pour qu'il accepte et apprécie les contacts physiques. Encore aujourd'hui, elle n'était pas certaine qu'il ne jouait pas la comédie. Pour elle, en revanche, quelques minutes de câlins avec son fils valaient tout l'or du monde.

— Il peut venir dîner ? demanda Michael avant même qu'elle l'ait rejoint.

Ce fut comme s'il lui avait jeté un seau d'eau glacée au visage. Cade pouvait-il venir dîner ? La première réponse qui lui vint à l'esprit fut : « Quand les poules auront des dents ! » Elle n'avait aucune envie de passer la soirée avec Cade, ni d'ailleurs de se retrouver dans la même pièce que lui. Mais la suggestion venait de Michael, lui qui jamais ne demandait rien, hormis de la mémoire vive pour son ordinateur.

— Eh bien, je crois que j'ai une meilleure idée. Pourquoi ne pas appeler ton père et lui demander de t'emmener manger une pizza ?

Sitôt dit, sitôt fait. Elle prit elle-même l'appareil, Michael ayant déjà reporté son attention sur son jeu vidéo.

— Il réclame de la pizza, et il veut manger avec toi. Au fait, c'est quoi ce pick-up que je t'ai vu conduire tout à l'heure ?

Il était plutôt fan de bolide de sport.

— Il fallait bien que je loue quelque chose.

— Michael n'est jamais monté dans un pick-up, donc je ne sais pas comment il va réagir. Au pire, tu pourras toujours le laisser ici et prendre ma voiture.

— Ou bien je prends mon van. A moins que vous ne préfériez me rejoindre quelque part tous les deux ?

— Non, je crois que c'est mieux si vous restez entre vous. Moi, je vais en profiter pour m'accorder un bon bain bien chaud et finir le livre que j'ai commencé le mois dernier.

Une perspective qui aurait dû la faire sauter de joie. Ce soir, cependant, elle ne pouvait s'empêcher de s'imaginer avec eux au restaurant, comme une vraie famille. Une grande tristesse l'envahit. Pas pour le présent, non, plutôt pour ce qu'ils avaient perdu. Cela semblait si lointain qu'il lui était même difficile de se rappeler un temps où ils avaient été heureux. Ils l'avaient été, pourtant. Les premières années, quand Michael était encore bébé et qu'elle jonglait entre ses études de médecine et son nouveau statut de mère, la tête pleine d'espoirs et de rêves. Mais Cade ne s'était pas montré attentionné bien longtemps.

— Et puis, j'ai annoncé à Michael que tu allais rester un certain temps, et je lui ai conseillé de préparer une liste d'activités que vous pourriez faire ensemble. Sois patient avec lui, attends qu'il te dise ce dont il a envie.

— Il finira par le faire, je sais, tu me le répètes assez. Sauf qu'il ne me dit jamais rien, Belle. Jamais...

Mais si. Sauf que Cade n'était pas très doué pour comprendre certaines subtilités. Ironie du sort, cela faisait partie des symptômes associés au syndrome d'Asperger.

— Eh bien, débrouille-toi pour l'amener à te parler. Et, par pitié, pas de jeux vidéo et pas d'ordinateur. Il y joue bien assez le reste du temps et a besoin d'autre chose.

— Au fin fond du Texas ? Que veux-tu qu'il fasse d'autre, Belle ? Le Texas a beau être un Etat merveilleux, Big Badger n'est pas l'endroit le plus stimulant qui soit pour un enfant.

— Au fin fond du Texas, il faut faire preuve d'imagination, et tu ferais bien de t'y habituer, Cade. Je ne t'ai pas obligé à venir passer six semaines ici, ajouta-t-elle en souriant de l'entendre soupirer à l'autre bout du fil. Passe le prendre dans une heure. Et n'oublie pas de lui faire attacher sa ceinture. En ce moment, il fait une sorte de blocage là-dessus et il risque de la détacher dès que tu auras les yeux tournés. Surveille-le.

— Personne ne t'a jamais dit d'arrêter de stresser ?

— Personne ne t'a jamais dit qu'on était divorcés, et que ce n'était plus tes affaires ce que les gens me disent ?

Un sourire aux lèvres, elle raccrocha. La présence de Cade ferait du bien à Michael. Et peut-être aussi à elle... Bizarrement, le pincement à l'estomac qu'elle ressentait depuis qu'il avait fait irruption au ranch de Chachalaca avait disparu.

2

D'accord, prendre un congé exceptionnel et venir ainsi au Texas n'était peut-être pas la chose la plus intelligente qu'il ait faite. Ni la plus réfléchie, d'ailleurs. Mais, bon sang, Michael lui manquait ! Même si leur relation était compliquée, et Dieu savait qu'elle l'était, son fils était toute sa vie et il détestait ne pas l'avoir avec lui.

Mais Michael n'était pas son seul motif de regrets. Aujourd'hui, c'était l'anniversaire de son frère, Robbie. En vieillissant, Cade se rendait compte de tous les instants qu'il avait manqués avec lui aussi.

Il allait donc supporter la vie à Big Badger pendant quelques semaines, et il serait toujours temps de décider après. Il avait besoin de faire le point, et peut-être pourrait-il en profiter pour resserrer les liens avec son fils.

Passer du temps avec Belle lui tenait aussi à cœur. Il était responsable de leur divorce, c'était indéniable. Elle avait besoin d'un mari, et lui... il ne savait pas ce qu'il voulait à l'époque. Mais il comprenait qu'elle lui en veuille. Alors, s'il ne pouvait pas revenir sur le passé, il pouvait au moins se rattraper en étant un meilleur père.

Ces six semaines lui offriraient peut-être l'opportunité de prouver à son fils, ainsi qu'à Belle, qu'il était un peu plus que le père qui venait chercher son enfant un week-end sur deux. Il ne savait pas ce qui adviendrait avec Belle, mais Michael avait besoin de tout le temps qu'il allait lui accorder. Et vice versa.

Parce qu'il y avait aussi des questions qu'il devait éclaircir tant qu'il était là.

Un sacré programme : meilleur père, meilleur ex-mari. Mais il le fallait, s'il voulait aller de l'avant et, s'il n'en était pas capable, il s'était juré de disparaître de leur vie. Pour le bien de Michael et pour celui de Belle. Et tant pis pour lui.

— Alors, qu'est-ce que tu veux comme pizza, Michael ? demanda-t-il alors qu'ils se dirigeaient vers le van.

— Maman vient pas ? répondit Michael, qui marchait dix bons pas en arrière.

— Maman est fatiguée, on ne sera que tous les deux.

Des mots apparemment mal choisis car Michael s'arrêta immédiatement et fit demi-tour vers la maison. D'un bon pas, cette fois. Il voulait sa mère, pas son père. Cade ressentit un pincement au cœur.

— Je vais la chercher.

— Mais elle ne veut pas venir, Michael.

— Elle aime bien la pizza, c'est juste qu'elle ne veut pas en manger tous les soirs.

Puis il disparut à l'intérieur de la maison, le laissant seul dans l'allée, totalement désemparé. Que faire ? Courir derrière lui et insister pour qu'ils y aillent tous les deux ? Ou demander à Belle de les accompagner ? Un bon père saurait comment gérer ce genre de situation. Pas lui.

— Tu vois, Belle, ça se passe comme ça chaque fois, dit-il quand elle apparut sur le seuil.

— Je lui ai expliqué, et il a compris que je ne venais pas avec vous ce soir. Il avait juste peur que je ne me fasse rien à dîner.

C'était bien davantage. Michael montrait pour sa mère un intérêt que lui, Cade, n'avait jamais su exprimer. Il était à la fois très fier de son fils et profondément triste.

— Et tu vas te cuisiner quelque chose ?

— Trop fatiguée, répondit-elle en secouant la tête. Je vais manger une pomme, peut-être un yaourt, ça me suffira largement, ajouta-t-elle en poussant doucement Michael dehors. Allez, passez une bonne soirée, tous les deux. A tout à l'heure.

— Tu es sûre que tu ne veux pas venir avec nous ? lui cria Cade.

— Certaine, répondit-elle en refermant la porte.

Cette fois, il l'entendit tourner le verrou.

L'été allait être long... D'autant qu'il n'aurait pas seulement à gérer Michael, mais aussi Belle. Peut-être même que ce serait cela, le plus difficile. Belle Elise Foster Carter. La meilleure chose qui lui soit arrivée... Et dire qu'il ne lui avait fait que du mal.

— Alors, comment ça va, à l'école ? demanda-t-il en tendant une part de pizza au *pepperoni* à son fils.

— Ça va, répondit Michael, les yeux rivés sur un écran géant qui invitait les clients à venir essayer leur dernier jeu vidéo — un jeu de course destiné à des enfants deux fois plus vieux que lui.

— C'est toujours les maths, ta matière préférée ?

— Mmm, oui.

— Tu aimes aussi les sciences ?

— Ouais, ouais.

Face au jeu vidéo, il n'avait aucune chance. C'était frustrant de ne même pas obtenir plus d'une demi-seconde d'attention. Il réprima un soupir exaspéré. Belle avait la relation qu'il désirait avoir avec son fils. Il en était heureux pour elle, mais cela le rendait fou de ne même pas apparaître sur l'écran radar de Michael.

— Tu veux jouer ? demanda-t-il, de guerre lasse.

Michael opina et, l'espace d'une fraction de seconde, il le regarda enfin. D'un air... heureux ? Avait-il vraiment vu de la joie dans les yeux de son fils, ou se l'était-il imaginé ? Impossible de vérifier, car il avait déjà reporté son attention sur le jeu.

— Quand tu auras fini ta pizza... D'accord ?

— D'accord, répondit Michael.

Il fourra le reste de sa pizza dans sa bouche et commença à mastiquer péniblement jusqu'à avoir tout avalé. Puis il tendit la main vers Cade.

— De l'argent, s'il te plaît.

— Combien ?

— C'est un jeu à un dollar. Je peux faire dix parties ? Ça ferait dix dollars.

Il venait de prononcer plus de mots que pendant tout le reste de la soirée, et Cade le récompensa en lui tendant dix dollars. L'idée lui traversa l'esprit d'aller jouer avec lui, mais il savait que cela générerait plus de frustration que de plaisir pour Michael, alors il se contenta de tourner sa chaise pour le regarder jouer.

— Je te garde un morceau de pizza pour après, dit-il avant que Michael ne se lève.

— Merci, papa.

— Euh… De rien, fiston. Oh ! Amuse-toi bien ! ajouta-t-il alors que Michaael était déjà au milieu de la salle.

— C'était agréable de l'entendre t'appeler papa, entendit-il soudain.

Belle venait de s'asseoir en face de lui.

— Je croyais que tu devais rester à la maison, dit-il, étonné.

— En fait, je ne peux pas.

— Parce que tu me crois incapable de m'occuper correctement de notre fils ? Parce que tu veux voir de tes propres yeux quel mauvais père je fais ?

Elle se raidit.

— Arrête ça tout de suite, Cade. Je ne suis pas venue me disputer. Il faut que je retourne au ranch de Chachalaca. Le propriétaire a menacé les vachers de les renvoyer s'ils ne se faisaient pas ausculter, alors maintenant ils réclament tous la doctoresse et ça fait quatre fois que j'y vais ! Alors, je n'ai pas besoin de tes remontrances par-dessus le marché.

— Tu veux que je te remplace ? Je suis sérieux. Si tu préfères rester ici avec Michael.

— C'est gentil d'essayer de te rattraper, Cade. J'apprécie. Mais le devoir m'appelle. En revanche, tu pourrais rester avec Michael jusqu'à ce que je revienne ? Si tu ne peux pas, ce n'est pas grave. J'appelle la nounou…

— Pas de problème. Je dormirai sur le canapé si tu rentres tard, ajouta-t-il en poussant la boîte à pizza vers elle. Tu veux en emporter une part ?

Elle se mit à rire.

— Entre nous, je déteste la pizza. Mais Michael adore ça, et parfois c'est la seule chose que je peux lui faire avaler.

— C'est toi qui lui as demandé de m'appeler papa ?

— Je sais que c'est difficile pour toi de ne pas le voir beaucoup. Et quand tu es là il lui faut tellement longtemps pour se réhabituer à toi... Alors, je me suis dit...

— Ça me fait plaisir, même si ce n'est pas naturel. Excuse-moi pour tout à l'heure, ajouta-t-il avant de soupirer. Tu es une bonne mère. Ça m'embête que tu aies dû apprendre à mon fils à m'appeler papa. J'ai adoré l'entendre de sa bouche, mais j'aurais encore plus aimé qu'il le dise spontanément.

— Je pense que c'était spontané. En général, je le fais répéter avant vos week-ends : je t'appelle « papa » plusieurs fois en sa présence. Mais là tu es arrivé à l'improviste, et je n'ai rien préparé.

Il sourit. Elle se trompait. C'était son travail avec Michael, sur le long terme, qui portait ses fruits. Même divorcée, Belle se souciait plus de lui qu'il ne s'était jamais soucié d'elle en étant mariés. Voilà qui n'était pas très flatteur pour lui.

Elle repoussa sa chaise puis se tourna pour faire signe à Michael qui leva les yeux de sa partie en cours.

— Il faut que j'y aille, Cade. Je vais dire un mot à Michael. Tu peux finir la pizza, il est trop pris dans son jeu pour revenir manger.

Elle fit quelques pas puis se retourna vers lui.

— Tu as toujours tes tablettes de chocolat ?

Elle faisait références à ses abdominaux d'acier. La question l'étonna et l'intrigua.

— Pourquoi ?

— Pour rien, mais méfie-toi des pizzerias. Si tu le laisses faire, Michael va te traîner ici tous les soirs, et ce serait dommage d'anéantir une de tes plus belles réussites, ajouta-t-elle avec un sourire.

— On dirait presque que ça t'intéresse.

— Tu avais des abdos en béton, c'est tout !

Il la regarda s'éloigner, sexy en diable avec ses cheveux blonds, ses yeux verts et son déhanchement. Elle l'avait toujours été. C'était d'ailleurs ce qui avait attiré son regard, au début, mais, très vite, il avait craqué pour son intelligence et son amour de la vie. Elle était pleine d'entrain et tellement naturelle. Ainsi donc, elle se souvenait de ses abdos ? Il ne savait pas trop comment il devait le prendre : compliment ou mise en garde, comme elle avait dit ?

A moins que... Non, impossible. Des amis lui avaient dit que faire l'amour avec une ex était une expérience exceptionnelle. Peut-être. Mais Belle n'était pas le genre à s'y risquer et, franchement, il n'y avait lui-même jamais pensé avant. Enfin, peut-être juste une fois ou deux, mais pas sérieusement. Et puis cette réflexion sur ses abdos était juste sa façon à elle de lui signifier qu'il allait passer pas mal de temps avec Michael. Rien de plus, il en était sûr. Certain, même. Enfin, presque.

En l'observant, il comprit une chose : personne n'arrivait à la cheville de Belle. Les femmes avec qui il était sorti étaient soit trop ennuyeuses, soit trop banales, soit trop ineptes, et la relation n'avait pas dépassé le stade de l'aventure. Sans doute parce qu'aucune d'elles n'était... comme Belle. Mais il ne sortirait plus jamais avec elle pour la bonne raison qu'il avait tout gâché. Donc elle était définitivement rayée de la liste.

Ce qui était aussi bien, car il n'était pas pressé de s'engager de nouveau. D'ailleurs, ils étaient un certain nombre, dont Belle, à penser qu'il ne s'était jamais réellement engagé.

Il se précipita vers elle au moment où elle passait la porte.

— Ecoute, je ne veux pas qu'on se dispute.

— Moi non plus, mais on fait ça si bien, répondit-elle en souriant. Ce serait dommage de renoncer à un tel plaisir.

Il ne put réprimer un petit rire.

— Tu sais que c'est pour ça que je suis tombé amoureux de toi ?

— Pourquoi ? Parce que je ne me laisse pas faire, parce que je réponds coup pour coup ?

— Ça peut marcher avec les autres. Mais moi, c'est ta fougue qui m'a plu. Bref, je te présente de nouveau mes excuses pour tout à l'heure, c'était un coup bas, et totalement infondé. Mais tu vois, parfois...

— Je comprends. Ce n'est pas facile d'être le père de Michael, et ce n'est certainement pas facile non plus d'être mon ex. Même si je suis plutôt facile à vivre, ajouta-t-elle avec un sourire taquin. Bon, il faut que j'aille voir mes chers vachers, et j'ai hâte d'en avoir fini avec cette corvée. Michael sait que tu vas passer la soirée avec lui et que je risque de rentrer tard.

Elle passa la porte, et il la regarda monter dans sa voiture. Oui, elle avait toujours cette fougue, et elle avait changé depuis leur divorce, ce qui la rendait encore plus attirante.

Il retourna auprès de Michael, toujours occupé à anéantir les méchants. Tel un vrai pro.

— Alors, Michael, tu veux me montrer comment on y joue, à ton jeu ?

— Euh... Non, répondit-il sans même quitter l'écran des yeux.

La douleur provoquée par ce simple mot le fit reculer d'un pas. Mais il n'allait pas renoncer aussi facilement. Il resta immobile, à regarder son fils battre le record de points de la machine. Comment allait-il réussir à communiquer avec cet enfant ? Il se posait cette question depuis des années.

Mais Michael l'avait appelé papa. Spontanément ou non, peu importait. Il restait un espoir. Peut-être que le temps et la patience étaient en effet les seules réponses. Mais son gros problème restait la distance, et là il ne voyait pas de solution.

Il était si beau, quand il dormait... Si innocent. Elle l'avait toujours pensé. Dans les derniers temps de leur mariage, alors qu'ils ne s'entendaient déjà plus, elle avait même regretté qu'il ne dorme pas plus parce que, lorsqu'il se réveillait, revenaient les querelles, l'amertume, et les longues heures de solitude. Elle n'aurait jamais cru pouvoir être aussi malheureuse un jour. A la décharge de Cade, elle pouvait admettre qu'il soit frustré et peiné de l'attitude de Michael vis-à-vis de lui. Etre ainsi ignoré par un être qu'il aimait si profondément devait être insupportable.

Mais le fait qu'il soit absent n'arrangeait rien. Le besoin de fuir de Cade s'était manifesté quelques semaines seulement après la cérémonie du mariage et n'avait fait qu'empirer. Au début, elle avait espéré que ce ne soit qu'une passade, en vain, alors elle l'avait interrogé. Mais il lui avait opposé un silence obstiné. Lassée de ses rebuffades, elle avait cessé de demander des explications.

Peut-être la croyait-il suffisamment forte pour tout gérer en son absence ? Peut-être trouvait-il plus de satisfaction à aider les autres qu'à s'occuper de sa propre famille ? Des années avaient beau s'être écoulées, elle n'en savait toujours rien. Une chose était sûre : elle avait fait le bon choix.

Elle se souvint de l'homme dont elle était tombée amoureuse. Michael lui ressemblait beaucoup. Mêmes yeux gris, mêmes cheveux bruns légèrement bouclés, même sourire... Sauf qu'aucun d'eux ne souriait beaucoup. Dommage, ils avaient un si joli sourire.

— Il est tard, marmonna-t-il d'une voix endormie.

Autre chose qu'elle avait adoré : cette voix un peu rauque.

— Presque minuit.

— Ça arrive souvent ? demanda-t-il en se soulevant sur un coude.

— Quoi ? Que je m'en aille en laissant Michael à une baby-sitter ? Tu cherches à savoir si je néglige mon fils ?

Sa propre agressivité la surprit. C'était l'une des réactions que Cade avait tendance à provoquer chez elle assez facilement. Surtout lorsque, comme maintenant, elle songeait à tout ce qu'il avait promis et qu'elle n'avait jamais eu.

Il se redressa et s'étira longuement.

— En fait, je ne pensais pas à Michael, mais à toi. Pas facile d'être le seul médecin à des kilomètres à la ronde.

— Désolée, je ne voulais pas me montrer aussi...

— Agressive ?

Elle jeta sa veste sur le bras du canapé et posa sa trousse médicale dans le placard à manteaux.

— C'est toujours comme ça, entre nous. On ne peut pas s'empêcher de s'agresser, reprit-elle en s'approchant. Moi non plus, je n'aime pas être comme ça, tu sais, Cade. Et je ne veux pas que Michael soit le témoin de nos disputes.

— Dans ce cas, il va falloir éviter de nous disputer.

— D'accord, plus de disputes, dit-elle alors qu'elle se débarrassait de ses chaussures. Mais dis-moi : l'interdiction inclut-elle les coups bas, les sous-entendus et les petits coups en douce ? Et on est bien d'accord qu'elle s'applique à nous deux ?

Il éclata de rire.

— D'accord, d'accord. Mais on n'a pas eu que des mauvais moments, nous deux, si ?

— Non, mais les bons se comptent sur les doigts de mes deux mains.

— Attention, je suis obligé de classer cette remarque dans la catégorie des coups bas, répliqua-t-il en souriant. Tu en as donc un d'avance.

— Tu as pensé à un système de sanctions ? Il va falloir que je demande à mes avocats de lire les termes du contrat, ajouta-t-elle avec le plus grand sérieux.

— Tu vois, quand tu fais ce genre de remarque sans sourire, beaucoup de gens le prennent pour argent comptant. Mais moi, j'ai perçu le signe.

— Quel signe ?

— Le sourcil qui se soulève.

— N'importe quoi ! marmonna-t-elle, faussement indignée.

— Tu viens de le refaire ! C'est subtil, mais je te connais assez pour le remarquer à tous les coups.

— D'accord, disons que j'ai peut-être légèrement sous-évalué le nombre de bons moments que nous avons partagés. La sanction est levée ?

— Sourcil, encore ! Et la réponse est non.

— Fais la liste, dit-elle en se levant.

Cette fois, ce fut lui qui haussa un sourcil.

Ce n'était pas le plus grand cabinet médical du monde, mais il était moderne... vingt ans plus tôt ! Belle préférait le juger pratique. Elle en adorait le moindre détail, des abaisse-langues aux Coton-tige, en passant par la minuscule salle d'attente. Elle s'assurait toujours que les abonnements aux magazines étaient à jour, que le café ou le thé étaient chauds. Certains de ses vieux patients avaient suggéré un petit plus avec le café — elle avait supposé qu'ils faisaient allusion au whisky —, mais elle n'avait même pas daigné répondre et espérait que son prédécesseur en avait fait autant.

Aujourd'hui, il y avait du monde, et la réceptionniste, Ellen Anderson, autre héritage de l'ancien régime, n'en finissait pas de répondre au téléphone, servir à boire et vérifier les mutuelles. A Big Badger, les patients venaient apparemment se faire soigner en troupeaux. Il y avait des jours avec et des jours sans, et c'était un jour avec. Belle assurait ses consultations avec autant d'efficacité que possible, mais les problèmes étaient variés.

— Dites-moi, monsieur Biddle, vous avez déjà eu des crises de goutte ?

— Ah, ça oui, docteur. L'an dernier, vers la fin du printemps, si je me rappelle bien.

— Et le Dr Nelson vous a-t-il fait des recommandations particulières à propos de la nourriture et des boissons ?

— Il a dû me conseiller de boire de l'eau.

A soixante-dix-neuf ans, l'homme était un vrai cow-boy — d'ailleurs, il était venu à cheval et avait attaché sa bête au poteau prévu à cet effet devant le cabinet. Elle avait trouvé cela bizarre, au début, mais avait vite compris : de nombreux patients utilisaient encore fréquemment ce moyen de locomotion.

— Et de restreindre votre consommation d'alcool ?

— Ça, je m'en souviens pas, madame, répliqua-t-il avec une lueur dans l'œil qui disait le contraire.

— Bon. Vous allez boire l'équivalent de huit à seize tasses par jour, dont la moitié d'eau, et pas d'alcool. Si vous ne pouvez pas vous en empêcher, limitez-vous à un verre par jour. Mangez peu de protéines, et de préférence issues de produits laitiers pauvres en graisses. Les œufs, le beurre de cacahuète, sont autorisés, mais diminuez la consommation de viande, de poisson et de volaille. Deux cents grammes grand maximum.

— Deux cents grammes ? Mais c'est qu'une bouchée, ça, madame. De quoi je vais vivre, si je peux plus manger de steak ?

— Vous pouvez en manger, mais pas trop.

— Ouais, une portion de fillette, quoi..., marmonna-t-il en remettant ses bottes de cow-boy. Un homme, ça peut pas se contenter de portions de fillette.

— Et vous devriez aussi porter des chaussures plus légères, comme des baskets. Voilà votre ordonnance. Je vous ai prescrit un anti-inflammatoire. Suivez les instructions sur la boîte : un comprimé par jour, au milieu du repas.

— Ça va soulager la douleur ? Parce que je peux à peine marcher, et j'ai parfois du mal à monter sur mon cheval.

— Un peu, mais si vous ne suivez pas mes conseils vous continuerez à avoir des soucis, au risque même qu'ils empirent. Je veux vous revoir dans deux semaines, ajouta-t-elle en ouvrant la porte. En attendant, soyez raisonnable, monsieur Biddle, c'est le meilleur remède.

— Je suis raisonnable, jeune femme. J'ai jamais été malade en soixante-dix-neuf ans, et je vais pas changer mes habitudes pour une malheureuse douleur à l'orteil.

Bien sûr...

— N'oubliez pas de reprendre rendez-vous pour dans deux semaines, monsieur Biddle.

Il se contenta de hausser les épaules. Le message était clair : elle avait peu de chances de le revoir avant la prochaine crise.

— Goutte ? demanda Cade, adossé au mur.

Sa stature imposante paraissait encore plus impressionnante dans ce petit espace.

— Secret médical, répliqua-t-elle. Qu'est-ce que tu veux ?

— Je passais par là. Michael est à l'école, alors je me suis dit que tu aurais peut-être besoin d'un coup de main.

— Tu veux m'aider pour les consultations ? s'étonna-t-elle.

Cade détestait la médecine générale, autrefois. Pourtant, il avait l'air sincère.

— Oui. Mais que ce soit bien clair : je sais que c'est ton cabinet, et je ne mets pas en cause tes compétences. Comme je n'ai pas Michael, je peux me rendre utile.

Il avait presque l'air humble. Etonnant. Inédit, même. Car une partie du charme de Cade Carter résidait dans sa confiance en lui. Enfin, au début, car elle lassait vite.

— C'est vrai que j'ai du travail. Entre le cabinet et les ranchs où je dois aller en consultations, je n'arrête pas. Tu pourrais te charger de ce que tu appelais « la routine », comme les crises de goutte ?

— Alors, c'était bien la goutte. Je m'en doutais, à le voir boiter.

— Voilà un diagnostic digne d'un grand chirurgien.

— Nous autres chirurgiens, nous rencontrons aussi des problèmes médicaux banals, de temps en temps.

— Mais d'après mes souvenirs vous autres chirurgiens n'aimez pas particulièrement vous charger de problèmes autres que chirurgicaux, rétorqua-t-elle en s'approchant — mais pas trop près. Tu es sûr de vouloir faire ça, Cade ? C'est vrai que j'aurais bien besoin d'un coup de main, mais je ne veux pas que ça devienne une source de conflits entre nous. On en a déjà assez comme ça.

— Tu gagnes du temps à passer avec Michael, et moi, je n'empiète pas sur mon temps avec lui. C'est un système gagnant-gagnant, pas une source de conflits, Belle.

— Tu as toujours tes santiags ?

Il en avait une paire quand ils vivaient à Chicago. Il disait qu'on pouvait enlever l'homme du Texas, mais pas le Texas de l'homme. Soudain, l'image de ces bottes avec un jean ajusté et un T-shirt qui mettait en valeur ses abdominaux se forma devant ses yeux. Un homme, un vrai. Pas vraiment le genre d'image qu'on était censé avoir de son ex...

— Je ne viens jamais au Texas sans elles.

— Eh bien, va les chercher et mets-toi au travail, dit-elle en souriant.

— Le look cow-boy. C'est pour toi, ou... ?

— Pour l'image du cabinet, Cade. Uniquement. Allez vas-y, et retrouve-moi ici.

Il souleva un chapeau imaginaire avant de s'éloigner.

— Les bottes, ce n'est pas ton truc, alors ?

Elle se contenta de secouer la tête.

— A ton retour, j'aurai trois patients pour toi. Ensuite, on ira faire un tour du côté de Ruda del Monte. Il y a une dizaine de vachers et quelques employés qui doivent passer une visite médicale. Toujours partant ?

— A dans vingt minutes, Belle, dit-il en sortant.

Elle ne put s'empêcher de le suivre des yeux jusqu'à ce qu'il disparaisse. Qu'est-ce qui lui avait pris de laisser Cade travailler avec elle ? Une pure folie. Même si elle était un peu inquiète, elle était aussi passablement excitée, ce qui l'inquiétait le plus. Parce qu'elle s'était crue imperméable à lui. A tort.

— Quel charmant jeune homme, ce Dr Cade, s'exclama Mme Peabody en repassant par l'accueil, après sa consultation. Je suis contente que vous ayez trouvé du renfort car vous en aviez bien besoin. C'est votre patron, alors ?

Belle se mordit l'intérieur de la joue sans se départir de son sourire.

— Non, ce n'est pas mon patron, c'est mon... intérimaire. Il est en ville pour quelques semaines et il cherchait un emploi, alors je l'ai engagé.

— Alors, ça, c'est une tentative de coup en douce ou je ne m'y connais pas, lui murmura Cade à l'oreille.

Zut ! Elle ne l'avait pas entendu arriver derrière elle. Il se tourna vers Mme Peabody.

— On a été mariés, dans une autre vie. Elle a du mal à m'oublier.

— Coup bas..., marmonna Belle entre ses dents.

— Je n'en suis pas très étonnée, déclara Mme Peabody. Si j'avais cinquante ans de moins...

— Si vous aviez cinquante ans de moins, on serait assis sur votre balançoire, l'interrompit Cade en la prenant par les épaules. Vous avez bien une balançoire, madame Peabody ?

— Non, répliqua la vieille dame en riant. Mais si vous venez me rendre visite je dirai à mon petit-fils d'en installer une.

— Faites-moi signe quand elle est en place, et je viendrai vous pousser, belle demoiselle.

Il décocha une œillade complice à l'attention de Belle en raccompagnant une patiente hilare. Incroyable !

— Qui es-tu ? Et qu'as-tu fait de Cade Michael Carter ?

— Je ne suis qu'un médecin qui essaie de s'entendre avec son associée.

— Sauf que tu n'es pas mon associé, Cade.

— Exact, je ne suis que ton intérimaire, qui s'est présenté à ta porte pour te supplier de l'embaucher, rétorqua-t-il avec le plus large sourire qu'elle lui avait vu depuis... leur divorce.

— Tu as changé, dit-elle en passant devant lui pour recevoir sa patiente suivante, Bonnie Thompson, trois ans, sujette aux crises d'urticaire.

— En mieux ?

— Le temps le dira, répondit-elle alors qu'elle prenait le dossier de Bonnie avant de se diriger vers la salle d'examen.

Une fois la porte refermée, il lui fallut plusieurs secondes pour redevenir le médecin professionnel qu'elle était devant ses patients.

— Alors, madame Thompson, vous avez préparé la liste d'aliments et de produits de toilette que Bonnie utilise au quotidien ? On va vérifier si cela correspond à ses crises.

— C'est très long à faire, expliqua la mère en haussant les épaules. J'ai trois autres enfants et mon mari passe la plupart de son temps sur les routes. Je voulais faire ce que vous m'aviez demandé, j'avais même acheté un carnet, mais...

Elle sortit un carnet, ouvert à la première page, sur laquelle elle avait noté :

« Jour 1 : flocons d'avoine, jus d'orange. »

Pas de quoi faire une étude très poussée.

— Bonnie boit du jus d'orange tous les jours ? demanda-t-elle en prenant le bras de la fillette pour observer les marques rouges qui apparaissaient sous le coude.

— Oui, le matin, elle adore ça.

— Bonnie, tu veux bien remonter ta chemise pour que je regarde ton ventre ?

La fillette s'exécuta sans broncher et, comme elle s'y attendait, Belle découvrit d'autres marques. Il y en avait aussi dans le dos. C'était bien de l'urticaire, mais ni infecté ni purulent.

— Pour l'instant, on arrête le jus d'orange. Je sais que je vous ai demandé de changer de lessive, mais je voudrais aussi que vous laviez le linge de Bonnie séparément, d'abord avec une lessive sans parfum et sans additifs puis à l'eau claire.

— Mais je vous ai dit que j'avais trois autres enfants à m'occuper, rétorqua la mère d'un ton irrité.

— Je sais, et je comprends. Mais, si vous voulez que Bonnie arrête de se gratter, il va falloir trouver ce qui cause ses allergies.

— Le Dr Nelson lui donnait des cachets.

— Moi aussi. Mais elle ne peut pas être sous traitement toute sa vie. Donc, il faut traiter la cause du problème.

— Ce ne serait pas plus simple de lui faire des tests ?

Bien sûr. Elle aussi, elle avait demandé à ce qu'on refasse les tests quand on avait diagnostiqué sa maladie à Michael.

— Les tests sont chers, madame Thompson, et si je ne me trompe pas vous n'avez pas de mutuelle. Si vous voulez les payer de votre poche, alors d'accord, je vais demander à Ellen de vous prendre un rendez-vous chez un allergologue. Sinon, on peut faire comme je vous l'ai expliqué. Ça prendra peut-être un peu plus longtemps, mais on arrivera au même résultat.

L'attitude de cette mère la rendait furieuse. Les efforts qu'elle lui demandait ne représentaient pas grand-chose. S'il y avait un moyen aussi simple de soigner Michael, elle ferait tout ce qui était en son pouvoir, mais le syndrome d'Asperger, contrairement à l'urticaire, était incurable.

— Tu n'as pas l'air de bonne humeur, observa Cade en suspendant la blouse qu'elle lui avait prêtée.

Elle haussa les épaules.

— Je ne comprends pas les gens, parfois. Une de mes petites patientes a de l'urticaire allergique. Elle n'est pas malade, et je contrôle les crises en lui prescrivant des cachets, mais sa mère...

— Laisse-moi deviner... Ce n'est pas la mère de l'année ?

— C'est une bonne mère, mais elle a l'air de trouver mes suggestions trop contraignantes et voudrait que je lui simplifie la tâche.

— En d'autres termes, elle ne correspond pas à tes standards en matière maternelle ?

— Je ne me prends pas pour Super-maman, si c'est ce que tu sous-entends, dit-elle en ramassant ses affaires. Mais si j'entrevoyais la moindre possibilité de soigner Michael je remuerais ciel et terre.

— Je sais, répondit-il en mettant son chapeau et en faisant un petit signe à Maudie, qui fondait chaque fois qu'il accompagnait ce geste d'un clin d'œil. Mais crois-moi, toutes les mères ne sont pas comme toi. La nature ne leur a pas forcément donné le même instinct. Tu es le genre de mère que tout enfant devrait avoir, ajouta-t-il d'un air sincère qui la toucha. Le genre que j'aimerais...

Il s'interrompit et sa phrase se termina en soupir. Etait-ce de la tristesse qu'elle venait de voir dans ses yeux ?

— Arrête les flatteries, Cade.

— Alors là, j'en connais pas mal qui ne se plaindraient pas d'être complimentées par le Dr Carter, intervint Maudie.

— Appelez-moi Cade, Maudie. Pas de cérémonies entre nous.

Pour la deuxième fois, la vieille infirmière faillit fondre. Ses yeux gris acier s'embuèrent et ses lèvres fines s'ouvrirent en un large sourire. Il ne manquerait plus qu'elle batte des cils ! Belle ne l'avait jamais vue ainsi. C'en était presque inquiétant. Pourquoi Cade faisait-il autant d'efforts pour s'attirer les bonnes grâces de tout le monde ?

3

— Tu fais combien de kilomètres par jour, en moyenne ? demanda-t-il en se calant dans le siège passager.

La voiture de Belle n'était pas de la première jeunesse, mais celle-ci insistait pour la garder, ce qui l'irritait au plus au haut point quand, depuis deux ans, il offrait de lui en acheter une neuve. Quelle tête de mule ! Aussi obstinée que jolie.

— Le ranch le plus éloigné est celui de Chachalaca, environ cent cinquante kilomètres aller-retour. Mais aujourd'hui on ne va qu'à une quarantaine de kilomètres.

— J'espère au moins qu'on te dédommage pour les frais de déplacement, déclara-t-il en ramenant son chapeau de cow-boy sur ses yeux.

— On me paie correctement, même si ça ne te regarde en rien.

— Suffisamment pour changer de carrosse ? Tu sais, je dis ça parce que je m'inquiète, pour toi, pour Michael. Il faut que tu te débarrasses de ce tas de ferraille.

— Ce tas de ferraille marche très bien. Je l'ai fait réviser, il y a quelques jours, quand j'ai changé les pneus. Alors arrête le chantage émotionnel, ça ne fonctionnera pas. Michael ne risque absolument rien dans ce véhicule.

— Jusqu'au jour où il te lâchera au milieu de nulle part, et tu sais parfaitement que ça finira par arriver, Belle. Peut-être pas cette semaine, peut-être pas la semaine ou le mois prochain, mais un jour cette voiture va flancher et je ne veux pas que mon fils soit à l'intérieur ce jour-là.

— *Ton* fils ? Tu as oublié que c'était le mien aussi ?

— Je ne risque pas.

Il n'en voulait pas à Belle de l'attitude de Michael vis-à-vis de lui, mais il avait passé des nuits entières à se demander quoi faire. Les va-et-vient dans sa chambre, les réflexions interminables en regardant par la fenêtre, les promenades nocturnes, les visites inutiles à ses patients en plein milieu de la nuit, rien n'y avait fait. Il n'avait trouvé ni la réponse ni le sommeil. C'était même le contraire : plus il cherchait, moins la réponse lui apparaissait.

— Je n'y suis pour rien, Cade, c'est comme ça pour le moment, c'est tout. Michael va changer, mais ça prend du temps.

— Je sais, je sais... Toutefois, c'est frustrant de voir que, chaque fois que je viens ici, tout est exactement pareil que la fois précédente, et que celle d'avant. Il faut que je m'y fasse, ou que j'accentue mes efforts. Ou que je m'y prenne différemment... Alors, j'arrêterai de te harceler avec ta voiture quand j'arrêterai de m'inquiéter, d'accord ?

— D'accord, dit-elle en riant. Tu as le droit de me harceler une fois par semaine. Et en ce qui concerne Michael j'aime bien l'idée de changer de méthode d'approche. Je le fais constamment, tous les jours, même, et parfois ça marche du tonnerre, et parfois... rien. Mais Michael est très ouvert à la nouveauté, même s'il ne le montre pas comme on s'y attendrait. Et puis, il y a toujours un temps d'adaptation, mais quand ce moment est passé il peut se montrer très enthousiaste. A mon avis, au lieu d'essayer de te fondre dans son moule, tu devrais peut-être essayer de vous en fabriquer un nouveau à tous les deux. Par exemple, trouver un domaine où Michael aura besoin de toi pour le guider.

Après un embranchement, ils s'engagèrent sur une route poussiéreuse. Les trente kilomètres suivants n'offrirent qu'un paysage dénudé où quelques armoises étaient les seuls arbustes qui semblaient pousser. Malgré cette rudesse, il ressentait au Texas une sorte de dignité qui lui était familière, et c'était certainement la raison pour laquelle il adorait cet endroit qui lui manquait beaucoup. Néanmoins, il n'avait jamais envisagé de revenir s'y installer de façon permanente car trop de mauvais souvenirs y étaient attachés.

Mais c'était là que vivait Michael, alors un week-end sur deux, qu'il pleuve, qu'il vente ou qu'il neige, il faisait ses bagages et sautait dans un avion qui l'emmenait vers son passé, regrets ou pas.

Assis à côté de Belle, il songea qu'il avait oublié comme elle sentait bon les fleurs et le soleil. Cela aussi lui manquait. Beaucoup de choses la concernant lui manquaient, d'ailleurs, et leur arrangement pour la garde de Michael ne lui permettait pas de passer beaucoup de temps avec elle. Bien sûr, elle l'accueillait à la porte et se montrait cordiale, mais elle ne le laissait quasiment jamais entrer. Ils se parlaient à peine, hormis lorsqu'il y avait quelque chose à discuter au sujet de Michael.

Il ne savait donc rien de sa vie. Avait-elle des amis à Big Badger ? Une relation sérieuse ? Est-ce qu'elle sortait ou restait enfermée chez elle ? Est-ce qu'elle était heureuse ?

Il essaya de l'imaginer avec quelqu'un d'autre, comme ce Dr Robinson qu'elle estimait tant. Etait-il devenu un peu plus que le médecin qui lui apportait son soutien ? Il y réfléchit un moment sans parvenir à savoir ce qu'il en pensait.

— Alors, qu'est-ce que ton Dr Robinson suggérerait, à ton avis ? demanda-t-il en essayant de s'imaginer quel type d'homme c'était, et ne pouvant s'empêcher d'espérer qu'il était vieux et bedonnant.

— Honnêtement, je n'en sais rien. Peut-être quelque chose de totalement différent des exercices habituels.

— Je devrais peut-être aller le lui demander moi-même.

— A qui ? Michael ?

— Non, au Dr Robinson.

Un sourire étrange se dessina sur les lèvres de Belle.

— D'abord, le Dr Robinson préfère que les gens trouvent par eux-mêmes les solutions, car c'est le cheminement qui compte. Ensuite, le Dr Robinson se prénomme Amanda.

D'accord ! Un point pour le camp adverse. N'empêche, il se posait toujours des questions sur la vie sociale de Belle. En particulier certains aspects. Après tout, il avait le droit d'être au courant car un homme qui serait en relation avec elle le serait aussi avec son fils. Du moins était-ce ce qu'il se disait et espérait croire, à force de se le répéter.

— Bon, alors qu'est-ce que tu suggères qui puisse intéresser Michael ? Plutôt du sport ? Je n'ai pas l'impression que ça lui plaise beaucoup...

Voilà qui n'était pas un changement de sujet très subtil, mais c'était la seule chose qui lui soit venue à l'esprit. Belle avait-elle perçu sa gaffe comme une pointe de jalousie ? Son petit sourire, en tout cas, l'avait embarrassé.

— Tu comptais me le demander comme ça, carrément ?

— Quoi ? demanda-t-il même s'il le savait très bien.

— Si j'ai quelqu'un dans ma vie.

— Si ça affecte Michael, j'ai le droit de savoir, non ?

— Peut-être. Ou pas, dit-elle avec un grand sourire. Ce qui est sûr, c'est que tu ne sauras jamais si tu ne demandes pas.

— Et si je te disais que je te fais confiance pour prendre les bonnes décisions, en ce qui concerne les gens que tu fais entrer dans la vie de Michael ?

— Non, tu n'es pas crédible, Cade. Admets que tu meurs d'envie de demander.

— Je suis curieux, c'est vrai.

— Tu vois, ce n'était pas si difficile.

— Ce sera encore plus facile quand tu m'auras répondu afin qu'on puisse mettre fin à cette conversation.

Elle s'amusait visiblement beaucoup de le voir si embarrassé, et ne s'en cachait d'ailleurs pas. En général, il appréciait sa franchise, mais en l'occurrence il la trouvait à la limite vexante.

— D'accord, ma réponse est non, je n'ai personne. Pas le temps. Même pas sûre que quelqu'un soit mon genre ici.

— Et ton genre, ce serait... ?

— Toi, autrefois... Aujourd'hui, je ne sais plus. Bref, Michael aime le foot, poursuivit-elle sans ciller. Il y joue à l'école. Il a commencé milieu de terrain, puis ils l'ont mis gardien pour son incroyable faculté de concentration car il ne lâche jamais le ballon des yeux. Oh ! Et puis il aime aussi faire du cheval, quand j'ai le temps de l'y emmener... c'est-à-dire pas souvent. Et les randonnées. Ce qu'il préfère, c'est partir en randonnée dans le désert et... observer ce qui l'entoure. Je suppose que c'est la façon la plus simple de décrire ce qu'il fait. Il a l'œil pour repérer des choses que personne ne voit.

Bon. Au moins, il savait ce qu'il en était de sa vie personnelle. Quant à ce qu'il fallait en penser...

— J'ai connu quelqu'un comme ça. Il pouvait regarder un insecte pendant des heures ou le mouvement des feuilles dans le vent. Le moindre détail le fascinait.

Il s'interrompit puis déglutit, avant d'ajouter :

— Pourquoi tu ne m'avais jamais dit ces choses sur mon... sur notre fils ?

— Tu n'as jamais demandé. Maintenant que tu t'y intéresses, je pense que tes visites et tes moments avec lui sont tombés dans une sorte de routine : pizza, glace, ciné, jeux vidéo. Je ne t'en blâme pas, Cade. Mais toi, ne me reproche pas non plus de ne pas t'avoir dit ce qu'aimait ton fils. Il te suffisait de le demander, à moi ou à lui. Il ne t'aurait pas forcément répondu à la première tentative, ni même à la dixième, mais il aurait fini par te le dire. Est-ce que tu lui as jamais demandé ce qu'il souhaitait faire quand tu le prends ? Il a son avis sur le sujet, même s'il ne vient pas te le donner d'emblée.

Cade poussa un profond soupir. Elle avait raison, bien sûr, et chacune de ses paroles mettait douloureusement en lumière ses fautes à lui. Dont acte. Il lui restait douze semaines pour apprendre à devenir un bon père.

— Je crois avoir une idée, dit-il. Je ne suis pas sûr que ça va marcher, mais...

— Tu sais, Cade, parfois ce n'est pas tant ce que tu fais avec lui qui compte, mais le simple fait d'être avec lui, l'interrompit-elle. Je suis bien persuadée que Michael préférerait des moments de qualité à toutes les parties de *Trivial Pursuit* que vous pourrez faire ensemble. Encore une fois, je ne t'en blâme pas, je sais que c'est dur d'être parent à temps partiel.

Il sentit ses muscles se raidir sous l'effet de la colère qui montait. Relevant la visière de son chapeau, il se prépara à la confrontation.

— Je n'ai jamais été père à temps partiel, Belle. Quand tu vivais à Chicago, j'ai acheté un appartement à deux pas de chez toi pour être sûr de voir Michael. C'est toi qui as emmené mon fils à plus de mille kilomètres de moi. C'est toi qui m'as empêché de m'impliquer dans sa vie. C'est toi qui ne m'as jamais dit que mon fils était un super gardien de but. Moi, je suis son père vingt-quatre heures sur vingt-quatre.

— C'était quand, la dernière fois que tu m'as posé des questions sur les activités de Michael, Cade ? Tu viens ici, tu fais de ton mieux, et je sais que tu es frustré parce que ça ne se passe pas toujours comme tu le voudrais. Mais ne me mets pas tout sur le dos, ajouta-t-elle en levant fièrement la tête. J'ai une vie, moi aussi, même si tu n'as jamais semblé t'en rendre compte pendant notre mariage. D'après toi, je n'avais qu'à m'occuper de mon mari, ma maison, mon bébé ? J'aurais dû laisser filer encore une opportunité ? Non, Cade, tu ne peux pas me reprocher d'avoir déménagé. Maintenant, on vit ici, et Michael s'y est très bien habitué. Et si j'ai omis de dire qu'il était devenu gardien de but, ou qu'il montait sacrément bien à cheval, c'est peut-être parce que je suis le seul médecin à cent cinquante kilomètres à la ronde, que j'ai la garde de notre fils et que je ne dors que quatre heures par nuit. Dans le meilleur des cas... Je ne t'agresse pas en disant cela. J'exprime juste mon point de vue avec exaspération.

Bon sang ! Rien ne tournait comme il l'avait imaginé. Il ne savait pas dans quoi il s'engageait en venant passer ces six semaines à Big Badger. Peut-être voulait-il tout simplement faire la paix avec Belle. Jusque-là, il s'était persuadé qu'il le faisait pour Michael, mais il avait suffi d'un regard pour qu'il sache qu'il était là aussi pour lui-même. Ils avaient un fils ensemble, et ils ne devraient pas passer leur temps à se disputer, ni même à échanger des opinions exaspérées. Mais dès qu'on les mettait dans la même pièce, la même voiture, voire la même ville, voilà le résultat… La palette des émotions qui les habitaient était vaste, mais il ne pensait pas un instant que la haine en faisait partie. Jamais. C'était plutôt comme si tout ce en quoi ils avaient cru s'écroulait. Une flamme s'éteignait.

— Je sais que c'est dur pour toi, et j'en suis désolé. Je comprends ton exaspération. Mais la mienne est aussi légitime, non ?

— Si. Je sais que je peux me montrer un peu agressive… surtout avec toi.

Il pouffa.

— On a toujours su tirer le pire de chacun de nous, n'est-ce pas ?

— Et parfois aussi le meilleur.

— Parfois…, soupira-t-il en se détendant un peu. Pas assez souvent, malheureusement. C'était bien notre problème, selon moi. Quand c'était bien, c'était génial, mais ça n'arrivait pas assez souvent, et je ne te fais aucun reproche, Belle. Au moins tu as essayé, contrairement à moi.

— Il faut être deux pour que ça marche, Cade, répondit-elle en lui jetant un bref regard, avant d'esquisser un sourire. Mais, si tu veux endosser la responsabilité de notre séparation tout seul, ça me va.

Elle reporta son attention sur la route poussiéreuse, mais pendant une fraction de seconde, au moment où elle l'avait regardé, il avait senti… quelque chose d'indescriptible. Elle avait pénétré et fouillé son âme. Il en était bouleversé.

— Ça me va aussi… Pour notre fils. Parce que je veux vraiment que ça marche, Belle. On n'est peut-être plus mariés, mais Michael a besoin que nous présentions un front uni.

— Tu veux dire qu'il a besoin que nous nous comportions en adultes responsables ?

— Oui. Et il fut un temps où les deux adultes en question pouvaient se trouver dans la même pièce sans s'étriper.

— Je peux parfaitement me trouver dans la même pièce que toi, Cade. Et ça n'a rien à voir avec Michael.

Cet aveu le surprit tellement qu'il rabaissa son chapeau, cachant presque tout son visage derrière la large visière. Ainsi, il put sourire discrètement pendant tout le reste du trajet jusqu'à Ruda del Monte.

— Combien de tests est-on censés faire ? demanda-t-il en attrapant une sacoche sur le siège arrière.

— Vingt. Depuis l'épidémie d'*E. coli* à Chachalaca, plusieurs propriétaires des ranchs alentours m'ont appelée. Mais j'ai dans l'idée que d'ici à la fin de la semaine on en aura d'autres, surtout si on détecte des symptômes identiques ailleurs.

Il claqua la portière et contourna la voiture, la regardant enfiler son manteau blanc — un vêtement totalement déplacé dans un environnement pareil. Tout comme son pantalon en lin, son chemisier de soie bleu et son collier de perles. Bon sang qu'elle était belle, mais bon sang qu'elle paraissait incongrue dans un ranch ! Il allait falloir qu'il lui explique les habitudes vestimentaires texanes. Quoique... Elle n'était pas du genre à écouter ce genre de recommandation, surtout venant de lui.

— Et en ville on a détecté des symptômes ?

— Quelques-uns. Les autorités médicales pensent que le virus vient d'une salade composée. Notre épicerie livre plusieurs ranchs des alentours, alors l'idée se tient. Mais l'épidémie n'est pas très étendue...

— Qu'est-ce qui t'étonne, en fait ?

Elle haussa les épaules.

— Comment l'épidémie peut-elle rester aussi limitée, alors que tous se fournissent à la même source ? Pourquoi n'y a-t-il pas plus de malades ? Enfin, les autorités médicales font des tests, ce qui veut dire qu'en attendant tout ce que nous pouvons faire, c'est de traiter les malades. Jusqu'ici, on a eu de la chance car les symptômes étaient légers.

Il se souvenait d'épidémies causées par l'ingestion de brocolis, de salades, de haricots. La théorie de la salade composée tenait la route. Sauf que Belle ne semblait pas convaincue et, s'il y avait bien une chose dont il était sûr à son sujet, c'était qu'elle avait toujours été un excellent médecin, doté d'un instinct très sûr.

En conclusion, si elle ne croyait pas à la culpabilité de la salade, lui non plus.

— Alors on fait juste des examens sommaires ?

— Il faut voir… L'appel que j'ai reçu m'a semblé urgent, et il se peut qu'il y ait autre chose, même si le contremaître a affirmé que ses vachers étaient en pleine forme. Jusqu'à preuve du contraire, je dois le croire sur parole. Je vais donc les ausculter rapidement, poser quelques questions… bref, justifier mes émoluments, ajouta-t-elle en souriant. Avant que tu ne fasses quelque remarque, je te signale que c'est grâce à ce que je gagne ici que j'économise pour reprendre le cabinet. Je veux devenir propriétaire. La ville l'a racheté au Dr Nelson car il avait besoin d'argent pour entamer sa nouvelle vie. Entretenir une jeune épouse revient cher apparemment. Bref, la mairie ne tient absolument pas à rester propriétaire des lieux, et je veux racheter le cabinet pour offrir un toit stable à Michael. Je me donne trois ans pour y parvenir.

Il secoua la tête en lâchant un long sifflement.

— Ça ne va pas être facile.

— Tu crois que je n'y arriverai pas ?

— Au contraire. Mais, au fond, j'espérais que ce ne serait qu'une passade, et que tu finirais par revenir à Chicago.

— Une passade ? Mon désir d'indépendance ?

— Non, ton besoin de t'éloigner de moi.

Contrairement à ce qu'il attendait, elle ne se mit pas en colère, mais éclata de rire.

— Tu te prends vraiment pour le centre du monde, toi ! Ça n'a rien à voir avec toi si je me suis établie ici. Je l'ai fait pour moi. Au passage, tu ne m'étais pas plus indispensable à Chicago que tu l'es ici, ajouta-t-elle avec un petit sourire.

— Tu te souviens des derniers mois de notre mariage, quand on passait notre temps à se demander comment on pouvait recoller les morceaux ? C'était horrible.

— Horrible, en effet, répliqua-t-elle.

Il haussa un sourcil, l'air moqueur.

— Tu n'étais pas obligée d'acquiescer aussi rapidement, dit-il en souriant. Bref, pendant ces horribles mois, j'essayais de me rappeler ce qui m'avait plu chez toi au début.

— Tu es dur.

— C'est la vie..., ironisa-t-il. Et puis j'ai fini par m'en souvenir. Tu étais incroyable, Belle. Intelligente, drôle, la langue bien pendue...

— Je vais prendre ça comme un compliment. Moi, une des choses que j'aimais le plus chez toi, c'était ta vivacité d'esprit. Tu avais réponse à tout, et malheur à qui osait te défier, car tes reparties pouvaient être mortelles. Parfois, je te regardais à l'œuvre, juste pour le plaisir.

— Quand tu dis à l'œuvre, je suppose que tu parles de ma vivacité d'esprit et de mes reparties mortelles, dit-il en plongeant ses yeux dans les siens. C'est ce que tu aimais ?

Bon sang, qu'elle était sexy quand elle soutenait son regard comme ça ! D'aucuns l'auraient trouvée intimidante, mais pour lui c'était encore une chose qui lui manquait depuis leur séparation. La liste s'allongeait dangereusement. D'où sortait-elle, d'ailleurs, cette liste ? Probablement de cette proximité inhabituelle. Et peut-être aussi d'un sentiment de n'avoir pas été au bout de leur histoire, rien de plus.

— C'est ce que j'aimais, et que j'aime toujours.

Il n'aimait pas repenser à ces moments de leur vie, et ne voulait pas se laisser entraîner trop loin sur le sentier des souvenirs.

— Avant d'y aller, dis-moi comment on se répartit le travail ?

— Si les choses se passent comme à Chachalaca, on n'a pas besoin de se soucier de ça car ils vont tous se précipiter vers toi. Ils marcheront sur leur voisin s'il le faut pour m'éviter.

— Et tu veux quand même faire ta vie ici ?

Elle haussa les épaules.

— Ils s'habitueront à moi... d'ici dix à vingt ans, ajouta-t-elle dans un souffle.

— Si tu veux qu'ils t'acceptent, oublie les perles et le chemiser de soie. Achète-toi une paire de bottes, un jean bien ajusté et un T-shirt. Peut-être même un chapeau comme le mien ! Essaie de te fondre dans le décor, pas de te démarquer. Ça prendra du temps, cela dit.

Oui, d'accord, il s'était promis de ne pas s'en mêler, mais il ne pouvait pas s'en empêcher. Il s'agissait de Belle, après tout. Et puis, il ne faisait que donner son avis. De toute façon, elle ne le suivrait probablement pas.

— Et tu sais tout ça comment ?

— Parce que je suis né et que j'ai grandi au Texas. Je suis l'un d'eux.

— Pourtant, tu as épousé une femme qui portait des perles et des chemisiers de soie.

— Je me suis perdu en route, dit-il en souriant, peu enclin à lui avouer qu'il s'était laissé aveugler par l'amour. Mais j'en suis revenu.

Enfin, pas aussi facilement qu'il l'avait cru.

— Tu veux que je te dise une autre chose qui me manque beaucoup, chez toi ? demanda-t-elle en se dirigeant vers le ranch.

— Quoi ?

Au lieu de répondre, elle ouvrit la porte et la referma sur lui.

— Tu as trouvé des choses suspectes ? demanda-t-elle à Cade une heure plus tard.

— Deux qui présentent de légers symptômes, comme tu le pensais, répondit-il en lui tendant ses notes. Plus un avec un problème plus personnel.

— Personnel ?

Il haussa les sourcils, amusé.

— Disons que je lui ai prescrit un petit stimulant, voilà.

— Je les ai tous examinés il y a un mois, personne ne s'est plaint de...

— Ne le prends pas personnellement, c'est un truc de mec.

— Je n'ai pas le temps pour ce genre de considération. Moi aussi, j'en ai deux qui présentent des symptômes, plus un qui est resté au dortoir, perclus de crampes, mais qui s'obstine à dire au patron qu'il va bien. Franchement, je commence à m'inquiéter.

Au retour des tests, je risque de me retrouver avec une vingtaine de cas confirmés d'*E. coli*, entre les ranchs et le centre-ville. Et ça ne fait que quatre jours.

— Mais le dénominateur commun, c'est toujours la salade. Ils en ont mangé il y a deux jours. J'ai demandé au cuistot de préparer des échantillons. J'ai pensé que tu voudrais les envoyer au labo. J'espère n'avoir pas empiété sur tes plates-bandes.

Elle sourit.

— Comme chirurgien, tu es génial. Comme prescripteur de stimulants sexuels, tu n'es pas mal. Oui, envoie-les au labo. Je leur adresse un peu tout ce que je trouve, en fait. Je suis contente que tu sois là, Cade, ajouta-t-elle après une légère hésitation. On a eu nos mauvais moments, mais je t'ai toujours considéré comme le meilleur médecin que j'aie jamais rencontré.

— Après toi… C'est ça ?

Elle lui fit une grimace.

— Bien sûr. Bon, je vais au dortoir des vachers.

— Tu penses que l'*E. coli* a pu provoquer un syndrome hémolytique et urémique ? D'où les crampes ?

Il faisait allusion à une maladie qui résultait de la destruction massive de cellules rouges, et qui bouchait le système de filtrage des reins. Cela pouvait entraîner une destruction des reins, voire la mort.

— J'y ai en effet pensé, mais en général on ne rencontre pas ce genre de complications seulement huit à dix jours après le début de l'épidémie. Mais c'est une idée à garder en tête. Qui sait s'il n'a pas été contaminé avant les autres ou s'il ne présente pas quelque autre maladie qui le rendrait plus vulnérable ?

Elle fut ravie de constater que Cade la suivait. Non qu'elle ne puisse s'en sortir seule, mais c'était bien de l'avoir avec elle, même de façon temporaire. Il lui redonnait confiance. Evidemment, elle n'allait sûrement pas le lui dire.

— Je ne sais pas ce qu'on cherche, mais j'ai consigné là-dedans tous mes comptes rendus d'examen, dit-elle en lui montrant sa tablette électronique.

— Je suis impressionné.

— Moi aussi, figure-toi. C'était l'idée de Michael. Un jour qu'il est venu à mon bureau, il a regardé le vieux système d'archivage, fait quelques manipulations sur l'ordinateur et m'a dit qu'on devait faire des mises à jour, pour gagner en efficacité. « Maman, m'a-t-il dit, tu dois comprendre que la médecine moderne passe par les nouvelles technologies. »

— Mon fils a dit ça ? demanda-t-il d'un ton plein de fierté.

— Absolument ! Alors, j'ai engagé un technicien qui a fait des changements. Michael voulait même s'en charger.

— Tu ne l'as pas laissé faire ?

— Il a sept ans. Il en a peut-être les capacités, mais il faut le laisser être un enfant. Enfin, passer au tout électronique, ça prend du temps et pas mal d'énergie, mais c'est efficace. Et puis, je suis constamment connectée, comme disent les jeunes, expliqua-t-elle. J'ai donc accès à tous mes dossiers en un clic. Ma tablette est reliée à un satellite, lui-même relié à mon ordinateur, où se trouvent mes dossiers patients.

— Il est incroyable, ce gosse...

En effet. Michael était incroyable, et il était grand temps que ses parents le deviennent un peu plus.

Ils entrèrent dans le baraquement des vachers. Avant même d'avoir traversé le dortoir jusqu'au lit de Dean Ratson, elle avait la réponse à sa première question, qu'elle posa néanmoins en guise d'entrée en matière.

— Alors, monsieur Ratson, comment vous sentez-vous ?

Il avait les yeux dans le vide, le visage extrêmement pâle, des ecchymoses autour du nez et de la bouche, et il était enflé. Des signes fort inquiétants.

Sans un mot, elle se tourna vers Cade qui sortait déjà son portable.

— J'appelle qui ? chuchota-t-il.

— On dépend de Laredo, qui est assez loin. Je m'en charge pendant que tu l'examines... Je préparerai aussi une perf.

Quelques minutes plus tard, un hélicoptère était en route, mais il n'arriverait pas avant une heure, ce qui était bien trop long.

— La pression artérielle n'est pas bonne, lui chuchota Cade

quand elle revint. Je peux me tromper, mais je pense qu'il a eu une attaque.

— Ce qui signifie qu'on avait raison pour le syndrome hémolytique et urémique. C'est arrivé vite, mais c'est ça, pas de doute.

— Cet homme est alcoolique, Belle, dit-il en ouvrant la table de chevet du patient, encombrée d'une bonne dizaine de bouteilles quasi vides. Voilà qui pourrait expliquer la vitesse d'évolution et la violence des symptômes.

Elle peinait à trouver une veine assez visible et solide pour son aiguille.

— Il va falloir que je lui fasse une sous-clavière, annonça-t-elle. Je n'aime pas trop ça.

— Je vais aller chercher de quoi surélever le dossier du lit, ça évitera qu'il fasse une embolie pulmonaire, en plus.

— Pendant que tu y es, demande au contremaître si M. Ratson a de la famille à prévenir.

Elle ne pouvait le demander directement à son patient dont les yeux s'ouvrirent un instant, plus par réaction nerveuse que réelle volonté. Il était en train de glisser vers le coma. Dire qu'on lui avait annoncé des crampes d'estomac ! Leur obstination à n'appeler la doctoresse qu'en cas d'extrême gravité risquait de leur coûter très cher.

— Monsieur Ratson, je vais devoir vous piquer près de la clavicule, dit-elle d'une voix délibérément forte. Dans quelques minutes, nous allons vous emmener à l'hôpital. Je pense que vous faites une complication.

Doux euphémisme… Cet homme était dans un état critique et son pronostic vital engagé. On venait de franchir une étape dans la propagation de la maladie.

Tout se déroula de façon parfaitement organisée. Cade, aidé par quelques vachers, souleva le dossier du lit avec des briques, pendant qu'elle plaçait une serviette enroulée sous les omoplates de Dean Ratson afin de faire ressortir ses clavicules. Cade ayant localisé le point idéal pour l'intraveineuse, elle désinfecta et anesthésia la zone. Cade piqua avec la dextérité du chirurgien, et elle attacha la perfusion. Puis elle posa le pansement stérile que Cade avait préparé. Un duo parfait, c'était évident. Et tout cela sans un mot, comme s'ils travaillaient ensemble depuis toujours, alors que c'était la première fois.

Elle frissonna en songeant combien ils étaient bons, ensemble. Alors qu'ils préparaient leur patient au transport en hélicoptère, elle n'arrivait pas à se sortir cette idée, plutôt inquiétante, de la tête. Une heure plus tard, elle déposa Cade devant sa pension, toujours préoccupée. Comment pouvaient-ils être aussi parfaitement synchrones dans une situation médicale d'urgence et aussi désynchronisés pour tout le reste ?

Elle ne devait pas laisser ce genre d'idée l'envahir. Cade devait ne rester qu'une arrière-pensée comme elle l'y avait cantonné jusqu'à présent, et c'était très bien ainsi.

Facile à dire quand la situation semblait prendre le chemin opposé.

— Pas bon, marmonna-t-elle deux heures plus tard en préparant trois sandwichs au fromage.

Cade était passé voir Michael.

— Qu'est-ce qui n'est pas bon ? demanda-t-il en s'approchant derrière elle.

Trop près.

— La façon dont je fais brûler ton panini.

— Brûlé par Belle Carter, ça peut être intéressant, la taquina-t-il, à présent si proche qu'elle sentait son parfum.

Elle fit volte-face et se retrouva devant un drôle de dilemme. Un pas en avant et elle était contre lui. Un pas en arrière et elle touchait le four. Dans un sens comme dans l'autre, elle risquait bien de se brûler. Elle choisit donc une troisième option : elle leva sa spatule qu'elle lui fourra dans les mains avant de le contourner.

— Non, ce sera brûlé par Cade Carter, M. J'ai-tout-vu-tout-fait, ajouta-t-elle en s'éloignant aussi dignement que possible.

Elle se réfugia dans sa chambre dont elle ferma la porte à double tour avant de se jeter sur le lit. Ses jambes ne la portaient plus. Pendant une dizaine de minutes, elle contempla le plafond, trop effrayée pour réfléchir correctement.

Et, surtout, trop effrayée pour admettre qu'un pas de plus et les paninis brûlés seraient devenus le cadet de ses soucis.

4

— Une nuit, c'est tout ce que je demande, Belle... Emmener Michael camper une nuit. Je n'ai même pas besoin d'aller bien loin, je peux rester à une vingtaine de minutes d'ici, au cas où j'aurais besoin de le ramener.

— Ce qui m'inquiète, c'est qu'il n'est jamais allé camper.

Elle aurait pu ajouter qu'elle n'était pas convaincue que le moment soit bien choisi. Michael avait besoin de temps pour se préparer aux nouveautés, si excitantes soient-elles.

— Les expériences, ce n'est pas vraiment son truc, tu vois. Il faut les amener progressivement, comme on s'entraînerait pour une course d'endurance. L'emmener se promener quelques heures, deux ou trois fois de suite, pour qu'il s'habitue à l'environnement. Passer une nuit sous la tente dans le jardin. Ce n'est pas qu'il soit fermé à toute nouvelle activité, au contraire, il adore apprendre, mais il faut y aller à son rythme.

On associait cette lenteur au syndrome d'Asperger, mais peut-être le monde gagnerait-il à ralentir un peu son rythme, lui aussi. Avant, on appelait cela de la prudence, aujourd'hui, c'était considéré comme une infirmité.

— Justement, si je le prends une nuit, ça lui fera une préparation. Plus tard, j'aimerais l'emmener deux ou trois jours d'affilée. Plus, s'il veut bien. Mais, si ça peut te rassurer, pourquoi ne viendrais-tu pas avec nous ?

Partir camper avec Cade et Michael ? Peut-être finalement que c'était elle qui avait besoin de se préparer à l'idée. Elle la mettait mal à l'aise. Non, elle la terrifiait. Passer une nuit avec lui, dans un environnement aussi intime... D'autant qu'elle n'avait jamais dormi dehors de sa vie. Et puis, comment Michael allait-il réagir ?

— Et comment je ferais ça ? Je ne peux pas m'absenter du cabinet comme ça, je suis le seul...

Il leva la main pour l'interrompre.

— Tu es connectée, c'est toi-même qui me l'as dit. Et puis, on ne va pas loin, juste à Ruda del Monte. Il y a un endroit incroyable un peu à l'écart du village, et le propriétaire du terrain, Jake Gibbons, est un brave type. Il apprécie la façon dont tu t'occupes de ses vachers, et il m'a donné l'autorisation d'installer une tente quand je veux.

— Il t'a donné l'autorisation sans broncher ?

Comment faisait-il pour charmer ainsi tous les gens qui croisaient sa route ? Jake Gibbons était un grincheux, un taiseux de la campagne qui lui avait dit sans détour qu'il ne faisait pas confiance à une femme pour soigner ses hommes. Un brave type, certainement...

— Oui, tout simplement. Et il a dit que je n'avais qu'à passer au ranch, pour le matériel. On aura donc tout ce qu'il nous faut, et si tu as une urgence tu pourras facilement rentrer en ville. De plus, j'ai donné un talkie-walkie à Maudie au cas où, ajouta-t-il en haussant les épaules. Elle a accepté de prendre en charge les petits bobos.

— D'abord Jake Gibbons, et maintenant mon infirmière. Combien de gens as-tu charmés encore ?

La liste des groupies de Cade s'allongeait à vue d'œil. Elle aussi avait succombé à son charme quand ils s'étaient rencontrés. Et si elle y était encore un peu sensible, ce qui n'était pas sûr, elle n'en était pas moins un peu jalouse de la façon dont il réussissait là où elle... peinait.

— C'était un jeu d'enfant.

— Parce que tu joues les jolis cœurs avec elle.

Il sourit. Repoussant son chapeau, il leva un sourcil avec une moue canaille.

— Parce que je le lui ai demandé avec mon plus beau sourire.

Elle m'a dit que tu ne souriais jamais, Belle. Alors je lui ai dit qu'une nuit de camping avec ton fils te détendrait. Que ça faciliterait tes relations avec... tout le monde. Maudie qui était du même avis s'est montrée très coopérative.

C'était carrément vexant. Depuis deux mois, elle essayait de se faire accepter, et voilà que Cade arrivait, avec ce satané sourire, et qu'il y parvenait comme une fleur. Tous les gens l'adoraient quand ils ne la toléraient qu'à peine. Le Dr Cade Carter, c'était le gentil, le Dr Belle Carter, la sérieuse. La sévère. L'obstinée. La pas drôle. Pas drôle. Elle les avait entendus la qualifier ainsi, et pas qu'une fois.

— Oui, enfin, coopérative ou pas, on ne peut pas aller camper, Cade. Tu n'as donc rien compris ? Michael et moi, on ne fait rien d'improvisé. On n'est pas comme les autres.

— Vous avez déjà essayé ? Il grandit, Belle, ses centres d'intérêt changent, il a envie de relever de nouveaux défis. Tu dois lui laisser faire ses propres découvertes, apprendre à réussir ou à échouer par lui-même. Tu ne peux pas le protéger de tout.

— Je lui laisse de l'espace, c'est juste que...

Elle poussa un long soupir. Cade voyait toujours la vie en rose. Pour lui, il suffisait d'essayer pour réussir. Elle était plus pragmatique. C'était certainement leur plus grosse différence, celle qui les avait séparés. Elle aurait adoré, elle aussi, voir le monde à travers des lunettes teintées de rose. Malheureusement, la réalité l'avait toujours rattrapée. Cela dit, pourquoi empêcher Michael de vivre une expérience potentiellement constructive ?

C'était décidé : ils partaient camper.

Pourvu que cela marche.

— D'accord, je vais lui en parler. Mais attention, c'est lui qui décide, et je ne lui imposerai rien.

— Alors, viens avec nous, Belle. On n'est peut-être plus la famille qu'on était jadis, mais on peut jouer le jeu pour une nuit. Sinon, tu vas t'inquiéter, tu vas passer ton temps à faire les cent pas sans pouvoir dormir, je te connais, et tu finiras par venir nous épier à 3 heures du matin, ajouta-t-il en lui adressant un clin d'œil. Alors autant venir directement, non ? J'ai tout prévu.

Bien sûr. Même s'il ne fallait pas toujours se fier à ce que Cade prévoyait comme des années de mariage le lui avaient appris à ses dépens.

« Je ne pars qu'une semaine. Tu peux m'appeler tous les jours. Je te promets de ne plus repartir. »

— Je vois clair dans ton jeu : tu tiens à me prouver que j'avais tort.

— Tu *as* tort, dit-il dans un souffle. Mais pas sur ce que tu imagines que je crois.

Cette voix douce, presque murmurée, lui donna la chair de poule. Comme avant. Elle se frotta les bras, espérant qu'il ne remarquerait pas son trouble.

— Ne… Ne me dis pas ce que je dois penser, Cade, rétorqua-t-elle en tâchant de ne pas se laisser envahir par les sensations qu'il lui inspirait toujours. C'est ce qui nous a tués. Tu partais du principe que tout allait s'arranger, et puis tu me laissais me débrouiller toute seule. Tu n'as jamais fait le moindre effort pour me reconquérir, poursuivit-elle en poussant un soupir, essayant de lutter contre la colère qui menaçait de resurgir. Je sais que tu aimes Michael, et je sais que ce n'est pas facile pour toi. Mais tu es ici pour ton fils, pas pour ton ex-femme, alors épargne-moi tes remarques. Et, pendant qu'on y est, ne fais plus de projets à ma place.

— Tu as changé.

— Je n'ai pas eu le choix, c'était une question de survie. C'est l'une des conséquences de tes actes, Cade.

D'ailleurs, par bien des côtés, elle lui en était reconnaissante. Elle aimait la femme qu'elle était devenue, mais cela n'avait pas été facile, loin de là.

— Je ne sais pas quoi dire.

— Ne dis rien. Je mène la vie que je veux, et je suis heureuse. C'est dommage qu'il ait fallu un divorce pour ça, mais peu importe. Tu es ici pour Michael, et c'est le seul lien qui nous unit à présent : notre fils.

Vraiment ? La semaine dernière, elle aurait répondu oui sans hésiter. Aujourd'hui…

— Eh bien, je pense que notre fils aimerait aller camper avec sa mère et son père.

— Et sa mère, a-t-elle envie d'aller camper ?

— Je m'occuperai bien de toi, Belle, si c'est ce qui te préoccupe.

— Même si tu sais parfaitement que je n'aime pas coucher dehors ?

— Justement parce que je le sais.

C'était possible. Elle n'assurait pas les consultations du vendredi, les visites dans les ranchs étaient finies pour la semaine, la paperasse était à jour, et elle serait joignable en cas d'urgence.

— Ne le prends pas mal, Belle, mais j'ai l'impression que c'est toi qui as un problème avec l'improvisation, pas Michael. Pose-lui d'abord la question, ensuite, on avisera. Et si tu hésites à cause de l'intimité je te promets de garder mes distances. Tout ce que tu voudras, du moment que Michael est heureux.

Elle ne pouvait pas lui reprocher de ne pas faire d'efforts.

— Bon, je lui parlerai en le ramenant de l'école.

— Et si on lui en parlait ensemble ?

Elle commença par lui expliquer que ce n'était pas forcément une bonne idée, étant donné l'attitude de Michael à son égard. Mais il insista, et elle finit par accepter. A contrecœur. Trente minutes plus tard, ils attendaient Michael à la sortie de l'école élémentaire de Big Badger.

— Voilà, conclut Cade. J'adorais partir camper quand j'étais enfant, et ça fait longtemps que je n'y suis pas allé. Je crois qu'on s'amuserait bien. Alors, tu veux bien ?

Michael jouait avec la fermeture à glissière de son sac à dos. Il ne le regardait pas, il ne l'écoutait peut-être même pas. Pour la première fois, il hocha la tête.

— Ça veut dire oui ?

— Oui, ça veut dire oui, répéta-t-il.

Cade vit Belle se figer. Elle leva les yeux vers lui et il lui rendit son regard.

— Ça ne te dérange pas si je viens avec vous ? demanda-t-elle.

— Non, répondit Michael très sérieusement. Mais si tu as peur des tarentules, des veuves noires et des scorpions, il faudra que tu dormes dans la voiture.

Cade éclata de rire.

— Elle a même peur des mouches ! dit-il.

— Je sais, et des sauterelles, des abeilles et des mites aussi.

— Je n'ai pas peur des mites !

— Alors, pourquoi est-ce que tu hurles quand tu en vois une ? répliqua Michael en jetant un rapide coup d'œil dans sa direction.

— Je ne hurle pas, je... Il m'arrive de sursauter, quand je suis surprise.

— Tu hurles ! Si on fait un feu, ça va attirer les insectes, et tu vas hurler.

Incroyable ! Son fils taquinait Belle. Un aspect qu'il découvrait.

— Je voudrais en effet allumer un bon feu pour nous faire cuire à manger. Belle, tu pourras t'asseoir avec Michael et moi près du feu, mais il va falloir te contrôler.

— Me contrôler ? dit-elle, avec un étonnement feint.

— Oui, te contrôler, maman. Les mites, ce n'est pas méchant. Et puis, des études montrent qu'elles n'entendent pas les sons aigus, alors si tu hurles elles ne s'en iront pas.

— Comment tu sais ça, toi ?

Elle avait l'air aussi surpris que lui, pour une fois.

— Je l'ai lu quelque part, répondit Michael en haussant les épaules.

— Et il l'a retenu, dit-elle à l'attention de Cade.

— Parce que j'aime les insectes, maman, tu le sais bien.

Cade sentit une boule se former dans sa gorge. Des souvenirs pénibles lui revenaient à la mémoire. Tous les garçons de cet âge aimaient les insectes, mais Michael lui faisait soudain beaucoup penser à son frère, Robbie.

— Tu sais ce que c'est que l'entomologie ? demanda-t-il pour se sortir de ses tristes pensées.

Michael arbora un air perplexe puis secoua la tête.

— L'entomologie, c'est l'étude des insectes, lui expliqua Cade. Un entomologiste, c'est un spécialiste qui passe sa vie à étudier les insectes. C'est lequel, ton préféré ? ajouta-t-il d'une voix tremblante.

L'enfant fronça les sourcils puis son visage s'éclaira.

— Les mites ! répondit-il dans un grand sourire.

— Vous êtes en train de vous liguer contre moi, vous deux !

— Peut-être que tu le mérites.

Au regard perçant dont elle l'enveloppait, il comprit qu'elle avait décelé son émotion. Il ressentit une pointe de culpabilité de lui avoir caché une partie importante de sa vie, mais il était trop tard à présent.

— Ouais, tu le mérites, renchérit Michael.

Aussi incroyable que cela puisse paraître, un lien commençait à se tisser entre son fils et lui. Toutes ces années qu'il y travaillait, et il avait suffi d'une mite ! Il dut se détourner pour cacher les larmes qui lui montaient aux yeux. Pour Michael. Pour Robbie. Pour lui, aussi, et ce qu'il avait perdu.

Belle n'avait pas encore eu l'occasion de voir grand-chose du Texas. Ses journées n'étaient déjà pas assez longues pour y caser tout ce qu'elle avait à faire, alors le tourisme... Mais elle devait bien avouer que l'endroit où Cade les avait emmenés camper était charmant. Et couvert par le réseau internet, ce qui lui évitait de se sentir trop coupable...

Ils étaient installés sur un petit lopin de terre assez éloigné du ranch lui-même, totalement différent de ce à quoi elle s'attendait. Le Texas, elle l'aurait qualifié de désertique : des vastes espaces, des terres vierges, arides. Mais cet endroit... était à couper le souffle, avec ses arbres, son herbe verdoyante, et le petit ruisseau qui traversait la prairie. Et le ciel ! Dieu qu'il était bleu ! Si beau qu'on n'avait qu'une seule envie : s'allonger par terre et se perdre dans l'azur.

Non, décidément, ce décor n'avait rien à voir avec le Texas qu'elle imaginait. En fait, c'était si joli qu'elle se prenait à rêver d'une maison, sur les contreforts de la colline, avec une vue imprenable sur cette charmante vallée.

On pouvait toujours rêver... Elle arrivait tout juste à joindre les deux bouts, avec le loyer du deux pièces qu'elle louait et les quelques sous qu'elle essayait de mettre de côté pour racheter le cabinet.

— Je ne m'attendais pas à un paysage aussi grandiose, admit-elle.

— C'est une région magnifique. Les gens s'en font toujours une idée fausse, mais je n'ai rien vu d'aussi beau ailleurs.

Elle sourit. C'était incroyable à quel point il paraissait encore se sentir chez lui, ici.

— Fais attention, tu commences à parler comme si tu avais envie de revenir t'installer ici. Le médecin de la grande ville qui retourne au pays. Ce n'est pas ton style, pourtant !

Il appréciait trop le confort dont il bénéficiait en ville. Saurait-il s'en passer, maintenant qu'il s'y était habitué ?

Il ne répondit pas, se contentant de regarder autour de lui. Si longtemps qu'elle finit par se sentir mal à l'aise.

— Tu ne reviendrais pas...

— On ne sait jamais, la coupa-t-il.

Elle n'avait pas imaginé cela un seul instant.

— Tu ne l'envisages pas sérieusement ?

Il se tourna vers elle.

— Ce que j'envisage, pour l'instant, c'est de monter les tentes avant que la nuit tombe.

Il lui cachait quelque chose. Mais quoi ? Etait-ce la raison de sa venue, de son congé du cabinet où il travaillait ? La vraie raison de tous ces changements qu'elle percevait chez lui ?

— Ce serait bien de faire un feu avant qu'il fasse trop sombre, ajouta-t-il.

— Je peux faire les hotdogs ? intervint Michael, abandonnant le criquet qu'il poursuivait depuis un moment. Moi tout seul ?

Cade lui fit signe : il attendait qu'elle réponde.

— Avant de pouvoir faire des hot-dogs, il faut monter les tentes puis partir chercher des morceaux de bois. Tu veux te charger de quoi ?

— Du bois.

— Prends de longs bâtons, pour les hot-dogs, mais pas trop gros. Tu vas les chercher et papa les coupera, ça te va ?

— Je peux pas avoir un couteau ? Je voulais les couper moi-même.

Elle secoua la tête malgré la moue qui se formait déjà sur le visage de Michael. Il avait beau être bien plus intelligent que la moyenne, il n'avait que sept ans.

— Non, pas de couteau, les règles sont les mêmes qu'à la maison. Mais, si papa vient avec toi, il te montrera peut-être comment couper les bâtons avec son canif. Comme ça, tu sauras le faire quand tu seras plus grand.

— J'ai des pinces coupantes, dit Cade en en tendant une paire à Michael. Avec crochet de sécurité, faciles à utiliser, parfaites pour les brochettes à hot-dogs. Belle, pendant que tu montes les tentes..., ajouta-t-il avec un large sourire.

— *Les* tentes ?

— Ben oui, Michael et moi, on a du boulot, lâcha-t-il en jetant un coup d'œil vers son fils.

— D'accord, je vais monter les deux tentes. Mais j'ai bien peur que tu ne sois seul pour les brochettes.

Fasciné par un autre insecte, Michael ne les écoutait plus.

— Tu ne le reprends pas quand il se laisse distraire comme ça ? Tu...

Il s'interrompit, visiblement ennuyé, et se contenta de lever les mains avant de faire volte-face. Elle le rattrapa par le bras : il n'allait pas s'en sortir comme ça.

— Ecoute, je ne sais pas ce qui te pose problème, et apparemment tu ne veux pas m'en dire plus. Mais si c'est moi, ou quoi que ce soit qui ait à voir avec notre relation passée, sache bien que peu importe ce qui s'est passé entre nous. Les choses se sont apaisées et je ne t'en veux plus, conclut-elle en le relâchant. Et, si c'est au sujet de Michael, il ne fait pas exprès de te rejeter, Cade. Il est comme ça, c'est tout. Ne le prends pas personnellement.

— Merci de me dire ça.

— Avec Michael, il faut apprendre à choisir ses batailles. Celle-là ne m'a pas semblé fondamentale.

— Mais lesquelles le sont, Belle ? demanda-t-il sans se tourner vers elle. Et comment décide-t-on de ce qui est important ou pas ? Parce que moi, je n'en sais rien.

Elle jeta un œil vers Michael, accroupi près d'une petite chose noire avec plein de pattes.

— Parfois, je me fie à mon intuition, parfois, c'est un peu au hasard et, la plupart du temps, ça dépend de mon humeur.

— Quoi ? Belle Carter admet qu'elle n'a pas réponse à tout ? dit-il en riant.

Elle se pencha vers lui, pour murmurer :

— Belle Carter avoue : elle n'a pas la science infuse. La plupart du temps, elle fait juste semblant. Et si tu oses le répéter à quiconque, en particulier à Maudie, je te fais manger ton chapeau, ajouta-t-elle en se redressant.

— Non, pas mon chapeau !

D'un geste vif, elle le lui arracha et s'en coiffa.

— Et je pensais ce que je t'ai dit tout à l'heure, Cade, je ne t'en veux plus, conclut-elle en s'éloignant.

— Il était épuisé, dit-elle en rejoignant Cade près du feu. Il s'est endormi sitôt que j'ai refermé son sac de couchage.

A sa grande surprise, d'ailleurs. D'habitude, le coucher était toujours un peu problématique, avec Michael. Il avait toujours mieux à faire : un jeu vidéo à terminer, un chapitre à finir, une émission à regarder. Mais ce soir il était content, le camping lui plaisait visiblement beaucoup. Tout comme à elle, d'ailleurs.

— Tu te sens bien ? demanda Cade.

— Oui, je crois. Ça fait du bien de décrocher un peu, et ça fait longtemps que cela ne m'était pas arrivé. De plus, t'avoir ici avec moi, pour partager la responsabilité de Michael, c'est important pour moi.

— Je me sens coupable de ne pas pouvoir faire plus pour t'aider, et de ne jamais réussir à faire ce que je veux avec lui.

— Tu n'as pas à te sentir mal vis-à-vis de moi. Je m'en sors très bien. Pour ce qui est de Michael, peut-être que tu devrais accepter les choses telles qu'elles sont et laisser faire le temps. Il réagit différemment de nous, parfois, donc il vaut mieux le laisser faire plutôt que de lui imposer ta méthode.

— Tu trouves que je suis trop directif ?

— Oui. Tu le faisais avec moi quand on était mariés. Tu voulais toujours me faire entrer dans tes cases. Sans doute le fais-tu sans t'en rendre compte. Ça fait partie du jeu, quand on essaie d'être un bon parent. On veut tous que notre enfant respecte nos règles. Je suis aussi coupable que toi, dans ce domaine. Mais je sais qu'avec Asperger il faut accepter certaines choses. Le plus dur, c'est de trouver le bon compromis.

— Et comment je sais sur quoi faire les compromis ?

— Ecoute ton cœur, Cade. Il faut que tu acceptes le fait que, parfois, les pièces du puzzle se mettent en place même si elles ne sont pas parfaitement ajustées. Ça risque de modifier la vision que tu t'es faite de ton rôle de père, mais la rendre plus intéressante, aussi. Enfin, si ça peut te consoler, je suis heureuse d'être venue camper avec vous, ajouta-t-elle avec un petit soupir en regardant le ciel noir. Malgré les insectes... Mais je vais rentrer en ville demain matin, avant que Michael se lève. Si cela ne t'embête pas...

— J'espère que ce n'est pas à cause de moi.

— Non. Comme je te l'ai dit, je n'ai pas beaucoup de temps pour moi, et j'aimerais en profiter pour me prélasser dans un bon bain, peut-être aller chez le coiffeur ou m'acheter une paire de chaussures, sans avoir à me soucier de Michael qui est en sécurité avec son père.

— Tu m'as manqué, Belle.

Elle ramassa un morceau de bois pour tisonner le feu. Des volutes de fumée et des étincelles rougeoyantes montèrent vers le ciel.

— Je sais ce que ça fait. J'ai passé la plupart de mon temps, lorsque nous étions mariés, à me dire la même chose. Je pense qu'on était partis du mauvais pied, Cade, ajouta-t-elle en songeant à tout ce qui l'avait fait tomber amoureuse de lui. Je ne regrette rien, note bien, car notre couple m'a apporté un équilibre que je n'aurais jamais acquis seule.

— Un bon équilibre ?

— Le meilleur, dit-elle en se levant. C'est pas mal, au fond, d'être divorcée. J'aime la vie que je mène maintenant, et ne l'échangerais contre rien au monde. Quand on était mariés, je n'étais pas... heureuse. En partie à cause de toi, en partie à cause de moi. On s'accordait sur plein de choses, mais pas sur les plus importantes. Et puis Michael est arrivé, et j'ai dû faire des choix. C'était dur, et tu n'étais pas beaucoup là. Au bout du compte, j'ai su que le seul choix qui s'imposait à moi, c'était d'opter pour une vie qui me rendrait heureuse car, sinon, je ne pourrais pas être la mère dont Michael avait besoin.

— Tu n'imagines pas ce que ça me fait de t'entendre dire que tu es heureuse sans moi.

— L'important, c'est que je sois heureuse, non ? dit-elle en souriant. Et ce n'est pas parce qu'on n'est plus ensemble, c'est moi. Je te l'ai dit mille fois, Cade, tout ce dont je rêvais, c'était une maison, un enfant, un bon cabinet médical. Mais tu n'entendais rien. Et puis tu as accepté ce poste en Thaïlande sans même m'en parler, ensuite tu es parti à Chicago... Bref, aujourd'hui, j'ai tout ce que je veux, et je doute que beaucoup de gens puissent en dire autant.

— La Thaïlande, c'était juste pour six mois.

— Je suis contente que tu aies réussi ta carrière. Et toi, tu ne peux pas te réjouir pour moi aussi ?

— Alors, le mariage ne fait pas partie de tes projets de bonheur pour l'avenir ?

— Chat échaudé... Et puis, le mariage n'est pas le remède à tous les maux. J'ai découvert que je me portais mieux sans. Alors, pourquoi se rembarquer dans la fameuse galère ?

— Parce que cette galère peut aussi t'emmener vers de doux rivages. Et je pense que tu le mérites, Belle.

— Tu m'as fait toucher ces rivages du doigt, jadis. Mais tout s'est terminé en naufrage. Aujourd'hui, je n'ai plus le pied marin. Mais tu sais quoi ? Tu m'as manqué aussi.

Peut-être même encore plus qu'à l'époque, elle se demandait si un homme pourrait un jour lui faire autant d'effet. Il y avait longtemps, elle avait décrété que non. Elle se haussa sur la pointe des pieds et lui déposa un tendre baiser sur les lèvres.

— Oui, tu m'as vraiment manqué. Bon, il est temps de se coucher. J'espère qu'aucune petite créature ne s'est glissée dans mon sac de couchage.

— Bonne nuit, Belle.

Comme s'il avait besoin de ce baiser ! Déjà qu'il dormait plutôt mal ces derniers temps... Pour Belle, ce baiser ne signifiait rien, il le savait, et pourtant, lui, il en avait été tout retourné.

Plutôt que de tourner en rond autour du camp où il risquait de faire du bruit, il prit le sentier jusqu'au ruisseau sans pour autant perdre le feu de vue. Il s'assit sur la berge et regarda l'eau où miroitait la lune. Sa vie ressemblait un peu à ce ruisseau qui se frayait un chemin au milieu des rochers. Sans vouloir tomber dans l'apitoiement, il devait bien avouer qu'il était un peu frustré de la tournure que prenaient les événements. C'était ce qui le tenait éveillé toutes ces nuits durant. Cela, et les souvenirs qui le hantaient. Robbie. Belle. Michael.

— Moi aussi, il m'arrive de ne pas pouvoir dormir, dit Belle en s'asseyant près de lui. Ces nuits-là sont interminables. On fait les cent pas, on prend un livre ou on écoute de la musique en espérant tromper l'insomnie. Mais rien n'y fait, on reste seul avec ses pensées, ses peurs et ses frustrations.

— Les choses auxquelles on ne peut rien changer.

— On ne peut rien contre certaines choses, et d'autres sont bien telles qu'elles sont. Mais pour le reste, la plus grande partie en fait, tu peux les changer si tu le veux vraiment.

— Je ne voulais pas que nous en arrivions au divorce, Belle. J'ai tout fait pour l'éviter.

— Peut-être, mais trop tard. Pourtant, j'ai attendu.

— C'est ce que je me répète, la nuit. Je crois qu'en fait je n'étais pas fait pour le mariage, mais j'étais encore moins fait pour le divorce.

Elle laissa échapper un petit rire.

— Pauvre de toi !

— Comment tu as su que j'étais là ?

— Je n'en savais rien, Cade. Mais je n'avais pas sommeil, alors je suis descendue jusqu'ici. C'est tellement paisible, ajouta-t-elle en délaçant ses chaussures. On fait trempette ?

Elle jeta un coup d'œil à la tente afin de s'assurer que Michael ne bougeait pas.

— Je te préviens, il y a peut-être des insectes, et à la seule lueur de la lune on ne les verra pas.

— Je prends le risque, dit-elle en glissant un pied dans l'eau. Je n'ai plus fait ça depuis que j'étais enfant. J'avais peur, en fait. On avait un petit ruisseau plein d'écrevisses derrière la maison, mais je mourais de peur à l'idée qu'elles me pincent les orteils. Du coup, je n'osais même pas me tremper les pieds avec les autres.

Elle se pencha et prit de l'eau entre ses mains dont elle l'éclaboussa en riant.

— Alors, tu viens ?

— Tu l'auras voulu, mais tu vas regretter les écrevisses, dit-il en ôtant ses bottes et en sautant à pieds joints dans l'eau. Nous aussi, on avait un petit ruisseau derrière la maison, et...

Mais, quand Robbie avait été en âge de s'amuser dans le ruisseau, lui-même était déjà passé à autre chose.

— Cade ? Tu es toujours là ?

Sa question le ramena au présent, il secoua la tête pour se débarrasser de cet accès de mélancolie.

— Oh oui, je suis là, répondit-il en l'attrapant par la main pour l'attirer à lui.

Elle essaya de se dégager, mais sans grande conviction.

— Qu'est-ce que tu vas me faire ?

— Qu'est-ce qui te fait croire que je vais te faire quoi que ce soit ?

Ce disant, il resserra son étreinte, prenant bien garde à ne pas lui faire mal, mais s'assurant qu'elle ne lui échapperait pas.

Comme un gamin... Cette pensée lui fit oublier ses mauvais souvenirs. Etait-ce grâce à Belle ?

— Je te connais, Cade Carter.

Sans un mot, il lui lâcha la main pour l'enlacer fermement, avant de l'entraîner dans l'eau avec lui. Le ruisseau n'était pas très profond et l'eau était tiède, mais la surprise la fit haleter. Il la lâcha alors et la bagarre commença. Ils s'éclaboussaient à qui mieux mieux, en riant à gorge déployée. Il ne se rappelait pas avoir jamais autant ri.

Sans savoir comment, il se retrouva allongé dans l'eau, Belle à califourchon sur lui dans une position dangereusement intime. Il vit alors la lueur dans ses yeux : ce n'était plus du jeu, ni de la crainte. Alors, quoi ? De la surprise ? De l'inquiétude ?

Il n'eut pas le temps de se poser plus de questions car elle s'écarta vivement de lui et sortit de l'eau. Il s'attendait à ce qu'elle ramasse ses chaussures et retourne à la tente, mais elle n'en fit rien. Elle resta là, à le regarder.

— Quoi ? dit-il en se relevant après un instant de silence embarrassé.

— Je repensais aux bons moments.

— Il y a un renvoi en bas de page qui signale qu'après les bons viennent forcément les mauvais moments ?

— Non. Parfois, ça fait du bien de repenser à ce qu'on a réussi en oubliant le reste. Bon, je te réveille demain en partant pour que tu prennes le relais avec Michael. Au fait, merci, Cade, ajouta-t-elle après une légère hésitation.

S'ils avaient été amants, c'était à ce moment-là qu'ils se seraient embrassés. D'ailleurs, elle ne le repousserait peut-être pas, qui sait ? Mais il préférait que leur relation reste amicale, pour l'instant. Ce sentiment le rassérénait, et l'aiderait peut-être à trouver le sommeil. Sortant de l'eau, il renfila ses bottes, ramassa son chapeau et retourna, trempé, à sa tente. Pour la première fois depuis des années, dormir seul ne lui pèserait pas.

— Tu as envie de faire quoi ?

La matinée avait été rude : Belle était partie tôt, comme prévu, et Michael était de mauvaise humeur. Il n'avait probablement pas apprécié de ne pas voir sa mère au réveil.

— Je veux rentrer à la maison, répondit-il d'une voix neutre. Tout de suite, s'il te plaît.

Cela faisait au moins cent fois qu'il répétait cette phrase...

— D'accord, mais avant je veux te montrer quelque chose.

Michael secoua obstinément la tête.

— Non, il est l'heure de rentrer.

Que pouvait-il répondre ? Belle saurait, elle. Sortant son portable, il commença à composer le numéro avant de s'interrompre. Il n'allait tout de même pas s'avouer vaincu aussi facilement ! Cela équivaudrait à admettre que son idée était mauvaise. Pas question !

— Oui, on va y aller. Mais on va d'abord faire un tour. On trouvera peut-être des insectes intéressants.

— J'aimerais bien trouver des hydrobies, dit Michael, les yeux soudain pétillants. Ils vivent dans les milieux aquatiques et aiment bien marcher sur l'eau.

— Dans ce cas, on en trouvera peut-être au ruisseau.

Cette idée n'était peut-être pas si mauvaise, au fond.

— On y va ? demanda Michael impatiemment. Avant le petit déjeuner ?

Voilà que maintenant il était prêt à sauter le petit déjeuner ! D'accord, ce n'était qu'un petit pas en avant, mais c'était tout de même un début.

— Je pense en effet que c'est la meilleure heure. Tiens, attrape le sac noir, là-bas, près de mon sac à dos. Il y a quelque chose dedans.

— Un cadeau ?

— Oui, si ça te plaît.

— Un jeu vidéo ?

— Mieux que ça, dit Cade en secouant la tête.

— Ça m'étonnerait, répliqua Michael en observant le sac sous toutes ses coutures. Sauf si c'est deux jeux vidéo.

— Jette un œil à l'intérieur.

Cade se surprit à retenir son souffle.

Lentement, Michael défit la fermeture à glissière, millimètre après millimètre.

— Un appareil photo ! s'écria-t-il quand il eut enfin ouvert le sac en grand. C'est pour moi ?

— Bien sûr. J'ai pensé que tu aimerais prendre les choses qui t'intéressent en photo. Comme les zigorbies…

— Hydrobies, corrigea Michael en étudiant le fonctionnement de l'appareil.

— C'est ça. Alors, on va au ruisseau ?

Michael le regarda à travers l'objectif.

— O.K., papa, répondit-il en appuyant sur le bouton. Allons-y.

5

— C'est une piqûre d'abeille, dit Belle en regardant les zébrures rouges qui barraient le bras de Cade. Enfin, une dizaine de piqûres.

— De frelon, rétorqua-t-il. Et il y en a treize, précisément.

Elle sortit un tube de corticoïdes de son armoire à pharmacie.

— J'ose à peine poser la question, mais comment ça s'est passé ?

— Il y avait un nid de frelons sous le toit du garage, à la pension, et...

— Laisse-moi deviner. Monsieur le charmeur a voulu faire plaisir à son public de fans en délire en les sauvant de ce terrible danger, le taquina-t-elle en appliquant une dose de crème sur la première boursouflure. Tu avais vérifié s'il était actif ou non, ce nid ?

— Tu fais toujours ça, Belle. Tu tires toujours des conclusions hâtives... Et systématiquement négatives, dès que je suis concerné.

— Disons que j'ai mes raisons, répliqua-t-elle en le regardant, très sérieuse soudain. Parce que tu avais une fâcheuse tendance à nous oublier, Michael et moi, dès qu'une bonne cause se présentait. Tu voudrais que je réagisse comment ?

— Je n'étais pas prêt à me stabiliser, Belle. Je n'ai aucune excuse pour avoir été un mauvais mari, mais toutes ces responsabilités me faisaient peur. Le mariage n'était pas... c'était différent de ce à quoi je m'attendais. J'avais du mal.

— Tu avais du mal, et moi, j'en tirais des conclusions hâtives, comme celle que tu étais un mauvais mari. Ce qui s'est passé quand tu es parti courir le vaste monde sans avoir eu l'idée de m'en parler au préalable. Tu te souviens de ça, Cade ? Je me suis réveillée au petit matin avec un mot sur l'oreiller, m'annonçant que tu étais au Cambodge ou à Haïti. Toujours pour de bonnes causes, humanitaires, certes, sauf que tu ne t'es jamais demandé si ta femme et ton fils avaient besoin de toi, eux aussi. Donc, tu vois, je pense que tirer des conclusions négatives à ton sujet est devenu un réflexe pavlovien, chez moi. Désolée, Cade, je n'ai pas envie d'être amère, mais parfois ça revient malgré moi.

Il sourit.

— Tu ne lâches rien, Belladonna. C'est une des choses que j'ai toujours admirée chez toi. Tu es forte.

— Pas toujours. Et, quand je dis que tu as voulu aider les gens, cela n'a rien de négatif. C'est juste un constat, tu es comme ça et, parfois, je pense que je t'envie un peu. Jamais tu ne m'as demandé de t'accompagner, Cade, pas une seule fois. Tu sais, avant que Michael arrive, je l'aurais peut-être fait. Cela m'aurait permis de partager quelque chose avec toi, de te découvrir différemment, et de voir par moi-même ce qui t'emmenait loin de moi. Tu n'as pas idée de ce que ça fait, d'être abandonnée comme ça.

— J'étais stupide, immature..., dit-il en serrant les dents. Je regrette qu'on n'ait pas plus parlé, mais je ne pensais pas que tu m'aurais accompagné.

— Pour sauver notre mariage, oui. On parlait, mais pas des bonnes choses aux bons moments. Bref, revenons à tes piqûres. Comment les frelons t'ont-ils attaqué ?

— Tu demandes ça pour pouvoir te moquer de moi.

Ils se regardèrent, mais cette fois elle avait envie de rire.

— Ça t'apprendrait à jouer les jolis cœurs.

— Eh bien, tu vas être déçue. M. Parker était sur le point d'escalader une échelle branlante. Il a passé l'âge de se lancer dans ce genre d'exercice, alors, j'ai...

— Tu lui as proposé de monter à sa place, poursuivit-elle, admirative malgré elle. C'est tout à ton honneur.

— Quoi qu'il en soit, laisse-moi te dire que, pour un homme de son âge, il court comme un cabri. Quand j'ai fait tomber le nid et qu'un million de frelons mécontents en sont sortis...

— Il n'y avait pas d'autre moyen de s'en débarrasser ?

— Peut-être. Moi, j'avais dans l'idée de déplacer leur nid et de les faire sortir, en espérant qu'ils s'enfuiraient. Ce qu'ils ont fait, ajouta-t-il avec un sourire penaud. Pour se réfugier dans la maison...

— Quoi ?

— Par la fenêtre ouverte.

— Après escale sur ton bras.

Ces treize piqûres de frelon devaient être sacrément douloureuses, et il pouvait s'estimer heureux de ne pas être allergique. Malgré tout, l'image de Cade poursuivi par les frelons la fit sourire. Il fut un temps où elle aurait même dit : « Bien fait ! » Mais plus maintenant. En fait, elle l'aimait mieux maintenant que comme mari. Il avait muri, s'était adouci.

— Il valait mieux que ce soit moi que M. Parker, dit-il en grimaçant chaque fois qu'elle le touchait. Même si Mme Parker était peut-être plus redoutable encore que les frelons tant elle était furieuse.

— Tu as réussi à les chasser tous ?

— J'avais l'impression qu'ils se reproduisaient au fur et à mesure. Il y en avait partout, et les Parker ont dû partir quelques jours chez leur fille, à Dallas, le temps que quelqu'un enfume les bestioles pour les faire sortir. Apparemment, la meilleure façon de procéder aurait été d'intervenir de nuit, en prenant soin de fermer toutes les fenêtres au préalable, et d'allumer un feu sous le nid. Comme ils détestent la fumée, ils se seraient enfuis. Moi, j'ai tapé dessus avec un bâton, ce qui n'était visiblement pas très judicieux, conclut-il avec un sourire qui se transforma aussitôt en rictus de douleur.

— Personne d'autre n'a été piqué ?

— Non, seulement moi.

— Désolée d'avoir mis en doute ta bonne foi, Cade. Tu as essayé de faire une bonne action, et...

— Et tu n'as pas encore vu mon dos. Ils m'ont piqué à travers la chemise. Ces sales bêtes se sont ruées sur moi comme la misère sur le monde.

— Quoi ? Tu as d'autres piqûres ?

— Je ne sais pas combien, mais j'ai le dos en feu. Ça fait encore plus mal que sur les bras, c'est dire...

— Enlève ta chemise, ordonna-t-elle en retournant à l'armoire à pharmacie. Je vais te faire une piqûre d'antihistaminiques, au cas où.

— Je préférerais un bon verre de whisky, marmonna-t-il en déboutonnant précautionneusement sa chemise en chambray.

— Ah, parce que tu bois, maintenant ? ironisa-t-elle.

Cade avait bien des défauts, mais celui-là n'en faisait pas partie.

— Je viens juste de m'y mettre. Et tu ne vas pas tarder à en faire autant.

Elle le regarda fixement.

— Pardon ?

— Eh bien, la pension est temporairement fermée. J'ai pensé à la pièce qui se trouve au-dessus de ton garage...

— Non, dit-elle. Non, répéta-t-elle en secouant la tête après un instant de réflexion. Pas question que tu...

— Mais tu ne t'en sers pas ! C'était un studio, avant, non ? Donc, il y a une salle de bains, et un lit, ou un lit pliant. Ça me va, et ça sera bien pour Michael, aussi.

— Comment ça ?

— Je serai plus proche de lui, donc on aura plus de temps.

Elle leva la main.

— Ne mêle pas Michael à ça, c'est moi qui te dis non. Je ne veux pas vivre avec toi, Cade. Je te rappelle qu'on a déjà essayé sans succès.

— Ça n'a pas grand-chose à voir. Le studio est au fond de la cour. En plus, si tu ne me loges pas, je vais devoir aller à Newman, qui est à vingt minutes d'ici car tout est complet à Big Badger. Bien sûr, avec mon dos en compote, je peux toujours retourner camper à Ruda del Monte...

— C'est bon, l'interrompit-elle en jetant le paquet de coton sur la table. Tu peux rester, mais ne va pas t'imaginer que cela te donne le droit d'entrer chez moi. Je suis sérieuse, Cade. Tu ne peux pas aller et venir comme ça dans ma vie. Ni dans ma maison, même si tu vis au-dessus de mon garage, et même si tu es blessé.

Il posa sa chemise sur la table d'examen.

— Message reçu. Et pour l'injection d'antihistaminiques, je vais passer mon tour. J'ai quelques patients à voir avant de rentrer, et j'ai peur d'être un peu groggy.

— Laisse tomber tes patients, je peux m'en charger.

— Je sais, mais je peux aussi, dit-il en souriant avant de sursauter quand elle toucha une piqûre particulièrement enflée. De plus, si je ne m'occupe pas, je vais passer le reste de la journée à geindre et à m'apitoyer sur mon sort.

— Bon, mais l'offre tient toujours, si tu ne te sens pas bien. Pour les antihistaminiques, tu sais où sont les seringues, et tu connais les doses. Surtout, ne joue pas les héros. Tu n'es pas allergique, certes, mais tu as tellement de piqûres...

— J'apprécie que tu te soucies de moi, Belle. Je comprends pourquoi tu as cru que je voulais faire le malin. Tu sais, longtemps, j'ai agi ainsi parce que ça m'évitait de faire face à la réalité.

— Tout le temps qu'on est restés ensemble, tu ne m'as jamais expliqué ça. C'est triste, car on était mariés sans l'être, en fait.

Elle s'interrompit en découvrant l'état de son dos. Dix-sept piqûres au total.

— Si tu ne veux pas d'antihistaminiques, prends au moins des antidouleurs. Juste un peu de codéine.

— Alors comme ça, tu me plains, maintenant ?

Il essayait de faire bonne figure, mais elle le sentit se raidir lorsque le coton toucha la première rougeur.

Oui, vraiment, elle le plaignait. Soudain, l'image de Cade recroquevillé sur le lit pliant du studio lui traversa l'esprit. Non, il ne fallait pas y penser.

— Et si je t'offrais une nuit, deux au maximum, dans un vrai lit ? Ce serait plus confortable, non ?

— Je n'ai rien demandé.

— Non, mais tu n'as pas vu l'état de ton dos. Tu peux prendre mon lit, je dormirai...

— Du côté gauche, si tu veux. Je ne franchirai pas la ligne, promis.

— Je dors à droite, maintenant. Et tu pourras bien franchir la ligne autant que tu voudras parce que je dormirai en bas, sur le canapé.

C'est vrai que l'idée de dormir avec lui était tentante. Elle avait toujours aimé se réveiller à son côté. Mais cette proposition n'était pas sérieuse. A moins que Cade ne pense qu'il leur suffisait de dormir ensemble pour retrouver ce qu'ils avaient perdu ? Quoi qu'il en soit, la simple idée de ce qu'ils n'étaient plus l'un pour l'autre la mettait mal à l'aise. Elle refusait de faire la liste des choses qu'ils ne partageaient plus. De ces choses dont, peut-être, elle avait encore envie.

— Tu aurais mieux fait de rester à Chicago, marmonna-t-elle. Rien de tout ceci ne serait arrivé.

— Je me suis fait piquer par des frelons, ce n'est pas la fin du monde, Belle.

Peut-être pas la fin du monde, mais elle commençait elle aussi à ressentir les effets d'une certaine piqûre. Et dire qu'elle se croyait immunisée...

— L'augmentation du nombre de cas d'*E. coli* m'inquiète, dit Belle en s'effondrant sur la chaise près de Cade.

Assis sur un tabouret, il remplissait le dossier d'un patient. Il n'avait pas l'air très à l'aise, et s'arrangeait visiblement pour que son dos et son bras ne soient en contact avec rien.

Leurs genoux se frôlèrent soudain sous la table de la minuscule salle de repos. Malgré le jean de Cade et le pantalon en lin qu'elle portait, ce contact involontaire la fit sursauter.

— Un autre ranch m'a appelée pour m'informer qu'ils avaient au moins deux vachers malades. Peut-être plus, l'intendant n'a pas su me dire précisément... En revanche, le propriétaire et sa famille vont bien, pour l'instant. Je vais aller y faire un tour dans une heure.

— Tu n'as pas reçu les résultats des échantillons envoyés au labo ?

— Non. Je les fais analyser par deux labos différents, pour être sûre. On a maintenant suffisamment de cas déclarés pour parler d'épidémie, mais je ne veux pas l'ébruiter au risque de provoquer un vent de panique. Je suis nouvelle, ici, et les gens ne me font pas encore confiance, en particulier les hommes, donc je n'ai pas droit à l'erreur. Or je n'ai toujours pas trouvé de cause, et je ne peux même pas leur conseiller d'éviter les haricots, la salade, l'eau du puits ou la saleté en général.

— Tu as raison. Mieux vaut attendre que de paniquer tout le monde. Sauf que si tu attends trop on t'accusera de n'avoir pas agi assez vite, ajouta-t-il en refermant son dossier. Moi, je crois que ça a un lien avec le bétail, Belle. On est dans un pays de vaches, tous les ranchs alentour en élèvent, et la moitié des habitants de la région sont, d'une manière ou d'une autre, impliqués dans cette industrie.

— Mais j'ai fait analyser la viande locale plusieurs fois...

— C'est vrai, mais tant qu'on ne fera pas des analyses massives de tout, absolument tout...

— ... on n'arrivera à rien. De plus en plus de gens sont malades, et moi, je suis dans le pétrin quoi que je fasse... Mais tu sais ce qui se passe quand on désigne un coupable. Il suffit qu'on évoque le bétail et... Je ne veux même pas penser à ce qui se passerait au niveau de l'économie locale qui pourrait être minée. Même les gens les plus rationnels peuvent en arriver à des extrêmes s'ils passent en mode panique. Le problème, c'est que j'ai demandé des analyses au labo local et à un labo privé. Les autorités sanitaires locales sont d'accord pour que les résultats restent confidentiels, mais il finira par y avoir des fuites. Jusqu'à présent, tout le monde pense qu'il s'agit d'une bactérie banale. Mais si les mots d'épidémie ou de pandémie sont prononcés, on est fichus..., soupira-t-elle. Et le temps joue contre nous.

— En ce qui me concerne, je pense que tu as agi au mieux. Ta position est délicate et les gens d'ici ont de la chance de t'avoir même s'ils n'en sont pas conscients.

— Tu diras ça aux lyncheurs, quand ils sonneront à ma porte.

Elle vint se poster derrière la chaise de Cade. Doucement, elle lui souleva sa chemise pour jeter un coup d'œil à son dos.

— Je peux te donner quelque chose ?

— Ta compassion ?

Elle sourit. Heureusement qu'il était là. Pour Michael, bien sûr, mais aussi un peu pour elle.

— Bonne nuit, Cade. Tu pourras fermer en partant ?

— Il a peut-être faim, dit Michael en regardant Belle à travers le viseur de son appareil.

Elle versa les spaghettis dans l'égouttoir. Même s'il avait pris au moins cinquante clichés pendant qu'elle préparait le dîner, et cinquante autres quand elle lisait un article médical sur le sofa, pieds nus et tout ébouriffée, elle était ravie que la photographie le passionne autant.

— Il y a des tas d'endroits en ville où ton père peut se sustenter, répliqua-t-elle en détournant la tête.

Trop tard, il avait pris une autre photo sur laquelle elle aurait l'air ennuyé. Après toutes ces années, Cade venait encore la perturber. Trop de pensées, trop de souvenirs.

— Et puis, je pense qu'il est fatigué, ajouta-t-elle. Il doit déjà dormir, à l'heure qu'il est.

— Mais sa lumière est allumée, répliqua Michael.

Bien sûr... Et voilà que Michael voulait dîner avec son père. Comment pouvait-elle lui refuser ce plaisir ?

— D'accord, va frapper à sa porte. Dis-lui que le repas sera prêt dans dix minutes, et qu'il peut se joindre à nous s'il en a envie. Ensuite, tu m'aideras à mettre la table.

Sans un mot, il se précipita dehors. En le regardant grimper l'escalier quatre à quatre, elle ressentit une immense fierté. Son fils était un véritable athlète. Ils avaient parcouru du chemin depuis le jour où le pédiatre lui avait annoncé sa maladie et dressé la liste des difficultés qu'il aurait à traverser. Dont une certaine maladresse, contre laquelle on l'avait mise en garde.

A sept ans passés, il avait l'agilité d'un singe, et aucune idée de ce qui était censé lui manquer.

Elle le vit frapper une première fois à la porte puis recommencer après quelques secondes. Pas de réponse. Il essaya une troisième fois, et à la quatrième elle sortit dans la cour.

— Michael, il n'est peut-être pas là !

— Mais j'ai entendu sa musique.

Du classique. Mozart, probablement. Il avait toujours cru qu'elle adorait, elle aussi, mais elle préférait Beethoven. Encore un autre point d'achoppement. Mais, en effet, elle entendait le *Requiem* de là où elle se trouvait. Bizarre... Parcourue d'un frisson glacé, elle attrapa sa trousse.

— Michael, tu peux revenir ici et aller vérifier que la porte d'entrée est bien verrouillée, s'il te plaît ?

Elle ne savait pas ce qu'elle allait trouver dans le studio, alors pas question que Michael entre avec elle.

— Et puis, tu as la table à mettre, n'oublie pas, lança-t-elle en le croisant dans la cour.

Avec un peu de chance, elle s'affolait pour rien et Cade était simplement sorti dîner en oubliant d'éteindre la chaîne hi-fi. Du moins essayait-elle de s'en persuader sans pouvoir néanmoins s'empêcher de trembler.

Elle attendit que Michael ait disparu pour se diriger vers la porte du studio. Fermée. Heureusement, elle avait un passe.

— Cade ! murmura-t-elle en pénétrant dans la pièce.

Il était allongé par terre, près du canapé. Elle courut vers lui et tomba à genoux. D'abord, le pouls. Faible, mais il était bien là, Dieu merci. Puis elle approcha l'oreille de son torse et écouta. La respiration était régulière mais sifflante.

— Qu'est-ce que tu as fait, Cade ? murmura-t-elle en écartant la table basse.

Lui soulevant délicatement la paupière, elle vérifia la réaction pupillaire. Bonne. Pas de traumatisme apparent.

— C'était bien fermé, dit Michael en entrant. Qu'est-ce qui se passe, maman ?

Zut ! Trop tard pour lui mentir à présent.

— Il ne se sentait pas très bien, cet après-midi, et je n'ai pas encore eu le temps de l'ausculter suffisamment pour déceler ce qui ne va pas.

Heureusement, Michael l'avait parfois accompagnée en consultations et il avait l'habitude de voir des patients sans jamais ne sembler perturbé. Un vrai médecin en herbe.

— Il dort ? demanda-t-il, son regard attiré vers l'autre bout de la pièce par un ordinateur encore emballé.

— Ton père s'est fait piquer par des frelons, aujourd'hui, et...

En même temps qu'elle parlait, des centaines de scénarios, tous plus angoissants les uns que les autres, lui traversaient l'esprit : réaction aux piqûres, problème cardiaque...

— ... et il a peut-être pris un médicament pour dormir, poursuivit-elle.

Pourvu que ce ne soit qu'une réaction allergique aux antihistaminiques.

— Des guêpes à papier, corrigea Michael. Elles transforment le bois mort et les racines en papier pour confectionner leur nid. Mais elles ne piquent pas, en général, sauf si on les attaque.

— Tu entends ça, Cade ? Elles ne piquent que si on les attaque, répéta-t-elle en ouvrant sa trousse à l'aide d'une clé qu'elle portait au bout d'une chaîne à son cou — précaution nécessaire quand on avait un enfant curieux à la maison.

Elle en tira un EpiPen rempli d'épinéphrine, une molécule qui devrait bloquer la réaction allergique. En théorie...

— Passe-moi le stéthoscope, s'il te plaît, mon chéri.

— Je pourrai écouter son cœur, moi aussi ? demanda Michael, les yeux toujours rivés sur l'ordinateur.

— On verra. Tu lui poseras toi-même la question dès qu'il sera réveillé.

Les battements étaient réguliers, les sifflements diminuaient. Les voies respiratoires se détendaient.

— D'accord, répondit Michael. En attendant, je peux brancher son ordinateur ?

— Super idée...

Tant pis si Cade avait prévu autre chose. Elle avait un cas de réaction allergique et un enfant sur les bras qu'un ordinateur occuperait un moment. Elle jeta un coup d'œil dans sa direction puis, rassurée, reporta toute son attention sur Cade qui revenait déjà à lui. Il battit des paupières et essaya de secouer la tête.

— Qu'est-ce qui se passe ? murmura-t-il d'une voix rauque.

— Tu t'es fait une injection d'antihistaminiques ?

— Oui, en rentrant. J'avais trop mal.

— Eh bien, je crois que tu y es allergique, dit-elle en s'autorisant enfin à s'asseoir un peu plus confortablement. Tu as fait un choc anaphylactique, mais l'adrénaline a bien joué son rôle.

Elle aurait pu ajouter qu'il lui avait fait la peur de sa vie. Et que certains sentiments étaient remontés à la surface, par la même occasion... La peur de le perdre, sans doute.

— Tu vas rester allongé pendant au moins une demi-heure.

— Où est Michael ? demanda-t-il d'une voix redevenue à peu près normale.

— Il s'occupe de ton ordinateur. Tu lui dois bien ça car il t'a sauvé la vie, après tout.

— Je lui ai sauvé la vie ? demanda Michael sans prendre la peine de les regarder, concentré sur l'ordinateur portable qu'il venait de sortir de son carton.

— Eh oui ! répondit-elle, submergée par l'émotion. Je suis très fière de toi, mon fils.

— Alors, je peux toujours inviter papa à dîner ?

— Absolument.

Elle se détourna pour essuyer une larme qui lui coulait sur la joue. Vivre sans Cade ? Elle ne voulait même pas y penser. Pas plus qu'elle ne voulait penser à cette émotion qu'elle ressentait. Elle avait eu peur, voilà tout. Pourtant, quand elle fermait les yeux...

— Enfin, s'il se sent capable de manger, conclut-elle.

— Quelques minutes de repos et je serai en pleine forme. Ça va, toi ? murmura-t-il en lui prenant la main.

— Ça va. Mais tu m'as fait peur, Cade.

La vie était si fragile ! En tant que médecin, elle le constatait tous les jours. Mais c'était la première fois que Belle Carter, mère et ex-femme, y était confrontée d'aussi près.

— Je ne sais pas ce que j'aurais fait, si tu... Bon sang, Cade Carter, pourquoi tu m'as fait ça ? marmonna-t-elle en ravalant ses larmes.

— Quoi ?

En guise de réponse, elle lui déposa un tendre baiser sur le front. Qui ne passa pas inaperçu puisqu'un flash se déclencha au même moment.

Puis un long silence s'installa. Qu'y avait-il d'autre à dire ? Les faits parlaient d'eux-mêmes : les sentiments qu'elle éprouvait pour Cade étaient plus profonds qu'elle ne le pensait, et elle n'avait pas de mots pour les exprimer.

Trente minutes plus tard, Cade se sentait suffisamment en forme pour manger. En fait, entre les piqûres et la réaction allergique, il était épuisé et il aurait largement préféré se coucher, mais il ne voulait pas décevoir Michael. Par ailleurs, il avait envie de se retrouver en famille. Il essaya donc de manger des spaghettis puis repoussa son assiette après quelques bouchées.

— Tu as toujours été bonne cuisinière, Belle, dit-il en lui jetant un regard contrit.

— Je n'ai jamais fait la cuisine, rétorqua-t-elle.

— Bien sûr que si, une fois ou deux.

— Tu t'en souviens ?

— Je me souviens de tous les bons moments. D'ailleurs, si on en avait eu plus, je ne me sentirais peut-être pas aussi...

Il s'interrompit pour dévisager Michael qui engloutissait une énorme bouchée de pâtes.

— Il est affamé, dis donc !

— Il veut retourner à ton appartement pour finir d'installer ton ordinateur. Il a parlé d'un routeur, et de le connecter en wi-fi, ou quelque chose comme ça, ajouta-t-elle en secouant la tête.

— Une connexion internet en wi-fi, expliqua Michael avec une pointe d'impatience, comme si cela coulait de source. On peut le mettre en réseau avec le nôtre, comme ça, on n'a pas besoin d'une autre prise internet. Il me suffit de...

— Finis ton assiette, l'interrompit Belle. Ensuite, lecture et puis au lit. Il se fait tard et tu as eu une longue journée. L'ordinateur de ton père attendra bien jusqu'à demain, après l'école.

— Mais..., protesta-t-il, avant de hausser les épaules. O.K., je vais lire.

— Tu as fini de manger ? lui demanda Cade sans obtenir de réponse. Il est obéissant, ajouta-t-il à l'attention de Belle.

— Parfois. Et parfois c'est une vraie tornade, rien ne l'arrête, il n'écoute rien, il s'énerve... Comme un enfant de sept ans, quoi.

— Ça me rappelle moi à son âge. Tranquille un instant, et puis boum ! Sauf que je n'avais pas le cerveau d'Einstein, poursuivit-il en se levant.

— On l'a bien réussi, il est formidable.

— C'est vrai. Bon, ça m'a fait plaisir que tu me sauves la vie, mais je suis crevé. Je vais retourner dans mon studio et me mettre au lit.

— C'est drôle la façon dont tu dis ça, dit-elle en riant. « Merci de m'avoir sauvé la vie, mais... »

Elle se leva à son tour.

— Tu as eu une rude journée, tu mérites un bon lit. Prends le mien, je dormirai sur le canapé.

— Tu n'es pas obligée de faire ça, tu sais.

— Bien sûr que si. En tant que médecin et mère de ton enfant.

— Et amie ?

— Peut-être. Mais je ne sais pas si l'amitié peut exister entre ex-époux. Tu ne crois pas que le divorce crée une certaine amertume ? Même un divorce dit « à l'amiable » ?

— Bon, je vais dormir dans le lit de mon médecin. Qui est aussi, quoi qu'elle en pense, ma meilleure amie.

— Ton médecin n'a pas eu le temps de changer les draps.

Peu importait. Dormir avec son odeur serait un peu comme l'avoir, elle, près de lui...

— Au fait, reprit-elle, interrompant le fil de pensées troublantes, c'est étonnant, à ton âge, que tu n'aies jamais remarqué que tu étais allergique aux antihistaminiques.

— Tu croyais pouvoir m'assommer et me mettre dans ton lit, n'est-ce pas ?

— Ce n'est pas drôle, Cade. Tu as failli mourir !

— Que veux-tu que j'y fasse ?

— Ne prends pas les choses à la légère. Tu devrais porter un de ces bracelets qui indiquent tes allergies. Et puis, la prochaine fois que tu manques de mourir, fais en sorte que ce ne soit pas en présence de ton fils, ajouta-t-elle avant de se mordre la lèvre inférieure. Bon sang, Cade, tu m'as fait peur ! Quand j'ai ouvert cette porte et que je t'ai vu allongé par terre...

Il contourna la table et s'approcha d'elle. Si près qu'il sentait l'agréable odeur de fraise qui émanait de ses cheveux.

— Ça fait plaisir de savoir que tu t'inquiètes encore de moi. Un peu.

Sans bouger d'un pas, elle le regarda droit dans les yeux.

— Ça ne marchera pas, Cade.

Il pencha légèrement la tête sans lâcher les plus magnifiques yeux verts qu'il ait eu le privilège de croiser.

— On a changé, Belle.

— Oui, on a appris des erreurs du passé. Mais on ne peut ni revenir en arrière, ni même aller de l'avant.

— Et si on se contentait de vivre le moment présent ?

Le regard plongé dans le sien, elle ne répondit rien. Cherchait-elle une réponse dans ses yeux ? Ou lui posait-elle une question ?

Il fit un pas en avant pour le découvrir. Un baiser, voilà tout ce qu'il voulait. Un pas, un seul pas vers elle, et il franchirait la barrière qu'ils avaient tacitement érigée. Il leva la main pour lui caresser la joue et elle se laissa aller, fermant les yeux, soupirant doucement.

Très lentement, il glissa de la joue à la nuque et il lui pencha la tête, juste assez pour pouvoir la regarder à loisir. Ses petites imperfections, sa perfection, tout ce qu'il avait aimé lui revint en une vague puissante. Il retrouvait la femme qu'il connaissait si bien sans toutefois la connaître vraiment. Il se rappelait le goût de ses lèvres avant même de les toucher.

Elle le laissait faire sans pour autant l'encourager. C'était à lui de choisir. L'embrasser ou pas. Risquer de souffrir, ou s'épargner la douleur. Et le plaisir.

Mais le désir qu'il éprouvait pour elle ne lui laissait pas le choix. Il se pencha vers elle et attendit son verdict.

Elle lui passa une main derrière la nuque pour l'attirer à elle, glissant l'autre main dans ses cheveux. Un geste qui lui avait toujours donné des frissons. Il entrouvrit la bouche et elle colla ses lèvres sur les siennes, sa langue cherchant son chemin. Un brasier qui n'avait plus brûlé depuis le soir de leur divorce — en guise d'adieux, avait-elle dit — se ralluma en lui.

— Belle..., murmura-t-il contre ses lèvres, alors qu'elle pressait son corps contre le sien dans une supplication muette.

Leur baiser se fit plus charnel, plus profond. Le contact des ongles de Belle dans son cou le ramena brutalement à la réalité. Bon sang, mais que faisait-il ? Une question qu'il se posa une nouvelle fois quand elle retira sa main et la plaqua sur son torse pour le repousser doucement.

Brûlant, en sueur, étourdi, il fit un pas en arrière en soupirant.

— Quoi ? dit-il essayant de ne pas laisser paraître son dépit.

— Rien. C'était de la curiosité, et on l'a satisfaite. Voilà, c'est fini... Pas besoin de recommencer.

Ah oui ? Pourtant, ses yeux, eux, tenaient un tout autre discours. Il avait toujours su lire en elle comme dans un livre ouvert.

— D'accord, dit-il en faisant un autre pas en arrière. Comme tu veux.

— On ne se remettra pas ensemble, Cade. Si c'est pour ça que tu es venu, retourne à Chicago.

— Je suis venu pour Michael, murmura-t-il en souriant.

Une fois de plus, elle ne répondit rien, mais elle semblait un peu décontenancée. Bienvenue au club, Belle ! Pour sa part, il ne s'était jamais senti aussi désorienté, pas même le jour où elle lui avait annoncé qu'elle voulait divorcer. Il s'y attendait, alors. Mais là...

— Bonne nuit, Belle, dit-il enfin.

Il se passait quelque chose dans cette tête blonde, il l'aurait juré. Mais il n'avait pas la force de démêler l'écheveau des anciens et des nouveaux sentiments. La journée avait été éprouvante, et la nuit qui l'attendait, seul entre les draps de Belle, promettait de l'être encore plus.

6

Un mauvais pressentiment la réveilla en sursaut. Sautant au bas du lit, elle courut jusqu'à la chambre de Michael. Vide.

— Michael ! cria-t-elle en regardant sous son lit, et même dans l'armoire. Où es-tu ?

Pas dans la salle de bains. Ni dans la cuisine. Ni dans sa chambre, où avait dormi Cade. Elle aussi était vide, d'ailleurs. Où l'avait-il emmené sans rien lui dire ?

La panique des premiers instants céda la place à une vague de colère. Jetant un coup d'œil par la fenêtre, elle vit la lumière allumée dans le studio. Stupéfaite, elle regarda la pendule : 2 heures du matin ! Aucun doute, ils étaient en train d'installer ce fichu ordinateur. Cade était vraiment irresponsable ! Elle monta l'escalier quatre à quatre et frappa deux grands coups à la porte, bien décidée à avoir une explication sur-le-champ.

Père et fils étaient tranquillement assis en tailleur par terre, tous deux absorbés à leur tâche respective — Michael sur l'ordinateur, et Cade, un tournevis dans une main et une feuille dans l'autre, devant un petit bureau. Dans d'autres circonstances, la scène aurait pu être attendrissante.

— Tu es censé être couché, Michael, dit-elle en s'efforçant de se montrer calme, quand elle bouillonnait à l'intérieur. Tu sais bien que tu n'as pas le droit de te lever au beau milieu de la nuit et de sortir de la maison. On en a déjà parlé, tu te rappelles ?

Ce ne fut pas Michael qui lui répondit.

— Je n'arrivais pas à dormir, alors je me suis levé. Je suis venu ici pour ne pas vous déranger, mais j'ai trouvé Michael, et il était là depuis un moment, apparemment.

— Il connaît la règle, répliqua-t-elle en enjambant les cartons éparpillés. Et là, il est en train de désobéir.

Quand elle fut près de Michael, il leva enfin les yeux, saisit son appareil photo et appuya sur le bouton.

— Michael, tu vas te lever immédiatement et me suivre à la maison, s'il te plaît.

— Mais j'ai presque fini, dit-il en visant Cade qui feignait assez bien la consternation.

— Non, Michael. On rentre, dépêche-toi.

— Encore dix minutes, insista-t-il. C'est tout.

Elle jugea inutile de répondre, se contentant de lui faire les gros yeux. Tous les enfants connaissaient ce regard, et savaient qu'il valait mieux obéir, sinon… Dans le cas de Michael, c'était : « Sinon, tu es privé de jeux vidéo pendant deux jours. » Pas méchant, mais très efficace.

— D'accord, marmonna-t-il en se levant enfin non sans prendre quelques clichés supplémentaires au passage.

— Tu vas dans ta chambre, je te rejoins tout de suite. Je dois d'abord parler avec ton père, ajouta-t-elle en se tournant vers l'intéressé, toujours assis par terre.

— D'accord, répéta Michael qui traîna ostensiblement les pieds jusqu'à la porte.

— Je suppose que je devrais m'excuser, dit Cade en se relevant.

— Je suppose, oui, lâcha-t-elle, l'œil toujours rivé sur Michael.

Quand il eut refermé la porte, elle fit volte-face.

— Mais à quoi tu pensais, Cade ? Tu te rends compte que, par ton attitude, tu l'encourages à désobéir ?

— Puisque mon fils était venu ici tout seul au beau milieu de la nuit, j'ai pensé qu'il valait mieux que je reste avec lui au lieu de le laisser tout seul.

— Et ça ne t'a pas effleuré de le renvoyer se coucher ? Tu ne t'es pas non plus rappelé que j'avais justement précisé qu'il ne devait plus travailler sur l'ordinateur ce soir ?

— Eh bien si, figure-toi. Mais il m'a rétorqué que, techniquement, on était déjà demain.

— En d'autres termes, il a gagné et j'ai perdu, c'est ça ? Ecoute, Cade, je sais que tu ne le vois pas beaucoup, mais ce n'est pas une raison pour l'encourager à me désobéir. Or, c'est exactement ce que tu viens de faire. Il est malin, rappelle-toi. Il sait très bien manipuler les gens et retourner les situations à son avantage, conclut-elle en approchant de la fenêtre pour s'assurer que Michael était bien dans sa chambre. On est dans le même camp, et j'attends de toi que tu me soutiennes. Si tu n'en es pas capable, trouve-toi un autre endroit pour dormir.

— Tu es toujours aussi sexy, quand tu es en colère, Belladonna... Je suis désolé. J'ai vu l'opportunité de partager un moment de complicité avec mon fils, et je l'ai saisie. Je sais que j'aurais dû le renvoyer au lit, mais si tu avais vu son enthousiasme... Cela dit, je ne recommencerais pas, poursuivit-il en s'allongeant sur son lit de camp. Etant donné les circonstances, je vais finir la nuit ici. Bill Thompson doit passer au cabinet à 6 heures pour que je vérifie sa prostate. Comme ça fait des années que je n'ai pas pratiqué cet examen, il vaut mieux que je dorme.

— 6 heures ?

— C'est la seule heure qui lui convenait, répondit-il en haussant les épaules. Et, au fait, il a dit qu'il était bien content d'avoir un nouveau médecin. Homme..., ajouta-t-il en souriant.

— Eh bien, dis-lui de ne pas trop s'y habituer ! lança-t-elle en regagnant la porte avant de se retourner pour déclarer : Je vais fermer à clé en rentrant chez moi.

Elle le regarda grimacer, et songea un court instant à lui proposer de revenir chez elle, mais parvint à se retenir.

— Et dès demain je fais installer des serrures électroniques. On dirait que Michael est attiré par des forces extérieures.

— Ou intérieures, conclut-il avant de fermer les yeux en soupirant.

C'était bien là le problème. Cade voulait entrer, et elle ne pouvait l'en blâmer. Mais le laisser prendre plus de place dans la vie de Michael signifiait aussi le laisser revenir dans la sienne. Or cela, elle ne le voulait pas. Même si parfois, en le voyant, elle se surprenait à réagir comme avant : souffle court, palpitations... en essayant de se comporter normalement, voire froidement.

L'attirance était toujours là, mais Cade restait une énigme. Déroutant et contradictoire. Le chirurgien parfait, doué et dévoué, l'homme qu'elle voulait sans le vouloir. Quand elle l'avait rencontré à l'hôpital, pendant son internat, il lui avait fallu toute sa volonté pour ne pas se comporter comme toutes les autres élèves, à glousser et rougir dès qu'il leur faisait l'honneur d'un regard.

Mais, dès qu'elle avait quitté son service, il l'avait invitée à dîner et elle avait sauté sur l'occasion. Adieu sa volonté ! Leur première nuit avait été inoubliable. Mais ce qui l'avait le plus touchée, c'était qu'il avait l'air sincère et gentil malgré sa désinvolture. Son charme naturel avait fait le reste : un rendez-vous, une nuit, et elle était accro.

La nouvelle n'avait pas tardé à se répandre comme une traînée de poudre. Elle se souvint non sans un certain orgueil des regards envieux que les autres femmes de l'hôpital jetaient sur elle. Mais cette première nuit il lui avait fait la promesse de lui rester fidèle, et c'était la seule qu'il n'avait jamais brisée. Malgré tous ses défauts, et Dieu sait qu'elle avait eu le temps d'en déceler chez lui, Cade ne l'avait jamais trompée.

Son problème actuel, c'était qu'elle retrouvait chez lui ces choses qu'elle avait tant aimées, alors que les aspects négatifs, insupportables même, avaient disparu. Le Cade Carter qu'elle redécouvrait aujourd'hui était celui qu'elle aurait aimé épouser neuf ans plus tôt. Sauf que la Belle Carter d'aujourd'hui n'était plus la même non plus. Qu'il veuille se rapprocher de son fils, soit, mais pas d'elle. Toutefois, plus elle se le répétait, plus elle comprenait qu'en fait elle désirait tout le contraire. Heureusement, elle avait retenu la leçon, et ne referait pas les mêmes erreurs. En principe.

— Tu es sûre que ça va bien se passer ? demanda Cade en regardant le bus s'éloigner avec son fils à bord.

— Ils ne partent que trois jours, et le Dr Robinson est vraiment formidable, répondit Belle en faisant signe par la fenêtre à un Michael déjà plongé dans son jeu vidéo. Amanda est au top dans son domaine et Michael l'aime bien, ajouta-t-elle en lui tapotant le bras. Tu n'arrêtes pas de me reprocher d'être trop protectrice, et regarde-toi... Allez, tu vas survivre. Pendant ces quelques jours, Amanda doit évaluer les progrès de Michael dans ses relations avec les autres, et on a beaucoup travaillé là-dessus, ces derniers temps.

— Ne le prends pas mal, Belle, mais tu es certaine qu'il avait vraiment envie d'y aller, ou est-ce que c'est toi qui as insisté ?

Robbie n'aimait pas quand leur mère l'envoyait en camp. Entre les vacances d'été et les internats, elle s'arrangeait toujours pour se débarrasser de lui, confiant son éducation à d'autres, parce qu'elle se fichait éperdument de Robbie, tout comme de lui d'ailleurs. Cette femme n'avait pas de cœur.

— Ecoute, Cade, insister pour qu'il fasse des choses auxquelles il n'est pas habitué fait partie du processus d'apprentissage. Ne t'inquiète pas.

— Tu veux sortir dîner, ce soir ? demanda-t-il dans le but d'effacer les mauvais souvenirs.

— Tu m'invites ? C'est un rendez-vous galant ?

— Deux ex-époux n'ont pas le droit de sortir ensemble, de temps en temps ?

— Si, sauf si l'un des deux est de garde. Je dois me rendre sur un ranch et vais probablement rentrer tard.

— Et quand tu rentres tard tu ne manges pas ?

— En fait, il y a une petite auberge, sur la route. La nourriture est bonne, la musique agréable. Tu pourrais m'y retrouver plus tard ?

— Ou t'accompagner au ranch pour te donner un coup de main. Ainsi, tu finirais plus tôt.

— Avec tout ce que tu as vécu ces dernières vingt-quatre heures, tu n'as pas besoin de ça.

— Et si cela me fait plaisir ?

C'était le cas, même s'il ne savait pas trop pourquoi. Peut-être pour passer du temps seul avec elle ? L'idée était en effet tentante. Cela faisait si longtemps...

Les yeux toujours rivés sur la route alors que le bus avait disparu depuis plusieurs minutes, elle hocha enfin la tête.

— J'ai des rendez-vous tout l'après-midi, et la moitié de la population masculine de la ville est sans doute en route pour ton bureau. Le premier qui a fini envoie un texto à l'autre, et on décide à ce moment-là, d'accord ? Michael m'a appris à écrire des textos, ajouta-t-elle en souriant. Ce sont des messages impersonnels, non ?

En effet. En tout cas, elle n'avait pas dit non. En la regardant s'éloigner, il sortit son portable. Elle allait voir si les textos ne pouvaient pas être personnels :

Tu es toujours la plus belle femme que j'aie jamais vue.

Elle le lut, sembla hésiter, puis accéléra.

— Je le pense, Belle Carter ! cria-t-il dans sa direction.

Ce qui était la stricte vérité, même s'il ne savait pas vraiment où ce constat le mènerait. Elle ne voulait clairement pas de lui.

— Deux malades, cinq bien portants ! Je n'y comprends rien... On a une bactérie qui semble choisir ses victimes. On n'avance pas, d'autant que ces gens-là n'ont rien mangé qui ressemble de près ou de loin à une salade.

Ils venaient de terminer les auscultations. Personne n'étant gravement atteint, elle avait rempli des ordonnances et donné quelques échantillons de médicaments. La journée s'achevait, et elle allait passer sa première soirée seule depuis longtemps. Réjouissante perspective s'il en était.

— Allons dîner, ensuite, je rentre.

— C'est vraiment une corvée de dîner avec moi, Belle ? Tu aimais bien, avant.

— On était mariés, avant, et on appréciait de passer nos

soirées ensemble parce que ce n'était pas souvent : une fois tous les quinze jours, quand on avait de la chance. D'ailleurs, je n'ai jamais dit que c'était une corvée. J'ai juste hâte de rentrer, de me retrouver un peu seule sans avoir à me préoccuper de rien.

Elle fut interrompue par la sonnerie de son portable.

— On a une urgence en ville ! s'écria-t-elle en sautant dans le 4x4. Au restaurant. L'un des clients est en train de pratiquer un massage cardiaque… à Maudie !

— Bon sang ! marmonna Cade en s'installant au volant.

Il démarra et le véhicule s'engagea sur la route.

— Elle a une santé de fer pour son âge, dit Belle au bout d'un moment. D'habitude, quand *l'E. coli* prend une forme grave, c'est sur des gens fragiles.

— Ce n'est peut-être pas ça.

Un virage un peu brusque la jeta sur lui dans une posture suggestive dont elle se dégagea rapidement, non sans profiter au passage de ce contact inopiné. Elle n'essaya même pas de cacher le frisson qui la parcourut. Le désir qu'elle éprouvait pour lui n'était pas éteint. Elle aurait pu l'inviter à partager son lit, et pas seulement pour le bien-être de son dos meurtri, mais Cade voudrait peut-être plus.

— Euh… J'ai oublié d'attacher ma ceinture, dit-elle en songeant aux fois où, jadis, elle omettait exprès de s'attacher pour le plaisir de se coller ainsi à lui.

— On dirait, oui, répondit-il d'une voix rauque.

— Tu sais, pendant que Michael n'est pas là, tu peux venir dormir dans sa chambre, si tu veux.

Pas dans la sienne. Mais pas loin.

— En fait, puisqu'il me reste encore quelques semaines à passer ici, j'ai commandé un vrai lit, et on me le livre demain. Merci quand même. En revanche, je voudrais bien un double de tes clés au cas où j'aurais besoin de t'emprunter une casserole.

Ainsi, il préférait dormir au-dessus du garage plutôt que dans la chambre voisine de la sienne. Elle ne s'attendait pas à un refus aussi catégorique, mais c'était certainement mieux ainsi même si elle en souffrait un peu. On ne se construisait pas un avenir sur les cendres du passé, et ils le savaient tous les deux.

— Pas de problème, je la glisserai sous ta porte tout à l'heure, répondit-elle en attachant sa ceinture.

Le reste du trajet jusqu'à Big Badger se fit dans le silence.

Il n'avait pas voulu la rabrouer. Mais, après le contact de sa cuisse et la pression de son épaule, un couloir n'aurait pas suffi à les tenir séparés. Belle était vraiment la femme la plus séduisante qu'il ait jamais connue et la sentir si proche l'empêchait de se concentrer. Il ne pouvait pas s'imposer cela au risque de devenir fou. Le studio au-dessus du garage ne serait peut-être même pas assez éloigné. Mais il était venu pour Michael, et séduire sa mère ne faisait pas partie du plan. Pourtant, il n'avait que cette idée en tête.

Il se gara derrière le restaurant. Le devoir l'attendait.

— Tu sais si quelqu'un a appelé une ambulance ?

— Le service de secours est un peu… difficile, ici, répondit-elle. L'hôpital le plus proche, guère plus qu'une petite clinique, est à Newman, et ils n'ont pas de service d'urgences. Alors, quand on est en présence d'un cas sérieux, on fait venir l'hélicoptère. Mais je suis persuadée que personne ne l'a fait car d'habitude c'est Maudie qui s'en charge, poursuivit-elle en déglutissant péniblement.

— Il vous manque vraiment un hôpital, déclara-t-il en saisissant sa trousse sur le siège arrière, ainsi que le kit d'urgence de Belle. Même petit, ce serait mieux que rien.

Ils entrèrent par la porte de derrière et traversèrent la cuisine pour arriver dans la salle de restaurant, où un attroupement leur cachait la scène. Il se fraya un chemin, talonné par Belle. Une jeune serveuse, Julie Lawson, était penchée sur Maudie et l'éventait, faute de savoir quoi faire d'autre. En apercevant Belle, Julie s'écarta.

— Je peux lui poser une perf, proposa-t-il alors que Belle ouvrait son kit d'urgence.

— Dès que je l'aurai mise sous oxygène.

Maudie était terriblement pâle, et ne répondait pas aux stimulations. Belle le regarda, perplexe.

— Le pouls est faible, la respiration instable, dit-il. Elle n'a pas de problèmes de cœur ?

Belle secoua la tête. Sortant un cathéter, elle le lui tendit.

Dès qu'il eut installé la perfusion, elle brancha un sachet de solution saline, puis attendit pendant qu'il écoutait de nouveau les battements du cœur.

— Pas de changement, dit-il alors que Belle lui prenait la tension.

— 8-6, c'est très bas.

— Elle présentait des symptômes d'*E. coli* ? chuchota-t-il. Parce que je me demande si c'est vraiment une atta...

Il s'interrompit en voyant le flacon que Belle venait de sortir de la poche de Maudie.

— De la trinitrine, dit-elle en ouvrant le flacon.

Sans hésiter, elle en plaça un comprimé sous la langue de Maudie. Ce cachet, en fondant, allait améliorer la circulation sanguine et soulager le cœur. Si la malheureuse avait eu le temps de le prendre, elle n'en serait pas là.

— Elle ne m'a jamais parlé de ses problèmes de cœur, dit Belle. Elle aurait dû me le dire, bon sang ! Et toi, tu n'en savais rien non plus ?

Il était déjà au téléphone avec les urgences pour faire venir un hélicoptère.

— Non, répondit-il tout en continuant à donner ses indications à l'opérateur. Ils seront là dans vingt minutes, ajouta-t-il en refermant son portable. On n'a plus qu'à attendre.

Elle opina.

— Vingt minutes, plus vingt autres pour arriver à l'hôpital. C'est long, Cade. Ce sera trop tard pour lui faire une thrombolyse, si elle en a besoin.

Il lui prit la main qu'il serra dans la sienne.

— On a fait ce qu'on a pu, Belle. Ça va aller.

— Elle aurait dû me le dire, Cade. Mais elle est comme tout le monde ici : elle ne me fait pas confiance. Ma propre infirmière ne me fait pas confiance !

7

Avant même de se lever, Belle appela l'hôpital. L'état de Maudie était stable, mais on devait pratiquer une angioplastie car elle avait eu une autre alerte cardiaque durant la nuit.

— Tout va bien se passer, la rassura le Dr Redmond. Elle demande déjà quand elle va pouvoir retourner au travail.

L'angioplastie, une opération courante consistant à élargir une artère obstruée pour améliorer l'afflux sanguin, ne la tracassait pas.

— Elle a des problèmes cardiaques depuis longtemps ?

— Deux ans environ.

Et elle ne lui avait rien dit.

— Dites-lui que je passerai la voir dès que possible. Et, s'il y a quoi que ce soit que je puisse faire, n'hésitez pas.

Pour la première fois depuis qu'elle avait emménagé à Big Badger, elle se demandait si sa décision était la bonne. Même le dédain des hommes du coin ne l'avait pas fait douter. Mais découvrir que sa propre infirmière ne lui faisait pas suffisamment confiance pour lui parler de ses problèmes de santé...

Quoi qu'il en soit, ce n'était pas dans ses habitudes de se laisser abattre aussi facilement. Sauf pour son mariage, mais c'était une autre histoire, probablement fichue d'avance.

En passant devant le miroir, elle eut un choc : les cheveux en bataille, les yeux cernés, elle ressemblait à ce qu'elle ressentait ce matin. Mais elle s'en moquait. Tout ce qu'il lui fallait pour l'instant, c'était une bonne tasse de café. Elle sortit de sa chambre pour se retrouver face à un torse qu'elle n'avait pas vu dénudé depuis des années.

— Qu'est-ce que tu fais chez moi ? demanda-t-elle, sous le choc. En caleçon, en plus !

— Finalement, j'ai décidé d'accepter ton offre, pour le lit. La livraison du mien est retardée de deux jours, ajouta-t-il en s'étirant, un geste qui gonfla ses magnifiques pectoraux.

Mon Dieu ! Cette réaction n'avait rien de très professionnel. Elle le regarda, de ses pieds nus au début de barbe qui lui couvrait le menton, prenant bien garde d'éviter au passage certains aspects de sa délicieuse anatomie. Mais sa mémoire n'avait rien oublié. Grands dieux, il fallait que cela cesse ! Elle soupira et s'engagea dans l'escalier.

— Habille-toi, Cade, et reste hors de mon chemin ! cria-t-elle sans se retourner.

— Tu n'as jamais été du matin, répliqua-t-il en riant.

Depuis quand lui faisait-il autant d'effet ? Et d'où sortait-il tous ces muscles ? Il n'était pas ainsi, à l'époque. Il était beau, oui, mais là, il était... incroyable.

Vingt minutes plus tard, sa deuxième tasse de café brûlant devant elle accompagnée d'une tartine beurrée, elle avait enfin réussi à effacer de sa tête l'image de ce torse musclé. D'habitude, elle avait Michael à préparer, ce qui ne lui laissait pas beaucoup de temps pour réfléchir. Ce matin, elle avait tout loisir de revenir sur l'accueil que lui faisaient les habitants de Big Badger.

— Tout s'est bien passé, dit Cade en s'asseyant sur le tabouret face à elle — habillé, Dieu merci.

— Quoi ?

— L'angioplastie. J'ai appelé l'hôpital. C'est parce que tu t'inquiètes pour elle que tu es si... froide ? demanda-t-il en prenant la tasse presque vide qu'elle avait laissée devant elle pour se servir un café. Ou bien c'est quelque chose d'autre ?

— Toi ! marmonna-t-elle. Voilà ce qui ne va pas. Tout se passait très bien pour moi avant que tu n'arrives. Et voilà que tu bois dans ma tasse comme si elle t'appartenait !

— Ça n'a rien à voir avec ta tasse, Belle. Je pense même que ça n'a rien à voir avec ma présence à Big Badger. Ce n'est pas la première fois que je viens ici depuis que tu as emménagé. Tu veux en parler ?

Elle se tourna vers lui.

— Ce dont je veux parler, c'est des raisons qui t'ont amené ici. Le reste, pourquoi la moitié de la ville me boycotte, pourquoi mon infirmière ne me fait pas assez confiance pour me dire qu'elle a des problèmes de cœur, ce sont des questions auxquelles tu ne peux pas répondre, ajouta-t-elle en écartant rageusement une mèche de cheveux de son front. Et ne me dis pas encore une fois que tu voulais passer du temps avec Michael, parce que ça, c'est une excuse, Cade. Je sais quand tu me mens.

Sur ces mots, elle repoussa le tabouret, mais avant qu'elle ait pu s'éloigner il lui saisit le bras.

— Ecoute, Belle, je sais que la façon dont les gens te traitent ici te fait souffrir. Mais tu remplaces un médecin qui s'est occupé de ces familles pendant plus de quarante ans, et c'est un lourd héritage. Je suis sûr que, dans quarante ans, quand tu prendras ta retraite à ton tour, ils te regretteront, conclut-il avec un large sourire. Parce qu'ils auront compris ce que moi j'ai compris depuis longtemps : tu es irremplaçable.

— Arrête ton numéro, Cade, je ne suis pas d'humeur.

— Mauvaise nuit ?

Mauvaise matinée, plutôt.

— Désolée, reprit-elle. Je n'aurais pas dû m'en prendre à toi, mais tout s'accumule en ce moment. Et puis, Michael me manque.

— Pourtant, c'est toi qui as insisté pour qu'il parte.

— Parce que c'est bien pour lui. Ça ne m'empêche pas d'être triste et très anxieuse.

— Ça va aller, Belle. Tu l'aides à faire face à ce qui l'attend, tu l'aides à devenir un homme. Dr Michael Carter, entomologiste de renom...

— Ou Mike Carter, multimillionnaire inventeur de jeux vidéo à succès.

— Et passionné d'insectes.

Elle sourit.

— Dont les parents découpent tous les articles le concernant pour les coller dans un grand cahier.

C'était bon de partager un rêve avec Cade. Ils s'amusaient ainsi quand elle était enceinte.

— Tu te rappelles, quand tu voulais l'appeler Phineas ?

— Et toi Calendula ?

— Mais non ! dit-elle en riant. C'était Calen, comme ma mère, et Della, comme ma grand-mère. Calen Della Carter, pour une fille.

— Pourquoi est-ce qu'on ne voulait pas connaître le sexe avant la naissance, au fait ?

— Parce que, depuis que j'étais petite...

— Ah oui ! Tu rêvais d'entendre un jour le médecin dire : « Madame Carter, c'est un... »

— Madame Carter, c'est un garçon ! répéta-t-elle en fermant les yeux. Un magnifique petit garçon. Parfait en tout point... Mais qui a beaucoup crié en venant au monde ! Tu t'en souviens ?

Il soupira.

— J'étais en retard.

— Tu as raté les quatorze heures de travail et la naissance, mais tu es arrivé juste après.

— Autrement dit, trop tard.

La magie était rompue.

— Je comprenais pourquoi tu voulais divorcer, Belle. Ça me rendait fou, mais je comprenais. Et je suis désolé. Désolé de t'avoir rendu le divorce aussi pénible que notre mariage. Tu méritais mieux que ce que je t'ai donné.

— Tu m'as donné Michael, ça compense tout le reste.

Mais il n'entendit pas ses derniers mots car il venait de claquer la porte derrière lui. Il se punissait. Pour Michael, pour leur mariage. Mais il y avait autre chose, elle en était sûre. Comment l'amener à lui en parler ?

— Rien que de la routine, ce matin, digne d'un petit cabinet médical de campagne, dit Cade, tranquillement installé à *son* bureau, sur *son* fauteuil à roulettes.

Comme chez lui, en fait.

— Tu dois bien savoir ce que c'est que la routine d'un petit cabinet médical de campagne, toi, répliqua-t-elle en le poussant jusqu'à l'autre bout de la pièce.

— En effet, je l'admets humblement. N'empêche, c'est épuisant.

— Tellement épuisant que tu as décidé de réintégrer la chirurgie, c'est ça ?

— Ne rêve pas, je ne compte pas partir de si tôt. Ça ne me dérange pas de travailler ici, au contraire.

— N'essaie pas de fayoter avec moi, rétorqua-t-elle non sans réprimer un sourire. Ça ne marche pas.

Il faisait des efforts, et c'en était presque touchant. Si seulement il en avait fait autant pendant leur mariage…

— Qu'est-ce qui marcherait mieux, alors ?

— De m'emmener dîner, comme promis. Sauf urgence, j'ai un planning tranquille aujourd'hui, et pas de visite prévue aux ranchs. Et puis, tu me dois une soirée.

Mais d'où lui venait cette idée ? Les mots lui étaient sortis de la bouche avant même qu'elle n'ait envisagé les implications de sa requête.

Il se redressa sur son siège, visiblement abasourdi.

— A quoi dois-je ce soudain revirement ?

— Revirement est un bien grand mot. Disons plutôt que je n'aurais rien contre un bon dîner, un peu de vin et une conversation entre adultes.

— A ne pas confondre avec des activités entre adultes…

L'allusion lui fit battre le cœur un peu plus vite, mais elle ne releva pas.

— Tu sais toujours monter à cheval ? Je connais un endroit, sur le plateau de Chachalaca, avec une vue magnifique sur la plaine. Pas aussi charmant que celui où tu nous as emmenés camper, mais j'ai toujours eu envie de voir le coucher du soleil de là-haut.

Il se leva et lui fit une révérence moqueuse.

— Vos désirs sont des ordres, madame.

— En attendant, j'ai encore un patient, poursuivit-elle en lui agitant son planning sous le nez. Un homme, d'ailleurs !

— On vient ici de temps en temps avec Michael, il aime beaucoup les chevaux. Et comme les gens du coin l'adorent ils le laissent monter quand il veut. Malheureusement, avec mon emploi du temps, on n'a pas beaucoup l'occasion de sortir.

Les journées d'une mère célibataire étaient toujours trop courtes. Elle se hissa sans peine sur Sally, la jument gris pommelé qu'elle avait l'habitude de monter. L'étalon que le responsable du ranch avait choisi pour Cade était noir, et l'ancien Texan grimpa sur son dos avec agilité.

— Ça m'a manqué ! Quand on était gosses, on avait quelques chevaux. Mon père et moi, on en faisait souvent. Bon sang, le Texas me manque !

— La vie prend des chemins inattendus, parfois. Moi, j'ai toujours vécu en ville. Je n'avais jamais mis les pieds au Texas avant de m'installer ici, mais je te comprends.

— C'est vrai qu'on prend des chemins étranges. En parlant de chemin, tu passes devant, parce que je n'ai aucune idée de l'endroit où se trouve ton petit coin de paradis.

Ils étaient arrivés à la falaise et s'apprêtaient à pique-niquer. Rien que de très banal et, pourtant, il se sentait nerveux alors qu'il contemplait le vide avec Belle, quand tout ce dont il avait envie, c'était la regarder, elle.

La femme la plus magnifique qu'il ait jamais rencontrée. Mais elle était aussi forte, déterminée, intelligente.

— La vie paraît plus simple, ici, n'est-ce pas ? dit-il pour couper court au fil de ses pensées.

Elle se tourna vers lui.

— Les complications, c'est nous qui les créons, Cade. Si on veut faire simple, on peut.

— Je pourrais prendre ça pour une accusation, tu sais.

— Et ça pourrait en être une parce que tu m'as beaucoup compliqué la vie, il fut un temps. Mais, en fait, je ne pensais pas à ça, je faisais juste un constat. Bref, je n'ai apporté qu'un pique-nique tout simple : fromage, vin, pain et fruits. Tu veux bien prendre la couverture, dans ma sacoche ? On va...

— Comment tu vois l'avenir, Belle ? l'interrompit-il. Le tien, le nôtre.

— C'est bizarre, comme question. Je ne me rappelle pas que tu te sois jamais soucié de ce que j'envisageais.

— Et je le regrette.

— Ce qui est fait est fait. Notre mariage n'a pas survécu, mais moi, si, et j'ai fini de pleurer sur ce que je n'aurais jamais. La vie continue, Michael me le montre chaque jour. C'est dur, pour lui, d'être différent. Je le vois se battre, il nage à contre-courant la plupart du temps. Les autres enfants se moquent de lui et, pourtant, il avance, il fait face avec une force qui m'épate, ajouta-t-elle en essuyant une larme.

Sans dire un mot, il s'avança vers elle et la prit dans ses bras. Alors elle se laissa aller contre lui, comme avant. Bon sang, cela lui avait manqué aussi. Sa chaleur, l'intimité de ce geste simple. Il voulait tout retrouver.

Il commençait juste à mesurer l'importance de ce qu'il avait perdu. Elle, pourtant, semblait avoir gagné beaucoup. Cette pensée le fit relâcher son étreinte, et il se dirigea vers la jument pour prendre le plaid. Avant qu'il y parvienne, son téléphone portable sonna. Au même moment que celui de Belle.

— Je pars tout de suite, murmura-t-elle en le regardant.

Déjà, il observait le ciel, espérant voir les pales de l'hélicoptère.

— Des hommes de Chachalaca viendront récupérer les chevaux, lui dit-il avant de se détourner pour terminer sa conversation avec Amanda Robinson. C'est grave ? demanda-t-il à cette dernière, mort d'inquiétude.

— Plutôt, oui. Je l'ai mis dans une ambulance, et je le rejoindrai dès que je me serai assurée que le reste du groupe est sous contrôle. Je pense que vous y serez avant moi.

Il leva les yeux en entendant le rotor de l'hélicoptère.

Avant de se retourner vers Belle, il passa un second coup de fil puis lui prit la main.

— C'est le Dr Robinson qui nous a envoyé l'hélico, dit-il. Elle a appelé ton service, et ce sont eux qui lui ont dit que tu étais ici ! cria-t-il pour couvrir le bruit du moteur.

Le pilote avait posé son engin dans un tourbillon de poussière et ils se précipitèrent pour le voyage le plus long de leur vie vers l'hôpital où Michael avait été emmené, présentant les symptômes habituels d'une infection *E. coli* avec de sérieuses complications.

— J'ai eu l'hôpital. Il est arrivé et ils voulaient l'autorisation de le mettre… sous dialyse, parvint-elle à lui annoncer en ajustant sa ceinture.

— Heureusement, il a été pris tôt, Belle, grâce au Dr Robinson. Elle a tout de suite reconnu les signes avant-coureurs.

— Il devait déjà être malade quand il est parti en camp.

— Il ne présentait aucun symptôme.

— Aucun symptôme ? Mais, Cade, il ne se plaint jamais. Je suis médecin et je n'ai même pas vu que mon fils était malade.

Elle frissonna et s'enveloppa de ses bras.

— Tout le monde tombe malade, et j'ai été tellement occupée à sauver quelques vaches que je n'ai pas su faire le nécessaire, ajouta-t-elle.

Il lui saisit le bras qu'il secoua doucement.

— Arrête ! Ça n'arrangera rien de te fustiger ainsi, et ça ne servira pas Michael non plus. Il a besoin de te voir forte.

— Me voir ? Il était inconscient lorsqu'il a été admis et le médecin des urgences m'a dit qu'il était tombé dans le coma peu après son admission. Et je ne suis même pas là… pour le serrer dans mes bras quand il a le plus besoin de moi, soupira-t-elle, les larmes baignant ses joues.

Il essaya de la prendre dans ses bras, mais elle le repoussa.

— Laisse-moi !

— Très bien. Il n'y a que toi qui souffres, c'est ça ? Et moi, je ne peux pas comprendre, bien sûr.

— Comment oses-tu ? Tu n'étais même pas là quand on a

diagnostiqué son Asperger. J'ignorais où tu étais, d'ailleurs ! Ça faisait trois semaines que je n'avais pas eu de tes nouvelles.

— J'étais au Cambodge dans une clinique pour amputés. Tu le savais parfaitement, et tu aurais pu m'appeler ou m'envoyer un e-mail.

— Il ne t'est pas venu à l'idée que la connexion ne passait pas ? Ça marche dans les deux sens, Cade. Tu savais où étaient ta femme et ton fils, si tu avais voulu les contacter.

— Et tu m'as puni. Tu m'as caché pendant des semaines que mon fils était autiste. Comme si je n'avais pas le droit de savoir, comme si je n'aimais pas mon fils autant que toi...

— J'étais en colère.

Elle ferma les yeux et appuya la tête contre le siège malgré les secousses de l'appareil.

— Je sais bien que tu l'aimes autant que moi, reprit-elle. Mais c'était dur d'être aussi seule. J'ai tellement peur, Cade.

— Moi aussi, dit-il en prenant son poing serré dans sa main. Et il y a quelque chose que je veux te dire. Quelque chose que j'aurais dû te dire depuis des années quand on s'est rencontrés ou quand on s'est mariés.

Elle prit une inspiration saccadée.

— C'est pour ça que tu es venu ?

— Non. Je suis là pour Michael. Mais c'est compliqué.

— Comment ça, Cade ?

— J'ai demandé à quelqu'un de venir nous aider. Je l'ai appelé avant qu'on n'embarque. C'est un médecin, mais il a eu quelques problèmes qu'il essaie de mettre derrière lui, et il passe le plus clair de son temps sur un bateau de pêche, ancré dans un port de la côte est du Texas. Il est génial.

— Et comment ton génie à problèmes peut-il nous aider ?

— Il a travaillé dans des régions difficiles du monde — en Afrique, Amérique du Sud... Il connaît bien les épidémies, et concernant l'*E. coli* il sait quoi chercher. Il faut qu'on en trouve la source, qu'on comprenne comment Michael...

Il déglutit péniblement avant de reprendre :

— On ne peut plus empêcher Michael de tomber malade, mais on peut protéger d'autres enfants.

— Mais ton ami, s'il n'exerce plus, comment peut-il… ? Et pourquoi ?

Il leva la main pour l'interrompre.

— Jack saura quel traitement donner à Michael. C'est sa spécialité, les virus.

— Tu fais confiance à une simple connaissance ? demanda-t-elle, agacée.

— Pas à une simple connaissance, Belle. A l'oncle de Michael.

— Tu as un frère ? s'écria-t-elle, les yeux arrondis par la surprise. Comment as-tu pu me le cacher ?

— Demi-frère, et on ne se fréquente plus depuis une dizaine d'années au moins.

— Et c'est une excuse pour ne jamais m'avoir dit que notre fils avait un oncle ?

— C'est compliqué, Belle. Et ce n'est pas le moment.

— Pendant toutes nos années de mariage non plus, apparemment. C'est toi tout craché, ça !

Elle se détourna et se plongea dans la contemplation du ciel.

— Il est en route et nous retrouve à l'hôpital, dit-il malgré tout. Je t'avertis, il n'est pas très sociable. Pas très aimable, non plus… Mais je veux qu'il s'occupe de Michael.

— Alors je n'ai pas le choix, c'est ça ? Je dois te faire confiance. En fait, tu n'as pas changé du tout, Cade. Je l'ai cru, un moment, mais… Enfin, peu importe.

Quelques instants plus tard, alors qu'ils atterrissaient sur le toit de l'hôpital, elle le prit par le bras.

— Il faut qu'on arrête ce truc, Cade. Cet *E. coli*, il faut qu'on l'arrête ! Dis à ton frère, quand il arrivera, que je lui fournirai toutes les informations qu'il voudra. Et, s'il préconise un traitement pour Michael, je l'écouterai.

— *On* l'écoutera. Ne m'exclus pas, Belle.

— Ça fait mal, n'est-ce pas ? dit-elle avant de le relâcher.

Elle se précipita à l'intérieur, mais il ne la suivit pas

immédiatement. Elle avait raison. C'était douloureux, mais il l'avait bien cherché, après tout.

— Il te ressemble, dit Jack en rejoignant Cade près de la vitre par laquelle il observait Michael aux soins intensifs. En plus beau. On dirait le frère jumeau de Robbie.

Cade fit volte-face.

— Ne me dis pas que tu es venu pour Robbie !

— Non, je suis venu pour mon neveu. Sinon, je me serais fait un plaisir de continuer à ne pas te parler pendant encore une décennie, rétorqua Jack en sortant un stéthoscope de sa poche. Ça te dérange si je vais l'examiner ?

Cade se contenta de lui faire un signe de la main puis lui emboîta le pas.

Belle leva les yeux lorsqu'ils entrèrent pour les fixer sur Jack.

— Vous devez être Jack Kenner ?

— Et vous devez être ma belle-sœur. Celle dont j'ignorais l'existence.

— Belle Carter, répondit-elle en lui tendant la main sans relever l'allusion. Et voici votre neveu, Michael.

Sans un mot, Jack s'approcha du lit et regarda longuement l'enfant allongé. Cade savait pourquoi. La ressemblance avec Robbie était en effet frappante. Lui-même ne s'en était pas rendu compte avant parce qu'il voyait Michael régulièrement. Ce devait être terrible pour Jack de se trouver ainsi confronté au passé.

— Il a été dialysé. Les médecins ne savent toujours pas pourquoi sa tension est descendue si bas et si vite, mais il se stabilise, expliqua Belle.

Jack opina puis prit une profonde inspiration.

— Et ses reins, ils sont repartis ?

— Pas encore.

— Ça ne vous dérange pas que je l'examine ?

— Au contraire. Quand Cade m'a dit...

— Vous n'aviez jamais entendu parler de moi, n'est-ce pas ? Ce bon vieux Cade n'a pas jugé bon de parler de nous à son épouse ?

Alors qu'il était penché sur Michael, Cade sentit le regard de Belle se poser brièvement sur lui.

— Il devait avoir ses raisons, dit-elle enfin.

— Alors, vous êtes comme elles ? Même divorcée ?

— Comme elles ?

— Les groupies qui tombent à ses pieds.

— En fait, je suis la groupie qui l'a épousé et qui lui a donné un fils. Et, même si ce ne sont pas vos affaires, je tiens à préciser que je ne tombe aux pieds de personne.

Pour toute réponse, Jack émit un long sifflement en levant un sourcil.

— Et j'apprécie que vous soyez venu à la rescousse, ajouta-t-elle. Cade ne tarit pas d'éloges à votre sujet...

— Je n'ai rien à faire de ce qu'il pense de moi, l'interrompit Jack en positionnant le stéthoscope à ses oreilles. Tout ce que je veux, c'est aider ce gamin. Il n'est peut-être pas de mon sang, mais...

— Comment ça, pas de votre sang ?

Un sourire amer déforma les traits de Jack.

— On dirait que mon cher frère a omis de vous dire autre chose, remarqua-t-il en plaçant l'embout sur la poitrine de Michael. A présent, si vous voulez bien m'excuser, je préfère être seul avec mon patient. Je vous ferai signe.

— Vous me jetez dehors ? marmonna-t-elle.

— Non, je vous demande simplement de bien vouloir sortir. Il y a trop d'énergie négative, ici, c'est mauvais pour mon neveu.

Cade vit Belle serrer les dents puis elle se pencha pour embrasser tendrement son fils sur la joue.

— Je suis dans le couloir, lui murmura-t-elle. Ton oncle Jack est venu voir où tu as mal. C'est un très bon médecin, et il va bien s'occuper de toi.

Puis elle se releva et quitta la pièce, le menton haut, sans un regard et sans un mot. Mieux valait la suivre en silence aussi, songea Cade. Tous deux prirent place devant la vitre.

— Comment peut-il être ton frère sans être parent avec Michael ? chuchota-telle immédiatement.

— Après son divorce d'avec mon père, ma mère s'est remariée

avec Gerald Kenner. Il avait un fils, Jack, que ma mère a adopté, faisant de lui mon demi-frère officiel.

Voyant qu'elle s'apprêtait à rétorquer quelque chose, il poursuivit :

— Je vais te faire la version courte. Ça commence par une mauvaise mère qui rêvait de mener la grande vie sans s'encombrer d'un gamin. Je l'ai entendue le dire. Elle nous a donc quittés, mon père et moi, s'est trouvé un bon parti qu'elle a épousé. Elle nous a troqués contre un fils avec pedigree et un vieux monsieur plein aux as.

— Je suis désolée. Tu ne méritais pas ça, Cade. Mais je ne comprends toujours pas...

Elle regarda Michael. Jack s'était assis à son chevet et lui parlait.

— Il a des enfants ?

— Non, il ne s'est jamais marié, mais il les adore.

— Je vois. Je suis contente que tu l'aies fait venir, dit-elle en se retournant vers lui. Quel que soit le contentieux entre vous, cela m'est égal. Pour l'instant... Mais un beau jour, Cade, il faudra que tu m'expliques tout parce que ça concerne Michael aussi et il a le droit de savoir. J'essaierai d'oublier mon ego.

— J'ai eu tort. J'avais tout faux, Belle...

Sans écouter la suite, elle se leva et entra dans la chambre. Jack vint le rejoindre derrière la vitre.

— Il tient bon, lui annonça-t-il. Ses signes vitaux sont stables, et j'ai bon espoir pour ses reins. J'ai déjà vu ce genre de cas.

— Merci, Jack. Merci pour tout. Après... enfin, après Robbie, je n'étais pas sûr que...

— Comme tu l'as dit, ça n'a rien à voir avec Robbie, répondit-il en balayant le sujet d'un geste de la main. Dis-moi plutôt quel genre d'imbécile laisserait filer cette incroyable doctoresse ? Enfin, la réponse est dans la question, je crois : un imbécile.

Cade eut un petit rire.

— J'aimerais te dire que c'est bon de te voir, Jack, mais ce n'est pas le cas.

Il regarda son frère. Il avait toujours eu cet air dur et assuré, mais aujourd'hui il semblait fatigué, ce qui ne collait pas au souvenir qu'il avait de lui. Ils ne s'étaient pas vus depuis dix ans et, à l'époque, Jack souffrait, entre l'école de médecine et la mort de Robbie. Les gens changeaient. En apparence, le temps avait été clément avec Jack, mais à l'intérieur...

— Tu veux boire une bière ? proposa Cade, faute de mieux à offrir. Il y a un petit pub, en face de l'hôpital. Je pense que Belle serait ravie d'être débarrassée de nous un moment.

— Pourquoi pas ? On pourra se regarder dans le blanc des yeux sans oser aborder les vieux souvenirs. Et, au passage, c'est toi qui paies... Ça t'apprendra à me déranger quand je pêche.

— Toi ? Pêcher ? Laisse-moi rire !

Depuis près d'une heure, il était debout derrière la vitre, les yeux rivés sur Michael et sur Belle à son chevet. Comment faire pour aller les rejoindre ? Pour faire partie de cette famille ?

— Tu n'entres pas ? demanda Jack en approchant.

— J'en viens. On a décidé d'alterner pour pouvoir se reposer un peu.

— Il recommence à avoir des diurèses, ce qui signifie que ses reins fonctionnent, dit Jack. Il est stable, et s'il est toujours inconscient c'est parce que son organisme lutte contre l'infection. En résumé, il est temps pour moi d'aller faire un tour à Big Badger, histoire de voir ce qui t'attire tant ici. Je ne laisserais pas Michael seul si je n'étais pas persuadé qu'il allait mieux.

Il passa un bras autour des épaules de Cade qui s'étonna de trouver ce geste réconfortant.

— Je vais aller dire à Michael que je m'absente. Si Belle le souhaite, je peux rendre visite à quelques patients pendant que je serai à Big Badger.

— Et moi qui venais de la convaincre que tu étais irrécupérable !

— Pour toi, oui. Mais j'ai un neveu qui a besoin de la présence de ses deux parents, alors... En fait, je vais rester avec lui un moment. Et vous deux, tâchez d'en profiter pour régler ce que vous avez à régler. Pas question que mon neveu se réveille dans cette ambiance.

Cade soupira longuement puis fit un signe de tête.

— Laisse-moi lui parler.

Il entra dans la chambre sans bruit et s'approcha de Belle.

— Tu as besoin d'une pause. Jack veut passer un moment seul avec Michael pour lui parler. On pourrait en profiter pour aller chercher un café ou pour manger quelque chose ?

— Je n'ai pas faim, marmonna-t-elle. Mais j'irais bien me dégourdir les jambes, en effet. Ecoute, toutes ces choses que j'ai dites dans l'hélicoptère..., ajouta-t-elle en levant ses grands yeux fatigués vers lui.

Il secoua la tête avec un sourire triste.

— Je ne me souviens de rien, dit-il en la prenant par les épaules. Tout ce qui compte, c'est Michael.

Pour la première fois depuis des heures, il la sentit se détendre un peu sous ses doigts.

— Comment ça a pu arriver, Cade ? Je fais pourtant attention. Même si tous les tests que j'ai envoyés au labo revenaient négatifs, je lavais tout, et plutôt deux fois qu'une. Et puis...

Sa voix se brisa.

— Il est stable, grâce au médicament que Jack lui a donné.

— Mais ça ne suffit pas, il faut qu'il aille mieux. On lui a fait une dialyse, ses reins fonctionnent, mais que serait-il arrivé si Jack n'avait pas été là pour faire un miracle ? Et qu'est-ce que je vais faire pour les habitants de Big Badger ? Eux aussi, ils ont besoin de moi, mais je ne peux pas abandonner mon fils.

— Chut..., fit-il en lui prenant les mains. Jack se propose de prendre en charge tes patients.

— Il ferait ça ?

— C'est lui qui l'a proposé. Il dit que Michael a besoin de nous à ses côtés.

— Il est gentil. Je ne l'aimais pas trop au début, mais j'ai eu tort. Et toi aussi, si tu le détestes toujours. J'ignore ce qui vous a séparés, mais vous devriez... Jack et toi devriez emmener Michael camper, quand tout cela sera fini. Passer du temps ensemble. Je pense que Jack peut être important pour lui, et vice versa.

— Vous êtes prêts à faire une pause ? demanda Jack depuis le seuil. Parce que Michael et moi on a des choses à se raconter.

Il entra et observa Michael un moment en silence.

— Des tas de choses, n'est-ce pas, Michael ?

— On va à la cafétéria ? demanda Cade en sortant.

— Je préférerais marcher un peu dans le parc, si ça ne t'ennuie pas. Un peu d'air me fera du bien.

Instinctivement, elle passa son bras sous celui de Cade, comme avant, quand ils étaient mariés. A l'époque, elle adorait le toucher, son contact lui était indispensable. Aujourd'hui, bien sûr, c'était différent. Elle avait besoin de soutien. Elle était si épuisée qu'elle ne savait même pas si ses jambes la porteraient.

— En revenant, on pourrait passer par la chambre de Maudie. Apparemment, elle sort demain et elle a fait demander des nouvelles de Michael.

— Oui, elle est très inquiète.

— Tu l'as vue ?

— Très brièvement. Elle m'avait appelé, alors je suis monté la voir à l'étage supérieur. Elle est égale à elle-même : curieuse, pipelette, mais avec un cœur d'or. Ils ont revu son traitement et elle va pouvoir reprendre le travail à temps partiel dès la semaine prochaine. Enfin, si tu veux bien.

— Si je veux ? Mais comment ça ? Je n'ai jamais...

— Elle a dépassé l'âge de la retraite, Belle. C'est pour ça qu'elle ne t'a jamais parlé de ses problèmes de santé. Elle avait peur que tu préfères engager une infirmière plus jeune et en bonne santé.

— Et me priver de son expérience ? Bien sûr que non ! Bon sang, Cade..., soupira-t-elle. Je suis donc un tel tyran ?

— Ce n'est pas toi, Belle. Ce n'est pas facile de parler des choses qui nous font peur ou qui nous font souffrir. Maudie ne travaille pas pour l'argent, mais parce qu'elle a besoin de se sentir utile.

— Mais elle t'en a parlé, à toi. Qu'est-ce qui cloche, chez moi ? Pourquoi est-ce que personne ne me dit rien ? D'abord toi, puis Maudie... Même Michael ne m'a pas dit qu'il était malade.

— Te torturer de la sorte ne sert à rien. Tu pourras bien répéter les choses en boucle, ça ne changera rien.

Ils s'arrêtèrent sous une magnifique pergola tressée de jasmin odorant. Elle ferma les yeux, inspirant le parfum des fleurs à pleins poumons.

— Ce serait bien d'avoir un petit hôpital avec un jardin comme celui-ci à Big Badger, dit-elle en s'asseyant sur un banc de marbre. Les malades seraient plus proches de leurs familles. Malheureusement, la ville n'a pas les moyens de financer un cabinet médical, alors... Bref, je ferais mieux de me concentrer sur Michael. Il y a peut-être autre chose que je peux faire pour l'aider.

— Tu lui transmets ta force. C'est tout ce que tu peux faire.

— Ah oui ? Et, pourtant, si je ne l'avais pas emmené ici, au Texas, si je n'avais pas essayé d'être un aussi bon médecin que toi, tout cela ne serait jamais arrivé. Mais non, il a fallu que je le déracine de Chicago pour emménager dans un endroit inconnu, ajouta-t-elle en essuyant des larmes de rage. Tu n'as aucune idée de ce que je ressens, Cade. Je me sens...

— Impuissante ? Furieuse ? Terrorisée ? Avec l'envie de détester quelqu'un ou quelque chose, mais sans savoir qui ou quoi ? Partagée entre haine et désespoir, mais surtout ce sentiment de profond mépris de toi pour n'avoir pas su voir, pour n'avoir pas su quoi faire ? C'est comme ça que tu te sens, Belle ?

Elle leva les yeux vers lui.

— Je suis désolée, Cade. Je sais que je ne suis pas la seule...

— On ne dirait pas. Mais tu vas t'en sortir, je le sais, il le faut. Il n'y a pas d'autre choix.

L'amertume qu'elle perçut dans sa voix lui fit presque peur. Il avait peur pour Michael, mais il y avait autre chose, elle le sentait. Quelque chose qui avait à voir avec Jack, avec Cade lui-même, avec la véritable raison pour laquelle il était là. Une histoire qu'elle devinait douloureuse.

— Ce n'est pas Michael, n'est-ce pas ? Parle-moi, Cade, parle-moi je t'en prie.

— Il n'y a rien à dire. Mon fils est en soins intensifs et se bat pour survivre. Je donnerais ma vie pour lui, Belle, crois-moi. S'il avait besoin d'un cœur, je m'ouvrirais la poitrine sur-le-champ pour le lui donner.

— Je sais, dit-elle en l'enveloppant de ses bras. Mais il faut que tu me parles. Pour Michael...

A la mention du prénom de son fils, elle sentit les épaules de Cade s'affaisser.

— C'est Robbie, murmura-t-il enfin. Mon plus jeune frère. Et celui de Jack.

— Le fils que ta mère a eu avec ton beau-père.

Il acquiesça.

— Sa façon à elle de s'assurer qu'il ne la quitterait pas, je suppose. Et puis, c'était une si bonne mère pour les deux qu'elle avait déjà... Sauf que Robbie n'était pas comme Jack ou moi. Il était...

Sa voix se fit murmure lorsqu'il se retourna vers elle.

— Il était autiste, Belle...

Elle s'était imaginé plein de choses, mais pas cela. Elle dut se mordre la lèvre pour réprimer un cri.

— Asperger ? demanda-t-elle avec effort.

Il secoua la tête.

— Non, le syndrome de Kramer. Robbie était dans son monde et ne réagissait pas aux gens. Encore moins à ses parents. Mais c'était un si gentil petit garçon, Belle... Ma mère le haïssait tellement qu'elle l'enfermait dans sa chambre toute la journée, ou bien elle le plaçait dans des institutions, l'envoyait participer à des programmes de toutes sortes...

Enfin elle comprenait.

— C'est pour ça que tu es venu ! Pour m'empêcher d'envoyer Michael en camp. Pourquoi ne m'en avoir rien dit, Cade ?

— Robbie aimait l'ordre et redoutait par-dessus tout le changement, poursuivit-il, comme s'il ne l'avait pas entendue. Et puis... Il aimait que ses grands frères s'occupent de lui.

Il alla s'asseoir sur le banc.

— Il adorait Jack et c'était réciproque. Il lui consacrait beaucoup de temps, se montrait extrêmement patient avec lui. Mais moi… C’est pour ça que je ne t’en ai jamais parlé. J’ai fait des choses dont je ne suis pas fier.

— A Robbie ?

Elle ne savait plus quoi penser, mais elle lui faisait confiance. Elle allait se raccrocher à cela pour l’instant.

Il hocha la tête.

— Oui, à Robbie. Je ne voulais pas voir ma mère, mais mon père insistait pour que je leur rende visite régulièrement. C’était mon devoir de fils, comme il disait… Le pauvre Robbie s’est trouvé pris dans la tourmente. Comme je ne venais pas souvent, il réclamait beaucoup d’attention quand il me voyait, chose que j’étais incapable de lui donner, alors je cherchais des excuses pour l’éviter, pour éviter ma mère. Un Noël, j’avais dix-sept ans et Robbie, treize, était placé dans un centre horrible. Les employés étaient méchants avec lui, les autres enfants le battaient. Mais c’était le seul endroit qui acceptait de le garder car il avait fait de nombreuses fugues, ailleurs. Moi, je devais venir en vacances chez ma mère. J’avais dit à mon père que ce serait la dernière fois, que dès que j’aurais dix-huit ans plus rien ni personne ne m’obligerait à revoir cette femme. J’y suis donc allé dans l’état d’esprit que tu imagines. Je me suis enfermé dans ma chambre, mais ma mère m’a dit d’aller chercher Robbie, de le ramener à la maison pour les vacances. Bien sûr, j’ai refusé. Je savais que Jack irait. Il jouait toujours les héros, les frères parfaits pour Robbie…

— C’était différent, pour lui.

— Tu trouves ? C’est pourtant ma mère qui l’élevait. En fait, il a supporté sa méchanceté bien plus longtemps que moi.

— Mais sans rien attendre d’elle. Ce n’était pas sa mère.

— Ne te sens pas obligée de me défendre, Belle. J’aimais Robbie, mais je ne pense pas qu’il s’en soit rendu compte car j’étais trop préoccupé par mes propres problèmes pour aller vers lui.

Voilà pourquoi il s’en voulait pour Michael.

— Jack est rentré tard, ce soir-là, et il a décidé qu’il irait chercher Robbie le lendemain. Sauf que personne n’a averti Robbie. Il a attendu, attendu… En ne voyant personne arriver, il s’est enfui.

Il essuya une larme.

— En décembre, les nuits peuvent être froides, même au Texas, et Robbie n'était pas habillé en conséquence. Il ne portait même pas de chaussures, ajouta-t-il dans un sanglot. Les autorités l'ont retrouvé deux jours plus tard. Le froid a été désigné comme cause officielle de sa mort, mais moi, je savais que c'était ma colère qui l'avait tué.

Elle s'approcha pour lui prendre la main.

— Je suis tellement désolée, Cade.

— Oui, moi aussi. Ça lui fait une belle jambe, à Robbie.

Enfin, elle savait. Elle voyait Cade sous un jour inédit. Toute sa vie, il avait fui. En s'engageant dans des causes humanitaires, il avait essayé de racheter sa faute. Ce n'était pas elle qu'il fuyait, ni leur mariage, ni Michael, mais lui-même.

— Tu ne peux pas comparer les deux situations, Cade. Tu aimes Michael et tu es un excellent père.

— Au oui ? Quand ça ? demanda-t-il avec amertume. Quand je viens en week-end, je suis en plein décalage horaire, trop fatigué pour lui proposer autre chose que ses jeux vidéo. C'est ça, ta définition du bon père ? Je ne fais que passer du temps avec Michael, rien d'autre.

— Tu es là, maintenant, c'est tout ce qui compte.

— Il est sur un lit d'hôpital, et je ne suis même pas capable de…

— De sauver ton fils ?

Elle laissa enfin couler les larmes qui lui brûlaient les yeux depuis un moment.

— Je ne sais pas comment m'occuper de lui, Belle. Ni de toi, d'ailleurs. Je n'ai jamais su. Toute mon enfance, j'ai appris à me renfermer sur moi-même, à vivre sans les gens ou à m'enfuir quand ils m'approchaient de trop près. Et puis tu es entrée dans ma vie. Quand on n'était que tous les deux, ta force t'a aidée à me supporter, ce qui me permettait de me sentir à peu près normal. Mais quand Michael est né…

— Tu avais peur de nous aimer parce que tu avais peur de ne pas être à la hauteur. Dis-moi, tu savais déjà qu'il avait Asperger avant même qu'il soit diagnostiqué, n'est-ce pas ? Il te rappelait Robbie ?

Très lentement, il sortit son portefeuille et en sortit une photo qu'il lui tendit.

— C'est Robbie à l'âge de Michael.

Elle garda la photo un moment dans sa main sans la regarder puis en trouva enfin la force.

— C'est incroyable…, murmura-t-elle avant d'éclater en sanglots.

Il la prit dans ses bras. Elle aimait cet homme. Plus encore, elle avait besoin de lui.

— Euh… Je…, les interrompit Jack en s'approchant. Je tenais à vous l'annoncer moi-même : l'état de santé de Michael s'est dégradé. Ils l'ont mis sous respirateur artificiel.

8

— Ta voix me manque, mon ange.

Depuis deux jours, Belle ne cessait de parler à Michael. Son état était stable, et les médecins lui répétaient que le médicament administré par Jack faisait son effet. Mais tout ce qu'elle voyait, c'était qu'il restait sous assistance respiratoire. Inconscient... Cela faisait partie du processus de guérison, lui avaient expliqué Amanda et Jack. Peut-être, mais elle n'en pouvait plus d'attendre. Et elle avait peur. Tout ce que Cade et elle pouvaient faire, c'était être présents au chevet de leur fils, lui parler, le rassurer. Se rassurer l'un l'autre. Et prier. Elle avait dépassé le stade des larmes, et se sentait totalement impuissante, sans aucune énergie.

Elle voulait retrouver sa vie d'avant, retrouver le Michael plein de vie qu'elle connaissait, retrouver son cabinet et ses patients. Et Cade. Quand elle fermait les yeux et imaginait sa vie future, il en faisait partie. Malheureusement, la réalité était tout autre, car il allait rentrer à Chicago, sans elle, à moins qu'elle ne le suive. En cet instant, elle n'en savait rien et se sentait bien incapable de se projeter.

Trois nouveaux cas d'*E. coli* s'étaient déclarés à Big Badger. La veille, Jack avait fait appel à des enquêteurs externes qui n'avaient pour l'instant rien découvert. L'annonce officielle serait faite dans la journée et la population allait paniquer, voire l'accuser d'incompétence. Les troupeaux seraient peut-être même euthanasiés. Le reste était trop horrible à imaginer.

— La dernière fois que nous étions tous les deux à l'hôpital, reprit-elle, je t'avais enveloppé dans une petite couverture bleue — j'en avais acheté une bleue et une rose, n'ayant pas voulu savoir si tu serais une fille ou un garçon — et je m'apprêtais à te ramener à la maison. Tu étais un si beau bébé. Tu ressemblais à ton père.

Et à Robbie. Son cœur se serra en repensant à cette tragédie. Cade avait tant aimé son petit frère qu'il s'était chargé du poids d'une culpabilité qui n'était pas la sienne.

— Il avait peur de te prendre dans ses bras, le pauvre... C'est un chirurgien extraordinaire, ton papa, tu sais. Je ne sais pas si tu t'intéresses à la médecine, mais tu pourrais devenir aussi bon que lui. Tu seras extraordinaire, quel que soit le domaine que tu choisisses.

Elle y croyait dur comme fer. Contrairement à la mère de Cade, elle soutiendrait Michael quoi qu'il lui en coûte. Même si cela impliquait les insectes.

— Tu imagines, le grand chirurgien qui tremblait en prenant son bébé dans ses bras !

Ce souvenir lui arracha un sourire. Trembler, c'était peu dire.

— Il a fini par réussir à te porter jusqu'à la voiture. Mais ce n'était pas gagné car il fallait encore qu'il t'installe dans le siège bébé...

Depuis deux jours, elle lui racontait des histoires. Pour ne pas perdre le contact.

— ... et il était planté là, ne sachant pas comment s'y prendre. Alors, j'ai...

L'alarme du respirateur l'interrompit. Le rythme régulier des inspirations et des expirations de la machine se rompit. Belle se redressa, le souffle court. Mais le médecin qu'elle était n'eut rien à faire car Michael la regardait, les yeux écarquillés. Plus précisément, il observait les tubes et autres fils auxquels il était relié, visiblement très intéressé par leur fonctionnement compliqué. Du Michael tout craché.

— Mon chéri..., murmura-t-elle en lui prenant la main, essayant de garder un semblant de calme.

Son second réflexe fut de sortir son portable. Elle envoya

un texto à Cade, qui était rentré à Big Badger pour se changer. Deux mots suffirent :

Il est réveillé.

Les deux plus beaux mots qu'elle ait jamais eu à écrire.

— Je vais t'expliquer à quoi servent toutes ces machines, dit-elle en rangeant son téléphone dans sa poche.

En entendant la sonnerie de son portable, Cade retint son souffle car ils ne devaient se contacter qu'en cas d'urgence. Depuis l'autre jour, dans le parc de l'hôpital, où il lui avait tout raconté sur Robbie, ils s'étaient à peine reparlé. Il n'y avait pas grand-chose à ajouter, à vrai dire. Il espérait néanmoins que ce silence n'était pas mauvais signe.

Mais il ne voulait pas y penser pour le moment. Il s'arrêta sur le bas-côté de la route et garda le téléphone serré dans sa main une bonne minute, les yeux rivés sur la petite enveloppe qui indiquait la réception d'un message. Sa vie ne serait peut-être jamais comme avant une fois qu'il aurait ouvert ce message. Enfin, il se décida.

Il est réveillé.

Il se laissa aller contre le siège et les larmes se mirent à couler librement. Son fils était réveillé. La vie reprenait.

— Et maintenant ? demanda Cade.

De l'autre côté de la vitre, leur fils était allongé sur son lit, mais il respirait librement, sans tuyaux ni machines. Michael avait même protesté lorsqu'on avait emmené les moniteurs parce qu'il aimait bien les observer fonctionner. Sacré Michael...

Belle s'approcha à son tour, si près de Cade qu'elle percevait les effluves citronnés de son après-rasage. Elle eut soudain envie de poser la tête sur son épaule, ou de glisser sa main dans la sienne pour sentir sa force, sa présence. Mais il s'était refermé comme une huître. Elle se contenta donc de lui répéter ce que les médecins lui avaient expliqué :

— Demain, ils vont le transférer en chambre et, si tout va bien, il pourra rentrer à la maison dans quelques jours. Il m'a déjà dit qu'il voulait qu'on retourne camper tous les week-ends jusqu'à la fin de l'été. Tous les trois : « Moi, toi et papa », je cite, ajouta-t-elle en souriant.

Il avait aussi évoqué son oncle Jack, mais le moment n'était pas forcément bien choisi pour le préciser.

— Dommage que la vie ne soit pas aussi simple…, soupira Cade en se tournant vers elle. J'y ai beaucoup réfléchi, et je pense qu'il est temps pour moi de rentrer à Chicago. Enfin, pas forcément tout de suite, mais dès qu'il aura repris ses habitudes. D'ici là, je vais réduire progressivement le temps que je passe avec lui pour ne pas le perturber. Comme il ne va pas pouvoir venir passer la fin de l'été avec moi comme on l'avait prévu, mieux vaut annuler mes visites et le laisser reprendre le cours normal de sa vie. Je ne suis qu'une gêne, pour lui. Surtout, ne va pas croire que je fuis mes responsabilités, Belle. J'essaie juste de faire ce qu'il y a de mieux pour Michael.

— Et tu ne fais pas partie de ce qu'il y a de mieux pour lui ?

Michael était hors de danger et, quoi qu'il en dise, Cade prenait la fuite. Alors qu'elle commençait à penser que, peut-être, ils avaient un avenir ensemble… Finalement, il n'avait pas changé. Cade Carter faisait toujours ce qu'il voulait.

— Tu ne veux pas perturber sa vie ? reprit-elle comme il ne répondait pas, tout en tâchant de maîtriser son émotion. Juste au moment où il va avoir le plus besoin de toi, tu le laisses tomber ? Je ne comprends pas, Cade. Pourquoi fais-tu une chose pareille ?

— Parce que c'est de toi, dont il a besoin. Pas de moi. Il a besoin de la vie paisible et organisée que tu lui offres, pas de mes allers et venues incessantes.

— Tu sais quels ont été ses premiers mots quand ils l'ont extubé ? Il a demandé où tu étais. Il avait besoin de toi, Cade ! Et tu voudrais partir, sachant ça ? Ce qui est arrivé à Robbie n'était pas ta faute, mais je ne sais pas combien de fois il faudra que je te le répète pour t'en convaincre, ni même si j'y parviendrai jamais. On parle de ton fils, là… Tu l'aimes et tu m'as dit que tu voulais resserrer les liens avec lui. Voilà que ça risque de se produire, et toi tu lui tournes le dos ?

— Je ne lui tourne pas le dos, Belle. Je lui laisse simplement reprendre une vie normale, c'est tout.

— Tu sais quoi, Cade ? Si tu ne peux pas être ce que Michael attend de toi, ou ce que moi j'attends de toi, peut-être que tu devrais même repartir dès aujourd'hui.

Elle savait déjà qu'elle regretterait la dureté de ces paroles, mais il était trop tard pour les retirer. Elle continua :

— Parce qu'en effet tu le perturbes. Ça lui prend une journée pour s'habituer à toi et, quand tu t'en vas, il lui faut encore une journée pour se remettre. Alors, qu'est-ce que tu vas faire pour ça ? Et moi, tu penses à ce que je ressens ? Parfois, quand je te regarde partir, ça me fait si mal que j'ai du mal à respirer, à reprendre ma vie, et je ne pense qu'à ta prochaine visite, même si la plupart du temps on se parle à peine. Je ne vis que pour ces instants, Cade. Je ne suis sortie avec personne depuis notre séparation car je n'en ai jamais eu envie parce je sais qu'une fois toutes les deux semaines je vais te voir, ne serait-ce qu'une minute ou deux. Mais ça ne peut pas durer. Ça me fait trop de mal, et à Michael aussi. Alors va-t'en, laisse-nous tranquilles. Une bonne fois pour toutes !

— Tu ne m'as jamais laissé entrer dans ta vie, Belle. Dans ta vie avec Michael.

Il désigna le couloir où il se tenait.

— C'est là, ma place. Dehors, à vous regarder par la vitre.

— Parce que c'est là que tu veux être.

Elle regarda Michael qui les observait. Ses grands yeux pleins d'un mélange de tristesse et de surprise lui brisèrent le cœur.

— Même si, désormais, je comprends pourquoi tu as fait ce que tu as fait, tu ne peux pas reporter la faute sur moi, Cade. C'est trop facile, comme excuse. Moi, j'ai toujours voulu que tu te consacres plus à nous, mais tu avais toujours mieux à faire ailleurs : construire une clinique en Afrique, t'engager comme médecin volontaire en Asie... Tu me voyais t'empêcher d'y aller, sans passer pour la pire des égoïstes ? Non, je ne pouvais pas lutter. Je me disais que je n'étais pas assez bien pour te donner envie de rester à la maison. Alors oui, j'ai peut-être reporté mon trop-plein d'affection sur Michael, et tu as cru que je t'excluais de notre relation. Si au moins tu m'avais parlé, si tu m'avais fait confiance...

Michael les observait à présent à travers l'objectif de son appareil photo.

— Il adore ce truc, tu as remarqué ? C'est la deuxième chose qu'il a demandée, après avoir été extubé.

Cade esquissa un sourire.

— Robbie adorait le sien, lui aussi. Je le lui avais offert pour son huitième anniversaire. Il n'arrêtait pas de tout photographier, surtout les insectes, puis il collait ses photos dans des cahiers qu'il regardait pendant des heures. Il ne savait pas les nommer, comme Michael, mais il aimait les regarder, tout simplement, conclut-il en soupirant. Je ne voulais pas te faire souffrir, Belle. Je ne savais pas comment m'y prendre pour revenir vers toi.

— C'est la ressemblance entre Michael et Robbie qui te dérangeait ?

— Ce qui me dérange, c'est que j'étais tellement en souffrance que je n'ai pas pu être le frère dont Robbie avait besoin.

— Tu n'étais qu'un enfant, Cade.

— Robbie aussi. Michael aussi. Et l'histoire se répète : je n'arrive pas à être le père dont il a besoin.

— C'est donc, ça ? Tu pars de peur de n'être pas un bon père pour Michael ? demanda-t-elle doucement.

— Malgré mes bonnes intentions, je suis rattrapé par mon passé. Je déçois systématiquement les personnes qui comptent pour moi.

Elle lui posa une main sur le bras.

— Si tu le déçois tant, pourquoi est-il en train de te prendre en photo ? Ça fait au moins cinq minutes qu'il te mitraille.

Il se tourna en souriant vers la vitre et agita la main.

— Qu'est-ce que je dois faire, Belle ? Dis-moi. S'il te plaît.

— Sois son père. Aime-le, tout simplement..., répondit-elle

en lui glissant une main autour de la taille. Je ne te promets pas que ce sera facile, ni même qu'il se montrera très coopératif, mais vous avez besoin l'un de l'autre.

Il fit volte-face.

— C'est ce que tu veux, Belle ? Je vais te dire une chose, probablement la chose la plus honnête que je t'aie jamais dite : si je n'écoutais que moi, j'emménagerais à Big Badger. Le problème, c'est que tu vis ici, et que je ne me vois pas passer le reste de mes jours à regarder ce que j'ai perdu, sachant que jamais je ne le récupérerai. Parce que je veux te récupérer, Belle. Toi, Michael, notre vie… Celle que je nous ai volée. C'est pour ça que je suis venu, pour voir s'il nous restait un espoir. Mais, tout ce que je vois, ce sont mes échecs, conclut-il en haussant les épaules. Rien que cette expression que tu as, là…

— Cette expression ? murmura-t-elle. Tu sais ce qu'elle signifie, cette expression, Cade ? Que je veux qu'on forme une famille, tous les trois. Voire à quatre ou même cinq.

— J'ai cinq sources possibles pour l'épidémie d'*E. coli*, annonça Jack.

Il tendit l'ordinateur portable à Michael qui était sorti de soins intensifs et transformait peu à peu sa chambre en salle de jeux.

— J'ai fait tous les tests possibles et imaginables, Belle, et relu les résultats si souvent que je les connais par cœur, poursuivit Jack. La bonne nouvelle, c'est que l'eau de source ne semble pas contaminée, donc cela ne viendrait pas du bétail. La mauvaise, c'est que les habitants de Big Badger nous mettent la pression et veulent des réponses. Pour l'instant, ils se contentent de poser des questions, mais depuis que vous et Cade êtes à l'hôpital on a eu quatre autres cas déclarés.

Belle soupira.

— J'ai l'impression d'être ici depuis mille ans. Il faut que j'y retourne. Michael doit sortir après-demain…

Elle jeta un coup d'œil à Cade, allongé près de Michael, qu'il aidait à transférer ses photos sur le disque dur.

— Ça t'ennuierait beaucoup si je rentrais à Big Badger pour la journée ?

— On se débrouillera très bien, répondit-il avec un clin d'œil.

— Très bien, répéta Michael sur le même ton désinvolte, le clin d'œil en moins.

— J'ai comme l'impression qu'ils n'ont pas besoin de moi, dit-elle à l'intention de Jack.

— Moi oui, en revanche. Entre le cabinet, les ranchs à visiter et mes recherches sur la bactérie... Allez, en voiture, docteur Carter. Je meurs d'impatience de vous rendre les rênes.

— Tu vas revenir ? demanda Michael.

— Je ne sais pas à quelle heure, mais je serai là demain, répondit Belle. Pourquoi ? Tu veux que je te rapporte quelque chose ?

— Ma confiture de fraises, s'il te plaît.

Belle fronça les sourcils. Drôle de requête, d'autant qu'ils n'avaient pas mangé de confiture de fraises depuis bien longtemps. Depuis qu'ils avaient quitté Chicago, sans doute. Mais peu importait. C'était bon signe, si Michael retrouvait l'appétit.

— On n'en a pas, mais je peux passer chez l'épicier pour t'en acheter, si tu veux. Tu veux du beurre de cacahuètes aussi ?

Il secoua la tête.

— Du pain et de la confiture, c'est tout.

De plus en plus bizarre.

— Très bien, je t'en achèterai.

— Non, pas au magasin. Celle que Mme Ellison fait, et que tout le monde lui achète.

Jack sursauta et tira son téléphone de sa poche.

— Bon sang ! La confiture de fraises de la ferme !

— Vous pensez que ça pourrait être ça ?

Elle n'en revenait pas. Ils avaient imaginé les choses les plus invraisemblables et, pendant tout ce temps, la solution était là, presque sous leurs yeux. Si Jack avait vu juste, elle lui devrait une fière chandelle. Pourvu qu'il reste assez longtemps pour qu'elle puisse lui témoigner sa reconnaissance. Peut-être en l'aidant à renouer les liens avec son frère ? Ou en le laissant passer du temps avec Michael ?

— Les fraises doivent être contaminées, dit Jack. Elle est comment, cette confiture, Michael ? Mme Ellison la sort plutôt de son placard ou de son congélateur ?

— Du congélateur, répondit Michael, visiblement ennuyé par cet interrogatoire.

— De la purée de fraises crues… contaminées. J'ai entendu parler d'un cas similaire dans l'Oregon.

— Voilà pourquoi l'épidémie s'est répandue si lentement, conclut Cade. Seuls les clients de Virginia Ellison sont tombés malades.

Jack appela immédiatement les autorités sanitaires pour leur signaler ce qu'ils avaient découvert. Bientôt, les confitures de Virginia Ellison seraient retirées de la circulation et l'alerte donnée.

— Je crois bien que tu as résolu le mystère, Michael, dit Cade en souriant.

Belle adorait ce sourire, mais Michael, lui, ne réagit pas, trop occupé qu'il était à mettre au point un diaporama de toutes ses photos.

— Quatre jours, et pas de nouveau cas.

Allongée sur sa table d'examen, les jambes ballantes, Belle fixait le plafond. La vie reprenait son cours, et elle avait même reçu trois patients aujourd'hui. Des hommes.

— Maudie se remet, Jack s'occupe de Michael quand on travaille. Si j'osais, je dirais que tout va bien. Et j'ai promis à Michael de le remmener camper à Ruda del Monte. Avec un peu de chance, Jack restera suffisamment longtemps pour nous accompagner. Et toi, Cade ?

— Je n'aurai pas le choix, maintenant que je possède le terrain.

— Quoi ? s'écria-t-elle en se redressant sur les coudes. Tu as acheté le terrain où on est allés camper ?

Il jeta sa blouse blanche sur le dossier d'une chaise et vint se camper entre ses genoux.

— Tu te rappelles que tu as dit que tu voulais qu'on forme une famille, à trois, voire quatre ou cinq ? dit-il en plongeant son regard brûlant dans le sien. Eh bien, je t'ai prise au mot. Comme ça ne risque pas d'arriver si je reste à Chicago, je me suis renseigné sur ce lopin de terre qui, par chance, était à vendre. J'ai rendez-vous avec un architecte dans quelques semaines à qui je veux soumettre mon idée de maison perchée sur la colline.

— Cade, je... Je ne sais pas quoi dire. J'ai parlé sous le coup de l'émotion. Sous l'effet du stress, il arrive qu'on dise ou qu'on fasse des choses qu'on ne ferait pas en temps normal.

— Comme me convaincre de rester ?

— Non, ça, c'était réfléchi. Je ne veux pas que tu quittes Michael. Il a besoin de toi et il s'habitue enfin à ta présence.

— Et toi, Belle ? demanda-t-il en lui caressant les mollets. Dis-moi ce que tu veux, toi, pour une fois.

Elle frissonna à ce simple contact. Comme avant.

— La solution de facilité, ce serait de dire qu'on se remet ensemble pour Michael. Mais ce n'est pas ce que je veux, Cade. Quoi qu'on décide, il nous aura, tous les deux.

— Alors, quelle serait l'autre solution ?

— De t'avouer que je te veux... pour moi. Egoïstement... Parce que j'aime quand tu me touches, quand tu me regardes, quand tu me souris. Mais j'ai peur : je sais ce que ça fait de te perdre et je ne veux plus connaître cette souffrance.

— Jamais je n'ai imaginé que je serais à la hauteur, pour Michael. Comme toi, quand il est né, et que je t'ai vue te battre comme une lionne alors que moi, je m'enfuyais... Même si ce merveilleux petit garçon me rappelait un autre merveilleux petit garçon. Toi, tu es forte.

— Toi aussi, Cade. Et Michael a besoin de nos deux forces réunies. Le monde va être dur pour lui, et parfois cela m'effraie. On a tendance à l'oublier, mais il est atteint du syndrome d'Asperger. C'est la première chose que les gens vont voir chez lui.

— J'ai grandi, Belle. Il m'a fallu du temps, mais je sais ce que je veux, à présent : être un aussi bon père que tu es une bonne mère. Mieux encore, je veux être un bon mari.

— Et tu crois pouvoir faire tout ça au Texas ? Je sais que tu as acheté ce terrain pour me faire plaisir, mais si tu exerces à Big Badger tu devras te contenter de médecine générale. Pourras-tu le supporter ?

— Au début, oui, pour ma famille.

Elle sentit un nœud se former dans sa gorge.

— Au début ? Et après ?

— Après, je reprendrai la chirurgie. Peut-être pas dans un aussi grand établissement qu'à Chicago, mais les petits hôpitaux de campagne ont aussi besoin de chirurgiens, non ?

— Mais de quel hôpital parles-tu ? Tu sais bien que...

— En fait, j'envisage plutôt de monter une clinique, pour commencer, mais elle s'agrandira. Michael a déjà accepté de s'occuper du réseau informatique, d'ailleurs. Il m'a dit qu'il avait des tas d'idées pour optimiser son efficacité.

— Tu en as parlé à ton fils avant de m'en parler à moi ? demanda-t-elle, faussement vexée en glissant vers le bout de la table. Tu ne crois pas qu'on ferait mieux d'attendre qu'il ait au moins huit ans avant de lui confier la gestion de notre parc informatique ?

Il se mit à rire.

— On ne le tiendra jamais si longtemps. Il a déjà commencé à dessiner les plans qui prévoient notamment la présence de jeux vidéo dans le service infantile. Et la présence de Jack...

— Dans quel rôle ?

— Je ne sais pas trop. Mais Jack cherche un logement à louer. Il dit qu'il a du temps à rattraper avec son neveu. Il l'adore, tu sais.

— Tu vas supporter de l'avoir dans les parages ?

— Ça va mieux entre nous. Ce n'est pas encore le grand amour, mais on y travaille. Et comme il compte rester un peu, qui sait...

— Il va exercer la médecine aussi ?

— Je l'ignore. C'est quelque chose qu'il doit régler seul, quand le moment sera venu.

Elle referma les jambes sur la taille de Cade et lui passa les bras autour du cou.

— Pour ma part, il y a quelque chose que je veux régler avec toi. Et immédiatement. Cette fois, je ne te laisserai pas partir.

— Et moi, je tiendrai ma promesse, répliqua-t-il en lui déposant un rapide baiser sur les lèvres. Je crois que nous n'avons plus de rendez-vous cet après-midi, n'est-ce pas, docteur ?

Pour toute réponse, elle dégrafa le premier bouton de sa blouse.

— En fait si, docteur, il vous reste une patiente à voir. La pauvre est atteinte d'une maladie incurable, j'en ai peur, et elle a besoin que vous l'auscultiez car son cœur bat anormalement vite, ajouta-t-elle en défaisant les deux boutons suivants. Je crois qu'il a un message pour vous.

Docilement, il fit mine de porter son stéthoscope à la poitrine offerte.

— Mmm, je me demande ce que ce petit cœur veut me dire.

Il écouta un instant puis son visage s'éclaira d'un large sourire.

— Je t'aime aussi, Belle. De tout mon cœur.

— Tout mon cœur, lui répéta-t-elle à l'oreille.

— Voilà, annonça Michael en tapotant sur son clavier. Le « Diaporama de Michael » est prêt.

D'accord, le titre n'était pas des plus originaux, mais Belle était néanmoins extrêmement fière. Ces dernières semaines avaient décidément été riches en émotions de toutes sortes. Mais, au bout du compte, elle n'aurait échangé sa place pour rien au monde.

— Je parie que c'est plein de photos d'insectes, dit-elle en s'installant sur le canapé près de lui.

Cade s'installa de l'autre côté. Une vraie famille.

— Non, il n'y a pas d'insectes, répondit Michael avec le plus grand sérieux. Enfin si, quelques-uns.

— C'est chouette, les insectes, intervint Cade en levant les pouces. Et maintenant, que le spectacle commence ! ajouta-t-il en imitant un roulement de tambour.

Michael pressa un bouton.

Les premiers clichés étaient de Belle : ses mimiques effrayées face à divers insectes lors de leur soirée autour du feu de camp, quelques hurlements et même un sprint effréné suite à sa rencontre avec une mite. Venaient ensuite des photos de Cade riant des réactions de Belle. L'album se terminait par celles où ils étaient tous les deux, en pleine discussion, sourcils froncés ou tout sourire. A travers les yeux de Michael, ils voyaient défiler leurs peurs, leurs joies et leurs peines. Mais, en filigrane, il avait su capter leur bonheur d'être ensemble. Belle était abasourdie.

— C'est magnifique, Michael, murmura-t-elle. Tellement réel et… tellement vrai.

— C'est toi et papa, répliqua-t-il sans s'émouvoir, déjà concentré sur les options de son diaporama — défilement rapide, plus lent, fondu au noir…

Dans tous les cas, les clichés disaient la même chose. Michael avait vu leurs batailles, mais aussi leur évolution, et surtout il avait vu leur amour. La dernière photo, celle où ils s'embrassaient devant la vitre de sa chambre aux soins intensifs, résumait toute leur histoire. Ils étaient de nouveau réunis.

Lorsque le spectacle se termina par une mite en gros plan, Michael se tourna vers son père.

— Tu crois qu'elle va hurler ?

Alors qu'il bondissait déjà vers le porche sans attendre la réponse pour retrouver son oncle Jack qui lui avait promis de l'emmener à la chasse aux insectes, Cade regarda Belle.

— Si je te prends dans mes bras, tu n'auras plus peur des mites ?

— Plus jamais, répondit-elle en se blottissant contre l'homme qu'elle n'avait jamais cessé d'aimer.

TINA BECKETT

Une infirmière irrésistible

Traduction française de
ANNE DAUTUN

BLANCHE

HARLEQUIN

Titre original :
A FAMILY TO HEAL HIS HEART

Ce roman a déjà été publié en 2019.

1

Lindy Franklin se dépêcha d'arrêter la sonnerie du réveil et retomba sur l'oreiller, soulagée.

6 heures. Comme d'habitude. Mais elle n'était plus obligée de bondir hors du lit avant que sa fille Daisy ne se mette à pleurer. Elle n'avait plus à apprêter une omelette et des toasts pour son mari. Seulement, elle devait se lever, car elle commençait aujourd'hui son nouveau travail.

Un vrai travail, rémunéré !

Elle avait bien fait de revenir à Savannah. Même si admettre son erreur avait été l'une des choses les plus difficiles qu'elle ait eue à accomplir.

C'était un nouveau départ !

Elle sortit du lit, se répétant ce mantra comme chaque matin depuis que le juge lui avait annoncé qu'elle était libre de quitter Fresno et de laisser derrière elle son ancienne vie.

Son mariage lui avait fermé bien des portes. Depuis qu'elle en était libérée, celles-ci se rouvraient petit à petit. Aujourd'hui, pour la première fois depuis son déménagement en Californie, elle reprenait l'exercice de la médecine. C'était réellement un nouveau départ.

Elle se doucha, s'habilla et prépara le petit déjeuner de Daisy. Lorsque la sonnette d'entrée retentit, elle se figea un bref instant, anxieuse, puis elle se détendit.

Ce n'était que sa mère qui venait chercher la petite, voyons !

Elle ouvrit grand la porte, et Rachel Anderson, grande et élégante, s'encadra sur le seuil.

— Tu es en avance, dit-elle en embrassant sa mère. J'allais réveiller Daisy.

— Je voulais être sûre d'avoir tout le temps qu'il faut.

— Comme d'habitude, observa-t-elle en souriant. Je parie que tu n'as jamais été en retard. Pas une fois dans ta vie.

Contrairement à elle-même, qui avait tendance à être chahutée par le manque de temps. Un des manques qui lui avaient été reprochés.

— Je n'en suis pas aussi sûre que toi, ma chérie, dit Rachel.

Lindy en aurait juré, au contraire. Quoi qu'il en soit, le parler du Sud doux et chantant de sa mère lui rappelait, plus que tout, son retour dans sa Géorgie natale.

Sa mère l'avait beaucoup aidée à retrouver ses marques, tout d'abord en gardant Daisy pendant qu'elle-même était bénévole au centre d'aide de femmes en difficulté, puis en la poussant à se présenter pour le poste d'infirmière disponible au Mid Savannah Medical Center.

Elle la serra fort.

— Quelle étreinte ! En quel honneur ?

— Juste pour te remercier d'être toi... Je vais chercher Daisy. Je viens de préparer le petit déjeuner. Tu prends quelque chose ?

— Non, merci. Et je te répète que Daisy peut très bien prendre son breakfast chez moi.

— Je sais. Mais je tiens à préserver autant que possible un rythme de vie normal pour la petite. Je serai absente de la maison beaucoup plus qu'avant.

« Normal », quel mot divin ! Elle en avait pris conscience récemment.

— En effet, dit sa mère en la scrutant. Comment te sens-tu ?

— Bien, maman. Très bien, même si l'adaptation à la nouvelle maison a été un peu chaotique. Et je ne m'attendais pas à recevoir si vite une réponse pour le job.

Son mari lui avait laissé une assurance-vie qui l'avait aidée à tenir le coup. Elle avait accepté cet argent à contrecœur, mais cela lui avait permis de payer les soins thérapeutiques et d'autres choses.

Quand, au Mid Savannah Medical Center, on l'avait questionnée sur l'interruption de trois années qui avait suivi son dernier poste en Géorgie, elle avait justifié ce laps de temps par un congé pour s'occuper de sa fille, ce qui n'était pas un vrai mensonge. Dès le lendemain, elle avait eu la surprise de recevoir un appel téléphonique lui annonçant qu'elle obtenait le poste de ses rêves : infirmière en bloc opératoire dans le service de pédiatrie.

— Je t'avais dit que ça ne traînerait pas, dit Rachel. Tu aurais pu attendre encore un peu avant de reprendre le boulot. Désolée de t'avoir poussée à poser ta candidature.

Lindy serra la main de sa mère pour la rassurer.

— Ne le sois pas. J'ai besoin de m'occuper, et c'est l'occasion idéale.

Rachel Anderson enseignait la musique dans un collège local. Elle s'était inquiétée lorsque Luke avait annoncé que sa jeune épouse ne reprendrait pas le travail après leur mariage et qu'il avait voulu presque aussitôt déménager à Fresno, en Californie, coupant Lindy de tout ce qu'elle avait connu. Mais depuis, de l'eau avait coulé sous les ponts. Lindy était de retour dans sa ville natale, et elle entendait y rester. Rien ni personne ne pourrait changer ça à nouveau !

— Si tu me laissais m'occuper de Daisy ? suggéra sa mère. Je te promets de bien verrouiller la porte en partant.

Lindy hésita.

La fermeture des portes et des fenêtres était son petit rituel personnel, et elle n'était pas vraiment prête à y renoncer. Mais il faudrait bien qu'elle y consente un jour. D'ailleurs, elle ne voulait pas donner à sa mère d'autres causes d'inquiétude.

— Tu es sûre que ça ne te dérange pas ? demanda-t-elle.

— Pas du tout. Comme ça, je pourrai me rapprocher un peu plus de ma petite-fille avant de partir.

Elle sentit son cœur se serrer.

Comme ils vivaient à l'autre bout des États-Unis, sa mère

n'avait pas connu Daisy avant ce retour en Géorgie. Ce n'était pourtant pas faute d'avoir essayé ! Mais Luke avait avancé tous les prétextes possibles et imaginables pour justifier que ses parents ne leur rendent pas visite : la maison était trop petite, le voyage serait trop éprouvant pour eux, il était trop pris par son travail...

Cette époque était révolue. Depuis deux ans, ses parents avaient appris à connaître leur petite-fille. Daisy s'était vite adaptée à sa nouvelle vie. Elle n'avait pas une fois parlé de son père, au grand soulagement de Lindy.

— L'entente a été immédiate dès qu'elle vous a vus, papa et toi. Mais merci quand même, dit-elle à sa mère.

Elle consulta sa montre.

Elle disposait de vingt-cinq minutes pour arriver à son lieu de travail, mais le trafic à Savannah était imprévisible.

— Je serai peut-être à l'heure pour une fois dans ma vie, dit-elle. Et peut-être que je leur plairai.

— Contente-toi d'être toi-même, ma chérie, et ils t'aimeront tous. Comment en serait-il autrement ?

Ce fut sur ces mots encourageants qu'elle embrassa sa mère et se hâta de franchir le seuil.

Zeke Bruen retint un soupir d'agacement.

Quelque chose clochait avec la nouvelle infirmière de l'équipe chirurgicale. Elle n'avait jusqu'ici commis aucune faute et devançait pratiquement chacune de ses requêtes, mais elle levait souvent les yeux vers l'horloge murale. Comptait-elle les heures qui la séparaient de ses retrouvailles avec son mari ? Son petit ami ?

Il refoula cette pensée.

Certaines personnes avaient une vie en dehors de l'hôpital. Il n'attendait certes pas que chaque membre de son équipe lui ressemble. Mais au travail, il voulait qu'ils soient présents à cent pour cent. Surtout un premier jour !

Les choses avaient été précipitées à l'arrivée au bloc chirurgical, et il n'avait pas eu l'opportunité de se présenter, il savait juste le nom de la nouvelle infirmière : Lindolynn Franklin. Peut-être l'avait-on informée du nom qu'il portait ? En tout cas, il ferait bien d'avoir un petit entretien avec elle une fois qu'ils en auraient terminé en salle d'opération.

Pour quoi faire ? Pour lui reprocher d'avoir regardé l'horloge ?

Il leva lui aussi les yeux vers le cadran, mais c'était pour s'assurer que tout se déroulait comme prévu.

L'infirmière Franklin obéissait peut-être au même motif. Cependant, il pensait que non. En le surprenant à la regarder jeter vers l'horloge un coup d'œil furtif, elle avait rougi – du moins, la portion de son visage visible au-dessus du masque de chirurgie s'était empourprée, et il en avait été tout retourné – ce qui n'avait rien arrangé.

Il concentra son attention sur les points de suture à effectuer sur l'artère pulmonaire de sa petite patiente.

Il n'était pas question que, la cage thoracique une fois refermée, une hémorragie interne se déclare.

C'était pour lui une opération de routine, mais chaque fois qu'il écartait les côtes d'un enfant, il avait un instant de doute presque paralysant. Il l'avait toujours surmonté, sa routine gestuelle prenant le dessus jusqu'à ce qu'il recouvre une totale concentration. C'était peut-être le cas pour la nouvelle infirmière ?

Décidé à la sonder pour savoir ce qu'elle avait dans le ventre, il se campa dans le couloir au sortir du bloc, guettant l'apparition d'un nouveau visage tandis que la plupart des membres de l'équipe chirurgicale lui adressaient des félicitations.

La nouvelle venue croisa son regard un instant et esquissa un timide signe de tête dans sa direction avant de prendre la tangente.

Bien joué. Mais il lui emboîta le pas.

— Désolé, je n'ai pas eu l'occasion de me présenter tout à l'heure, dit-il en lui tendant la main. Dr Ezekiel Bruen.

— Oh ! euh, Lindy Franklin, infirmière. Je suis nouvelle ici.

L'ossature délicate de son visage et la courbe subtile de ses lèvres lui conféraient quelque chose de spécial qui suscita en lui un émoi immédiat, il n'aurait su dire pourquoi.

— Oui, je suis au courant, dit-il.

Il crut un instant qu'elle allait ignorer sa main tendue, mais elle cessa de marcher et plaça sa paume contre la sienne et lui imprima une pression légère.

Peut-être valait-il mieux qu'il ne dise rien ?

Et s'il s'était agi d'un autre membre de son équipe ? Il raffermit sa résolution, déterminé à être professionnel.

— J'ai remarqué que vous étiez pressée de quitter le bloc. Êtes-vous déçue du poste auquel on vous a affectée ?

— Pardon ? Oh... Oui. Je veux dire non !

La rougeur qu'il lui avait vue dans la salle d'opération se renouvela, mais cette fois il put voir la coloration se répandre sur ses joues.

— Pourquoi supposez-vous que j'étais pressée de partir ?

— Vous regardiez très souvent l'horloge.

De nouveau, elle s'empourpra, et il entrevit un éclair de dents blanches alors qu'elle se mordait la lèvre inférieure. Elle parut chercher comment s'expliquer, puis lâcha :

— Je n'en avais pas conscience. Et je suis tout à fait contente de mon poste.

Elle n'allait donc pas dire ce qui l'avait tant préoccupée. Ma foi, si c'était ainsi qu'elle voulait jouer sa partie...

— Du moment que vous êtes à la hauteur des exigences du travail en équipe chirurgicale...

Elle se raidit, et ses yeux noisette frangés de cils bruns se posèrent franchement sur lui.

— Je suis parfaitement à la hauteur. Mais je vous remercie de votre sollicitude.

Cette preuve de caractère le fit sourire.

Ce remerciement n'en était pas vraiment un, et ils le savaient tous deux. Mais il avait pigé le message. Il était temps de revenir à la normale, d'être tel qu'en lui-même, amical. Si toutefois ce Zeke-là existait encore.

— Il y a longtemps que vous êtes ici ?

— Je suis née à Savannah et j'y ai grandi.

Il sut, à un rien dans son regard, qu'elle ne disait pas tout.

— Moi aussi, dit-il. Venez-vous d'un autre hôpital ?

— Non.

L'attitude amicale ne menait à rien, apparemment. Mais, après tout, l'endroit d'où elle venait ne le regardait pas. Elle pouvait tout aussi bien avoir récemment obtenu son diplôme d'infirmière. Mais la manière dont elle lui avait passé les instruments révélait qu'elle était à son affaire dans une salle d'opération. Ce genre d'assurance ne vient qu'avec l'expérience. Si Lindy ne venait pas d'un hôpital local, où avait-elle acquis ce savoir-faire ? Avait-elle quelque chose à cacher, une faute professionnelle qui n'apparaissait pas sur son CV ?

Il n'avait pas envie de creuser son passé ni d'appeler son ancien employeur, mais peut-être le devait-il. Histoire d'être informé d'éventuels problèmes avant qu'ils ne surgissent ici.

— Où avez-vous pratiqué le métier, alors ?

Elle nomma un hôpital du centre de Savannah.

— Je croyais que vous ne veniez pas d'un autre hôpital de la ville.

— Ce n'est effectivement pas une mutation, dit-elle avec un léger haussement d'épaules. J'ai arrêté pendant quelques années, puis j'ai décidé de reprendre mon métier d'infirmière qui me manquait beaucoup.

Elle avait pris un congé de quelques années…

Un coup d'œil sur l'annulaire de sa main gauche lui confirma ce qu'il pensait : il était nu, mais il aurait juré qu'il portait encore l'empreinte d'une alliance. Donc, elle avait été mariée mais ne l'était plus à présent. Elle avait dû prendre un congé pendant cette union, et il croyait deviner ce qui provoquait son intérêt excessif pour l'heure.

— Je suppose que vous avez un enfant ?

Elle en resta bouche bée.

— Comment le savez-vous ? demanda-t-elle enfin.

— Une intuition. Vous aviez forcément une raison de regarder l'horloge, et vous avez arrêté quelques années, me dites-vous. Je ne cherchais pas à être indiscret…

— Pas de problème. Ma fille a trois ans. C'est la première fois que je la confie à quelqu'un d'autre pendant si longtemps.

Y compris au père de la petite ?

Il eut un léger frisson à cette pensée, ce qui était ridicule. Ce type avait peut-être été souvent en voyage, si bien qu'elle n'avait jamais eu la possibilité de laisser l'enfant avec lui. Ou alors, l'empreinte d'alliance qu'il avait cru voir à son doigt était issue de son imagination ?

Lindy secoua la tête comme si elle lisait dans ses pensées.

— J'ai eu plaisir à vous assister, docteur Bruen.

— Appelez-moi donc Zeke comme tout le monde.

— Soit…

Elle laissa le mot en suspens, comme si l'idée la mettait mal à l'aise.

Supposait-elle qu'il lui faisait du rentre-dedans ?

Bon sang ! Rien n'était plus éloigné de ses intentions, en dépit du frémissement de ses sens lorsqu'il avait vu son visage sans masque pour la première fois. Il n'avait pas ressenti ça depuis… Ma foi, depuis un sacré bout de temps.

— Nous ne sommes pas très formalistes, à Mid Savannah, dit-il pour la tranquilliser.

— Je n'y suis pas habituée. Mais vous pouvez m'appeler Lindy.

— Quel est le prénom de votre fille ?

Pourquoi cette question ? Il n'encourageait guère ses collègues à parler de leurs enfants, et la plupart des anciens de Mid Savannah savaient pourquoi. S'il se montrait curieux, c'était à cause de la réticence de Lindy à se livrer.

— Elle s'appelle Daisy.

Daisy. Cela lui plaisait. Sa propre fille s'était appelée Marina. Une brève douleur le transperça à cette pensée.

— Joli prénom.

— Merci.

Nancy, une des infirmières en bloc opératoire, arrivait dans le couloir. Elle toucha Lindy à l'épaule. Celle-ci esquissa un haut-le-corps et se retourna vivement, le visage livide, les yeux écarquillés. Puis ses épaules s'affaissèrent lorsqu'elle vit à qui elle avait affaire.

— Désolée, je ne voulais pas te faire peur, dit sa collègue, un peu interloquée, en lui tendant un mobile. C'est à toi ? Il était resté sur le bureau.

— Oh ! Oui, c'est le mien. Merci… Mais tu ne m'as pas fait peur, ajouta Lindy.

Elle sourit, des fossettes se dessinant sur ses joues. Son visage en fut illuminé, et il eut un nouveau pincement au cœur, ce qui l'irrita.

Il n'était pas certain de la croire, mais il lui avait déjà manifesté assez d'intérêt comme ça. Inutile que la nouvelle infirmière se fasse des idées erronées sur lui. Le moment était venu de clore l'entrevue.

— Bien, j'ai des patients à visiter. Si vous voulez bien m'excuser toutes les deux…

— Bien sûr, fit Nancy, lui adressant un sourire.

Lindy, elle, prit le temps de le jauger du regard. Puis de nouveau, comme si c'était plus fort qu'elle, ses lèvres s'incurvèrent et les fossettes reparurent.

— J'essaierai de moins regarder l'heure la prochaine fois, dit-elle.

Il déglutit.

— Pas de souci. Si vous avez des questions sur le service ou sur nos manières de procéder, moi-même ou tout autre membre de l'équipe vous indiquerons la voie à suivre.

— Merci.

Là-dessus, il adressa un signe de main au duo avant de prendre la direction opposée.

Une part de lui avait envie de résoudre le mystère que représentait la nouvelle venue, mais une autre part renâclait à se prêter aux devinettes au sujet de quelqu'un qui avait une fille et avait récemment rompu avec son époux. Du moment que

Lindy Franklin faisait son travail, il avait intérêt à ne pas trop prêter attention à ses faits et gestes. Et s'il avait des critiques à formuler, il les garderait pour lui.

Pour leur bien à tous deux.

2

Lindy hésitait à déjeuner à l'hôpital avec sa mère et Daisy. Surtout après ce qui s'était passé avec le Dr Bruen. Penserait-il encore qu'elle se laissait distraire ?

Puisqu'elle n'était pas de service, cela ne le regardait en rien. De plus, elle avait été très attentive à ce qu'elle faisait et à ce qu'on attendait d'elle. Et rien de tout cela n'impliquait ce beau gosse de chirurgien.

Elle leva mentalement les yeux au ciel.

« Beau gosse » ? Allons ! Sa mère voulait visiter l'hôpital, et elle ne voyait aucune bonne raison de le lui refuser. Quant à Daisy, elle semblait tout excitée à l'idée de manger ailleurs qu'à la maison.

— C'est de la nourriture d'hôpital, maman, ne te fais pas trop d'illusions.

Rachel se mit à rire.

— Du moment que je n'ai pas à cuisiner, ce sera forcément bon !

— Pauvre papa. Il se débrouille tout seul aujourd'hui ?

— Non. Il a pris la route pour voir des copains. Ce qui me laisse libre de passer du temps avec ma fille préférée.

— Je suis ta *seule* fille, maman, fit Lindy avec un bref sourire. Mais je passerai volontiers un moment avec toi.

D'autant qu'elle n'avait pas vu ses parents pendant toute la durée de son mariage, Luke ayant obtenu un job « fabuleux » à l'autre bout du pays dès la fin de la cérémonie ou presque.

Avec le recul, elle se demandait si sa démission de son travail à

Savannah avait fait partie du plan. Il y avait eu un certain nombre de signaux alarmants qu'elle n'avait pas su voir. Tout ça parce qu'elle était amoureuse. Elle n'avait pris aucune précaution, et quand elle s'était rendu compte qu'elle était enceinte, elle avait été prompte à répondre « oui » lorsqu'il lui avait demandé de l'épouser.

Mais c'était fini ! Si elle nouait une nouvelle relation, elle veillerait à ce que sa raison mène l'attelage. Elle n'avait aucune envie de replonger dans ces eaux-là. Elle attendrait peut-être que Daisy soit grande avant de sortir avec quelqu'un. Vu ce qui aurait pu arriver la dernière nuit qu'elle avait passée avec Luke...

Elle déglutit et porta la main à sa gorge alors qu'une douleur fantôme menaçait de lui couper la respiration.

Stop. Elle allait bien, et Daisy allait bien.

En franchissant la porte de la cafétéria, elle fronça les sourcils en apercevant le « beau gosse ».

Bon sang, il ne manquait plus que ça ! Elle n'avait pas eu à travailler avec lui ces derniers jours, Dieu merci. Mais elle ne s'était pas attendue à le voir maintenant. Pourquoi diable ? Il fallait bien qu'il se nourrisse, comme tout le monde !

Alors qu'elle s'apprêtait à entraîner sa mère et sa fille en sens inverse sous le premier prétexte venu, le regard de Zeke croisa le sien, et il plissa légèrement les yeux avant de le reporter sur sa mère puis sur Daisy.

Il se rembrunit alors au point qu'elle en eut le frisson.

Elle redressa le menton. Elle ne battrait pas en retraite !

Changeant d'avis, elle poussa sa mère et Daisy vers la file d'attente, et une fois là prit sa fille dans ses bras.

— Que veux-tu manger, ma chérie ?

— Un burger au fromaze.

— Un burger au fromage ? Combien en as-tu mangé ces temps-ci ?

— Ne me regarde pas comme ça, protesta Rachel. Le burger d'hier était accompagné de fruits et légumes.

Le père de Lindy adorait cuisiner au gril, et ses repas étaient toujours délicieux.

— Je plaisantais, fit Lindy.

Malgré elle, elle laissa errer son regard du côté de Zeke Bruen qui l'observait toujours depuis le bar. Il n'avait plus son expression maussade. À la place… Elle eut un nouveau frisson, pour une raison très différente. Lorsqu'il eut rabattu le couvercle du gobelet qu'il venait de remplir, au lieu de s'éloigner comme elle l'espérait, il se dirigea vers elles.

L'émoi naissant de Lindy se dissipa aussitôt.

Elle ne désirait nullement que sa fille rencontre un de ses collègues masculins. Et surtout pas Zeke Bruen ! Elle voulait que Daisy connaisse une longue période de stabilité, afin de contrebalancer tout ce qu'elle avait pu percevoir ou entendre pendant le désastreux mariage de ses parents.

Zeke fut soudain dans la file avec elles.

— Salut. Vous n'êtes pas de service, j'imagine.

Ce fut elle, cette fois, qui fronça les sourcils. Puis elle se rappela qu'elle ne portait pas sa blouse d'infirmière.

— En effet, dit-elle. J'ai pensé montrer les lieux à ma mère et à Daisy.

— Bonne idée.

Il y eut un temps de silence gêné, que sa mère fut prompte à combler.

— Je suis Rachel Anderson. Vous connaissez ma fille, si je comprends bien ? dit-elle en lançant à Zeke un regard empreint de curiosité.

Ah, non, sa mère n'allait pas s'y mettre aussi !

— Le Dr Bruen est un des chirurgiens du service pédiatrique, précisa Lindy, d'un ton plus bourru qu'elle ne l'aurait voulu.

Le trouble passager qu'elle avait éprouvé un instant plus tôt l'avait désarçonnée, et elle n'aimait pas ça. Luke aussi l'avait désarçonnée… Et à quoi cela l'avait-il menée ?

— Si vous vous joigniez à nous ? suggéra sa mère au chirurgien alors qu'elle restait plantée là à fixer Zeke.

Bon sang ! Zeke allait penser qu'il avait raison de la croire portée à la distraction. Car elle *était* distraite. Et cette fois pas parce qu'elle pensait à sa fille, mais à Zeke lui-même.

— C'est à Lindy de décider, dit-il.

Pourquoi elle ? Elle ne voulait pas avoir à trancher !

— Pas de problème, lâcha-t-elle, remontant Daisy sur sa hanche pour mieux la tenir.

Heureusement, Zeke ne manifestait pas grand intérêt pour sa fille. Et il serait bon que ça continue comme ça.

Quand ils parvinrent au bout de la file, elle n'avait plus grand appétit. Elle voulut délester sa mère d'un des deux plateaux avec lesquels elle se débattait, mais Zeke s'en empara avant elle.

— Je ne prends pas grand-chose, alors je mettrai mon repas sur votre plateau, si vous permettez, dit-il.

— Bien sûr. Pas d'opération aujourd'hui ?

— J'en ai eu une au milieu de la nuit, et j'ai fini par rester. Dès que j'aurai mangé, je rentrerai faire un somme.

Une opération en pleine nuit ? Ce n'était jamais bon signe.

— C'était dur ?

Il hocha la tête, mâchoires serrées.

— Très. Une adolescente qui s'était pendue.

— Seigneur !

Heureusement que Rachel les avait devancés, car soudain les poumons de Lindy se contractaient, les sensations gravées dans sa mémoire l'envahissaient – la crispation de ses muscles privés d'oxygène, sa vision obscurcie, la conscience que si elle s'évanouissait, ce serait la fin.

Elle réussit tant bien que mal à se ressaisir et déglutit à plusieurs reprises.

Elle s'éclaircit la gorge, incapable de ne pas demander :

— S'en est-elle tirée ?

— Oui. Elle avait subi une section partielle de la trachée, et nous avons dû pratiquer une trachéotomie puis réparer les dégâts. Physiquement, elle se remettra. Espérons qu'elle aura l'aide psychologique nécessaire pour ce qui l'a poussée à un tel acte.

— C'est affreux.

Elle avait eu la chance de ne pas souffrir de lésions permanentes de la gorge. Il n'y avait eu à réparer que son cœur. Et le contrecoup se faisait encore sentir. Comme lorsque Nancy l'avait touchée à l'épaule l'autre jour. Même après deux ans de liberté, elle prenait facilement peur. Et elle avait tendance à marcher sur des œufs avec les autres, redoutant de provoquer leur colère même si elle était consciente du caractère irrationnel de sa crainte.

Elle choisit un sandwich aux œufs et à la salade, une petite coupe de fruits, tandis que sa mère posait sur son propre plateau les choix de Daisy.

Il y avait bel et bien un burger au fromage !

Elle sourit malgré elle.

Elle avait toujours sa fille. Il n'y avait pas eu de lutte pour la garde, pas de procès interminable. Au bout du compte, il n'y avait eu besoin de rien, sauf d'un cercueil. Leur fille ne connaîtrait jamais son père, et elle ne pouvait pas s'empêcher de penser que cela valait mieux.

Quelques instants plus tard, ils étaient installés autour d'une des tables.

Zeke bâilla et avala une lampée de café.

— Désolé, fit-il. J'essaierai de ne pas m'endormir.

Elle le regarda avec compassion et nota les marques de fatigue autour de ses yeux et de sa bouche.

Voilà pourquoi il lui avait paru si farouche tout à l'heure !

Ceux qui trouvent glamour et flatteur le métier de chirurgien n'ont aucune idée du stress qu'il implique. Zeke avait dû être arraché à son sommeil pour venir réaliser à l'hôpital l'opération nécessaire. Ensuite, il avait sans doute effectué sa tournée matinale auprès de son lot de patients.

— Vous étiez de service aujourd'hui ? demanda-t-elle.

— Oui. Mais pas avant 7 heures, en principe.

— Et l'opération a eu lieu quand ?

— À 2 heures.

— Vous devez être épuisé. Vous êtes de relâche demain ?

Elle ne savait pas très bien pourquoi elle s'en souciait. Beaucoup de professionnels de santé ont ce genre de routine quotidienne.

— Oui, je suis en congé.

Sa mère avait placé la nourriture de Daisy sur une serviette et mis une paille dans son gobelet de jus de fruits.

— Je me rappelle l'époque où tu avais ce genre d'horaires, avant de..., lâcha-t elle, laissant sa phrase en suspens.

Heureusement, elle s'était reprise !

Lindy se força à sourire.

— Je suis sûre que tu as eu ton lot de nuits blanches quand j'étais petite, dit-elle.

— Bien sûr. Mais tu étais en bonne santé, comme Daisy. C'était différent de ce que vous faites, le Dr Bruen et toi.

— Appelez-moi Zeke, s'il vous plaît.

Lindy haussa les sourcils, surprise.

Ainsi, non seulement les membres de l'équipe étaient autorisés à l'appeler par son prénom, mais ce privilège s'étendait à leurs proches parents !

Zeke avala encore une gorgée de café, posa brièvement sur elle ses yeux rougis et les reporta sur Daisy. Puis il ferma les paupières et se pinça l'arête du nez, comme s'il éprouvait un violent mal de tête.

— Vous n'êtes pas obligé de nous tenir compagnie. Si vous rentriez chez vous dormir un peu ? lui suggéra-t-elle, souriant avec plus d'aisance. D'ailleurs, si vous buvez un peu trop de ce truc-là, vous finirez par fixer le plafond sans arriver à fermer l'œil.

— On dirait que vous parlez d'expérience.

— En effet.

Cela remontait à l'époque où son mariage était au plus bas, où elle se tourmentait pour l'avenir de Daisy et au sujet de la difficile décision qu'il lui fallait prendre. Quelques jours plus tard, elle avait été dispensée de trancher.

— Je vous prends au mot, dit Zeke, repoussant son gobelet. Un bon somme, ce serait le paradis. C'est ce que je vais essayer de faire, ajouta-t-il en se levant. Merci de m'avoir accepté parmi vous.

— De rien.

Daisy leva son burger au fromage et l'agita vers lui.

— Au voi', fit-elle.

Il parut ne pas savoir comment réagir puis lui adressa un demi-sourire.

— Au revoir à toi aussi. C'était un plaisir de vous connaître, madame Anderson.

— Appelez-moi Rachel, puisque je vous appelle Zeke.

— Entendu. C'était un plaisir de vous connaître... Rachel.

— Le plaisir a été réciproque.

Une fois qu'il fut parti, Rachel leva son verre avec un large sourire.

— Les médecins sont drôlement séduisants, ici !

— Maman, tu ne vas pas t'y mettre ! protesta Lindy.

Certes, elle avait remarqué le physique avantageux de Zeke. Il ne lui arrivait pas souvent de penser « beau gosse » à propos d'un homme. Mais elle n'avait nul besoin de fantasmer sur un homme. Seigneur, non ! Pas de rêvasseries, sur aucun homme !

— Inutile de t'indigner, fit sa mère. Tu ne vas pas te détourner de l'amour à cause d'une mauvaise expérience.

— Ça allait au-delà d'une mauvaise expérience, maman.

Lindy formulait les choses avec prudence. Même si Daisy ne savait pas précisément ce qui s'était produit, il était possible qu'elle comprenne plus de choses qu'on ne pensait.

— Certes, mais tous les hommes ne sont pas comme Luke. Regarde ton père, fit valoir Rachel.

— Je sais, mais je ne suis pas prête à sortir avec quelqu'un. Franchement, je ne suis pas sûre de le vouloir un jour.

Même le beau gosse en personne aurait du mal à l'en dissuader. S'il le voulait. Ce qui n'était pas le cas.

Rachel allongea le bras pour lui presser la main.

— Je comprends, je t'assure. Mais le moment venu, tu changeras d'avis.

Cette fois, Lindy laissa faire le commentaire.

Il ne servait à rien de discuter. Sa mère avait beau dire qu'elle comprenait, comment aurait-elle la moindre idée de ce qu'était la vie avec un homme tel que Luke ? Une bonne part de l'assurance-vie avait servi à payer les factures des cartes de crédit qu'il avait prises à son nom à elle. C'était parce qu'elle avait découvert l'utilisation de ces cartes qu'il avait pété les plombs, la dernière fois. Comment ne serait-elle pas réticente maintenant à sortir avec un homme ? De toute façon, Daisy avait la priorité.

— Si je change d'avis, dit-elle avec lassitude, tu en seras la première avertie.

Sur une dernière pression de main, Rachel observa :

— Bref, je dois changer de sujet. Est-ce que tu t'habitues à vivre seule ?

Elle hocha la tête.

Leur petit cottage était à quelques minutes à pied de l'hôpital, ce qui était agréable. Il donnait sur un parc, ce qui était encore plus sympa. Elle s'y était déjà promenée plusieurs fois avec Daisy.

— Oui. Merci de m'avoir aidée à trouver la maison. Nous y sommes chez nous. N'est-ce pas, Daisy ? Cette petite demoiselle adore les autocollants de princesse que tu as apportés pour les murs de sa chambre, maman. Nous l'en avons déjà décorée.

— Princesse ! s'écria Daisy, tout fort.

— Voici ma petite princesse, pas vrai ? dit Lindy en pinçant gentiment le bout du nez de sa fille.

La gamine répéta le mot tel un cri de guerre, écartant tout grand les bras comme pour montrer à sa grand-mère qu'elle était la reine des princesses.

Elles se mirent à rire, et Lindy se sentit soudain follement heureuse d'être revenue à Savannah. Elle était de retour dans un environnement familier, auprès de gens qu'elle aimait. S'il lui était impossible de changer le passé, elle pouvait envisager sans crainte l'avenir de sa fille. Daisy en valait la peine !

La peine ? Elle-même n'avait pas mérité ce qui lui était arrivé, mais elle aimait sa fille plus que tout. Et elle était heureuse que quelque chose de bon soit tout de même sorti de ce mariage malheureux.

— Je devine déjà le déguisement que la petite voudra pour Halloween, dit Rachel.

Lindy l'enveloppa du regard, le cœur gonflé d'amour.

Sa mère n'avait pas déversé sur elle un flot de récriminations et d'accusations. Elle s'était réjouie de la voir de retour. Si elle s'était doutée de la façon dont se terminerait le mariage, elle avait gardé ça pour elle. Tout comme son père. Ses parents aimaient Daisy et tenaient à s'occuper de celle-ci pendant la journée, refusant que Lindy la place en crèche. Et Daisy s'épanouissait. Enfin.

Son propre sentiment de culpabilité n'en était que plus grand. Elle avait voulu protéger sa fille des pires aspects de son mariage et pensait y être parvenue. Mais, même bébé, Daisy n'avait-elle pas capté des émotions subtiles que Lindy avait cru lui cacher ?

Sans doute ne le saurait-elle jamais. Elle devait se tourner vers l'avenir. *Un nouveau départ.*

Mais si son regard s'égarait dans une direction qu'il ne devrait pas prendre ? Sur Zeke Bruen, par exemple ?

Soit, elle était capable d'admettre qu'il avait capté son attention. Mais si elle était avisée, elle veillerait à ce que ça n'aille pas plus loin, même si cela s'avérait difficile.

Zeke aperçut devant le bureau des infirmières Lindy qui consultait le tableau des patients.

Leur bref repas de l'autre jour n'était dans son souvenir qu'un mélange confus d'épuisement et d'émotions en berne. Les tentatives de suicide représentaient toujours une épreuve. Cependant, cette fois, ils avaient sauvé une vie. Pour combien de temps ? Ces adolescents étaient convaincus de vouloir mourir, là était le problème. Sa fille à lui, elle, voulait vivre. Mais elle n'avait pas eu le droit de choisir.

Il jeta un coup d'œil sur le tableau.

Deux de ses patients figuraient au sommet de la liste, et Lindy ferait partie de l'équipe chirurgicale. Il l'avait demandée sans savoir très bien pourquoi. Le fait d'avoir vu de près la petite fille qui l'avait poussée à guetter l'heure n'y était sans doute pas pour rien. Toute petite et tout sourire, la fille de Lindy était le portrait miniature de sa mère, mais son sourire semblait éclore plus facilement… Si, bien sûr, il savait pourquoi il avait demandé Lindy Franklin : il voulait la voir à l'œuvre maintenant qu'il en savait un peu plus à son sujet. Il préférait éviter de travailler avec certaines infirmières en chirurgie qui avaient tendance à se braquer ou ne passaient pas assez vite les instruments. Il avait conscience qu'il pouvait être très exigeant, et tout le monde ne s'adaptait pas à cette exigence.

Il ferait bien de repartir en sens inverse avant d'être happé dans une situation où il ne voulait pas être impliqué. Mais s'il faisait volte-face, Lindy penserait que c'était à cause d'elle… Et elle aurait raison. Mieux valait lui parler, comme à n'importe quel membre de l'équipe.

— Déjà dans les starting-blocks ? lança-t-il en approchant.

Elle pivota sur elle-même en portant la main à son cœur, le visage livide. Quand elle le reconnut, elle eut un rire nerveux.

— Oh ! mon Dieu ! Désolée. Vous m'avez fait peur.

C'était la deuxième fois qu'il la voyait réagir ainsi.

— Ce n'était pas mon intention. Pensiez-vous avoir affaire à l'administrateur ou à quelqu'un dans ce genre-là ?

— Non. J'étais juste perdue dans mes pensées. On ne vous a jamais dit qu'il ne fallait pas prendre les gens par surprise ?

— Il ne m'a pas semblé que je vous abordais en traître !

— Non, bien sûr que non. Désolée… Au fait, avez-vous pu rattraper votre sommeil en retard ?

— Oui, merci. Je venais vérifier quelles sont les opérations à mon programme. Vous êtes prévue pour les deux ? s'enquit-il – question de pure forme, puisqu'il savait qu'elle était incluse dans son équipe.

L'hôpital utilisait des numéros de code pour constituer les équipes. Les chirurgiens composaient parfois les leurs, mais le choix se faisait le plus souvent au hasard, en fonction de la planification.

Lindy jeta un coup d'œil sur le planning.

— Ledbetter et Brewster ? Oui. Y a-t-il des choses à savoir ?

— Pour Ledbetter, il y a déjà eu un souci à l'anesthésie, alors ils modifient légèrement les dosages.

— Bien, c'est noté. Et Brewster ?

— Première intervention. Pneumothorax. La routine.

Lindy déglutit et releva les yeux vers le tableau qui n'indiquait rien de plus que les noms et âges des patients.

— Elle n'a que cinq ans ! Depuis quand une atélectasie pulmonaire chez une fillette de cet âge est-elle considérée comme de la routine ?

— Quand la fillette en question a reçu un coup de pied de son père. Et j'ai eu un mot malheureux, avoua-t-il. Ce n'est jamais de la routine...

Quel monstre fallait-il être pour faire du mal à son propre enfant ? À un enfant, quel qu'il soit ?

— C'est horrible, souffla Lindy.

— Oui. Je pensais que vous aviez vu les dossiers.

— Je viens d'arriver, dit-elle en agrippant le rebord du comptoir de réception. Je comptais les consulter une fois que je saurais à quels cas j'étais affectée.

Il hocha la tête.

— Ce genre de cas est toujours difficile.

— Oui, en effet.

La note de résignation qui avait percé dans la voix de Lindy donnait à penser. Aurait-elle vu dans son ancien hôpital plus de cas impliquant la violence conjugale et familiale qu'on n'en traitait à Mid Savannah ? Même si un seul cas de ce genre était toujours de trop.

— Nous allons la remettre sur pied, dit-il, et il faut espérer que la protection de l'enfance remplira son office et la tiendra à l'abri. Je crois savoir que le père est en prison.

— Comme il le mérite. Et la mère ?

— Elle prétend qu'elle était au travail lorsque l'incident a eu lieu.

— L'incident. Drôle de façon de parler, observa Lindy d'une voix tendue... Désolée, je ne voulais pas être cassante, ajouta-t-elle après un soupir. Les rouages de la justice sont toujours si lents à se mettre en branle.

Lindy avait sursauté lorsqu'il était arrivé derrière elle. Et maintenant, ça. S'était-elle levée du pied gauche, ou y avait-il autre chose ?

— Je ne vous ai pas trouvée cassante, répondit-il. La justice ne se met jamais en branle toute seule. Il faut d'abord donner le coup de pouce nécessaire.

— Ces situations sont toujours très dures, reprit-elle. J'ai été bénévole dans un foyer d'aide aux victimes de violence conjugale, alors cela me touche de près.

— Intéressant. J'ai participé à une réunion des chefs de service, il y a une quinzaine de jours. L'hôpital envisage la création d'un centre pour les victimes de violence conjugale et de maltraitance. Un donneur privé a déjà fourni une subvention, mais ils cherchent des bénévoles pour démarrer l'affaire. Jusqu'ici, personne ne s'est porté volontaire.

Lindy dressa la tête.

— Vraiment ? J'aimerais beaucoup m'impliquer.

— N'êtes-vous pas déjà bénévole quelque part ?

— Pas pour le moment. Je me suis mise en congé pour me concentrer sur mon job.

Un bip d'appel résonna dans l'une des chambres, et une lumière clignota sur le panneau de contrôle derrière Lindy.

— Allez-y, dit-il. Je vous verrai au bloc dès que notre patiente sera prête. Si vous voulez donner un coup de main pour le centre, faites-le savoir à l'administrateur. Quelqu'un qui connaît déjà les ficelles leur serait utile, j'en suis sûr.

— Merci. Je suivrai peut-être le conseil.

Là-dessus, Lindy s'éloigna vers la chambre proche, et il se retrouva avec plus de questions que de réponses.

Il était en général plutôt doué pour cerner les gens. Mais Lindy Franklin s'avérait une énigme. Une part de lui-même avait l'impression que quelque chose lui échappait. Quelque chose d'évident, de surcroît. Mais quoi, il n'en avait pas la moindre idée. Et il n'allait pas la mitrailler de questions.

Il devrait mettre au courant l'administrateur de l'hôpital de l'expérience qu'elle avait acquise. Tout le monde n'a pas le cran nécessaire pour gérer les drames qui se déroulent dans le secret des portes closes. Comment en vient-on à se porter volontaire pour une telle tâche sans expérience directe de ces situations ?

Une pensée le traversa : Lindy n'avait pas fait mention d'un mari. À la cafétéria, il n'y avait eu que Daisy et Rachel, et rien n'indiquait qu'elle avait un homme dans sa vie. Ce n'était pas forcément signifiant, mais si ça l'était ?

Dans ce cas, une contribution de Lindy au projet de centre serait tout indiquée. Si les étranges sensations qu'il éprouvait étaient fondées, cela pourrait lui faire du bien.

3

Cinq jours après avoir contribué à restaurer la capacité du poumon lésé de la petite Meredith Brewster, Lindy alla voir l'administrateur et lui proposa son aide.

Au cours de cette démarche, elle mentionna son passé, incluant la vérité sur la mort de Luke, et elle eut le sentiment de se délester d'un grand poids. L'administrateur lui demanda si elle accepterait d'intervenir lors d'une réunion d'information informelle ouverte au public sur le projet à l'étude. S'ils suscitaient de l'intérêt, ils iraient plus loin. Sinon, ils s'abstiendraient. Il la laissait libre de décider de ce qu'elle livrerait lors de sa prise de parole.

Pouvait-elle y consentir ?

Il était trop tard pour se poser la question, puisqu'elle avait offert sa collaboration. Elle devait seulement déterminer la teneur de son propos.

En taisant son passé à ses collègues, elle contribuait en quelque sorte à perpétuer la culture du silence qui encourage les gens à tout dissimuler sous une apparence de normalité. Elle avait évité de se confier à Zeke lorsqu'ils avaient parlé des blessures de la fillette. S'il assistait à la réunion, il serait bientôt au courant, et cela lui faisait terriblement peur. Elle ne savait pas pourquoi elle y attachait de l'importance, mais cela en avait.

La verrait-il d'un autre œil ? La prendrait-il en pitié ?

Si douloureux que ce soit de revenir sur le passé, les propos de Zeke sur la nécessité de donner un coup de pouce pour mettre en branle les rouages de la justice avaient eu sur elle une profonde portée. En fait, elle n'avait cessé d'y repenser pendant tout le week-end. Même si elle se contentait de tenir une ligne d'assistance téléphonique une ou deux heures par jour après son service, elle pouvait contribuer à modifier le cours de la vie de quelqu'un, l'orienter dans le bon sens. Cela cadrait parfaitement avec sa devise d'un nouveau départ. Sans être une psychologue aguerrie, elle était professionnelle, dotée d'une formation médicale. Elle avait aussi une expérience directe des prétextes qui empêchent de mettre fin à une relation conjugale déplorable. Elle y avait eu recours elle-même !

La dépendance au jeu de Luke – qu'elle ignorait à l'époque où ils sortaient ensemble – et les problèmes que cela engendrait avaient pris au fil des mois des proportions démesurées. C'était sans doute en partie pour cette raison qu'il avait accepté un autre travail tout de suite après leur mariage, même si elle n'en avait pas la certitude. Il n'avait reculé devant aucune extrémité pour lui dissimuler la vérité, et son comportement était devenu de plus en plus instable et menaçant. Au moment où elle avait découvert qu'il avait pris des cartes de crédit à son nom à elle, c'était la fin. Elle avait failli y perdre la vie. Mais au bout du compte, c'était Luke qui avait payé le prix ultime.

Elle faisait toujours des cauchemars au sujet de leur dernier jour de vie commune. En fait, la veille du jour où Zeke avait surgi inopinément derrière elle, elle s'était réveillée en nage et n'avait pas réussi à se rendormir. Alors, lorsque la voix de Zeke avait résonné à ses oreilles, comme venue de nulle part, elle avait sursauté et serré les poings d'instinct. Pourtant, elle n'avait rien à redouter de Zeke.

Cet incident l'avait amenée à mesurer le changement opéré en elle depuis l'époque où la police était venue arrêter son mari. À certains égards, elle avait abaissé sa garde. À d'autres, les murs protecteurs qu'elle avait érigés étaient plus élevés que jamais. Si le temps écoulé avait émoussé sa peur, il ne l'avait pas effacée.

Peut-être était-ce une bonne chose. Ainsi, elle restait sur le qui-vive, attentive à ce qui pouvait se produire. Elle s'était juré de ne jamais replacer sa fille dans la situation qu'elle avait vécue.

Au fait, Zeke serait-il candidat au bénévolat, si le projet hospitalier se concrétisait ?

Pourquoi diable se posait-elle cette question ?

Sans doute à cause de la manière dont il avait opéré cette petite Meredith de cinq ans. Il avait été la compassion incarnée, au point qu'elle en avait été émue. Il s'était inquiété d'une lésion possible à la rate – un phénomène insidieux, souvent dépourvu de symptômes, où cet organe se remplit lentement de sang. Si elle vient à éclater, les conséquences peuvent être catastrophiques. Heureusement, tout s'était avéré normal, en dehors de l'affaissement des poumons et d'une côte cassée.

Normal ? Rien de tout cela ne l'était ! Mais elle pouvait commencer par un changement. Et solliciter l'aide de Zeke pouvait peut-être faire partie du « coup de pouce » initial.

Au demeurant, elle était curieuse de savoir quelle serait sa réponse.

Ses parents garderaient volontiers Daisy pendant sa collaboration d'une heure avec le groupe. Si elle s'y prêtait, il lui faudrait exposer des blessures encore mal cicatrisées... Mais si elle ne le faisait pas aujourd'hui, alors quand ?

Telle était la question, et elle n'en connaissait pas la réponse. Autant y aller et qu'il sorte quelque chose de bon de cette terrible période de sa vie. Même si cela impliquait qu'elle voie Zeke beaucoup plus souvent.

Zeke était satisfait : Lindy ne surveillait plus l'heure. Elle était parvenue à s'abstraire de sa fille pour endosser son rôle d'infirmière en chirurgie. Il ne distinguait pas grand-chose de son visage sous le masque et la calotte chirurgicale, mais ses yeux noisette étaient bien présents. Et ils persistaient à le mettre en émoi.

Ils se posèrent soudain sur lui, surprenant son regard.

Bon sang ! Il ferait mieux de se concentrer sur ce qu'il était en train de faire au lieu de se préoccuper de l'effet que Lindy

Franklin avait sur lui ! Même s'il s'agissait d'une endoscopie de routine, sa petite patiente méritait toute son attention.

Il leva les yeux vers l'anesthésiste qui se tenait à hauteur de la tête de la fillette.

— Elle est prête, dit celui-ci.

L'anesthésie locale permettrait à l'enfant de déglutir et de suivre des instructions, mais elle ne conserverait que peu ou pas de souvenirs lorsque l'examen serait terminé.

Zeke abaissa devant ses yeux les loupes binoculaires.

— Très bien, Tessa. Ouvre la bouche.

Il était toujours sidéré qu'une part du cerveau demeure en éveil et capable d'exécuter des commandes simples, même lorsque le moi conscient du patient évoluait dans un brouillard.

Il mit en place l'endoscope.

— Avale bien fort.

Tessa s'exécuta, eut un léger hoquet lors de l'introduction de l'appareil, puis ce fut la routine professionnelle.

Un micro suspendu au-dessus de sa tête captait les observations qu'il livrait, ce qui permettrait de les transcrire ensuite.

— Pas d'anomalies de la muqueuse. J'avance vers le sphincter cardial.

Il glissa l'endoscope au-delà du sphincter, dans la cavité principale de l'estomac de Tessa. À ce stade, il devait prendre son temps.

— Comment est notre patiente, Steve ?

— Tout va bien.

Il ajusta la focale et examina la surface de l'estomac.

— Fundus d'apparence normale, de même que la petite courbure...

Mais lorsqu'il fit tourner l'endoscope vers l'autre face, il s'arrêta net. Il y avait une érosion de la paroi sur une grande section, et une grosseur de la taille d'une balle de golf.

— Je vois un nodule aux bords irréguliers au milieu de la grande courbure. Il y a une érosion modérée des tissus environnants. Je vais tenter une biopsie de la tumeur.

Il se rapprocha et changea le réglage, prenant plusieurs clichés, puis il saisit une partie des tissus avec les pinces. Il effectua le prélèvement et cautérisa en un même mouvement fluide.

— Je l'ai. Le saignement est négligeable.

Il examina le reste de l'estomac sans trouver d'autre anomalie puis retira l'endoscope, le cœur serré.

Il n'avait vu qu'une fois une tumeur de cette taille, et l'issue n'avait pas été bonne. Pourvu que les résultats soient différents et que la petite puisse vivre comme avant !

Les yeux de Lindy se fixèrent sur lui, le rapprochement de ses sourcils indiquant qu'elle avait les mêmes soupçons que lui. Mais ce n'était pas le moment de s'attarder là-dessus. Il devait terminer l'examen et s'assurer que Tessa allait bien. Ensuite, il se soucierait du reste.

Quinze minutes plus tard, la fillette revenait à la conscience en battant des cils.

— Je vais bien ? demanda-t-elle d'une voix râpeuse – ce qui était normal.

— Tu as très bien réagi, dit-il, même si cela ne répondait pas précisément à la question posée. Ce n'était pas si terrible que ça, hein ? continua-t-il avec un sourire, en ôtant son masque pour qu'elle puisse voir son visage.

Mais l'avenir le serait peut-être bel et bien.

— Oui, je n'ai rien senti.

— Ça fait plaisir à entendre. Le Dr Barr est très bon dans son job.

Zeke leva les yeux vers Steve, dont le visage était aussi solennel que les autres.

— Je fais de mon mieux, dit le médecin anesthésiste en posant la main sur la tête de la petite par-dessus le bonnet chirurgical. Tu as été très bien, ma puce.

Oh oui ! pensa Zeke. Et elle s'était montrée stoïque chaque fois qu'il l'avait rencontrée, même si ses parents avaient indiqué que les douleurs qu'elle ressentait variaient, de modérées à éprouvantes. Il devait aller leur parler, à présent. La procédure en elle-même s'était déroulée de façon impeccable. Pour ce qui était du reste... Ils le sauraient bien assez tôt.

— Je vais prévenir ta maman et ton papa que tu es réveillée, d'accord ? Ils pourront te voir dès qu'on t'aura ramenée dans ta chambre.

Il fit signe à Lindy de le suivre hors de la salle d'opération. Elle lui avait fait part de son désir de le voir après l'examen.

— Vous vouliez me parler ?

— Cela peut attendre, dit-elle.

C'était possible, mais vu la tournure que prenait sa journée, il n'aurait peut-être pas l'occasion de la voir plus tard.

— Accompagnez-moi à la salle d'attente. Nous pourrons discuter ensuite.

— Ce n'est rien d'important, je vous assure. Pas comme...

Elle n'acheva pas sa phrase, mais il avait compris ce qu'elle voulait dire.

— Peut-être, mais je voudrais pouvoir penser à autre chose lorsque nous en aurons terminé avec ceci.

— C'est un cas difficile.

— Oui, en effet.

Elle ne savait pas à quel point. Ce n'était pas à la légère qu'il avait dit avoir besoin d'un dérivatif. Le cas de Tessa ravivait en lui des souvenirs toujours aigus, même au bout de cinq ans. Il ne se rappelait que trop la douleur du diagnostic, les symptômes qu'il s'était reproché de ne pas avoir vus. Et la peur qui l'avait poursuivi jusqu'à l'issue amère.

Est-ce que Lindy pensait parfois à Daisy lorsqu'elle entrait au bloc ? Pensait-elle à ce qu'elle ressentirait si elle venait à la perdre ?

Il déglutit pour maîtriser son émotion, se forçant à revenir au présent.

En marchant vers la salle d'attente, Lindy sortit son mobile et s'attarda légèrement en arrière. Envoyait-elle un message pour savoir comment allait sa fille ? À sa place, c'était exactement ce qu'il aurait fait. Mais là, il poussait la porte de la salle d'attente pour s'adresser aux parents de Tessa. Ceux-ci avaient encore leur fille pour le moment. Et ils méritaient toute son attention. Il était content d'avoir enlevé sa blouse et sa calotte de chirurgien.

Normalement, il gardait sa tenue pour prévenir la famille le plus rapidement possible. Mais cette fois, il tenait à affronter les proches en être humain d'abord, et comme médecin ensuite.

La mère et le père de Tessa s'étaient placés à l'écart d'un groupe agglutiné au fond de la salle.

— Monsieur et madame Williams ?

M. Williams serra la main de sa femme.

— Comment va-t-elle ?

— L'examen s'est très bien déroulé. Tessa est déjà réveillée et sera contente de vous voir, même si elle doit avoir mal à la gorge et peut être encore un peu sonnée. Puis-je vous parler une minute ?

Il les dirigea vers une rangée de fauteuils un peu à l'écart, sachant qu'ils préféreraient entendre les détails en privé. Il décocha un coup d'œil à Lindy, lui indiquant d'un léger hochement de tête qu'elle pouvait se joindre à eux si elle le désirait.

Il désirait qu'elle le fasse, en réalité.

— Voici Lindy Franklin, l'infirmière en chirurgie qui m'a assisté.

— Tessa est une très gentille petite, dit Lindy.

Mme Williams avait déjà les joues inondées de larmes, pressentant peut-être ce qui allait suivre.

— L'un de vous a-t-il des enfants ? demanda-t-elle.

Zeke se figea comme chaque fois qu'on lui posait cette question.

Que dire ? S'il répondait qu'il avait eu une fille, morte d'une maladie insidieuse, cela ne rassurerait guère les personnes qui lui faisaient face.

Lindy lui épargna d'avoir à réagir.

— J'ai une petite fille. Elle a trois ans. Elle s'appelle Daisy.

La mère de Tessa hocha la tête puis se tourna vers lui.

— C'est grave, n'est-ce pas ?

— Nous avons découvert un nodule dans son estomac. Nous avons effectué une biopsie, mais nous ne saurons à quoi nous avons affaire exactement qu'avec les résultats des analyses.

M. Williams entoura de son bras les épaules de sa femme.

— De quoi s'agit-il, à votre avis ?

— Je ne veux pas émettre d'hypothèses. Cela peut être grave comme bénin, dit Zeke, penché en avant, coudes sur les genoux. Chaque chose en son temps, d'accord ?

Le père de Tessa se passa une main dans les cheveux et ferma brièvement les yeux. Puis il posa sur lui un regard ferme. Plus ferme que celui de Zeke à l'affreuse nouvelle.

— Combien de temps faudra-t-il attendre les résultats ?

— Nous les aurons lundi, je pense. Je vous appellerai dès que nous aurons un retour.

M. Williams étreignit plus fort sa femme, qui pleurait en silence.

— Merci pour tout, dit-il à Zeke, avant de se tourner vers Lindy. Et à vous aussi.

— J'ai eu plaisir à vous rencontrer, dit-elle.

Zeke fut frappé par la sincérité de son intonation, et un élan de fierté lui gonfla le cœur.

Ils avaient une équipe formidable, ici, à Mid Savannah. Et cela incluait Lindy Franklin. Deux semaines plus tôt, il n'était même pas certain qu'elle lui inspire la moindre sympathie, et voici qu'il était heureux qu'elle l'ait accompagné pour prévenir les parents, heureux qu'elle l'ait secondé en salle d'opération. Il y avait chez elle quelque chose qui...

Il considéra son profil tandis qu'elle parlait doucement avec Mme Williams du bonheur d'avoir une fille. Il avait connu cette joie-là, lui aussi, autrefois. Et il y a également de la joie dans les souvenirs, n'est-ce pas ?

Oui, il y en avait, mais pas au point que parcourir de nouveau ce chemin-là. Il avait vu trop de malheurs dans sa vie de médecin pour ne pas savoir que la vie est fragile, que bien des choses peuvent mal tourner. Et il n'était pas sûr de pouvoir affronter à nouveau dans la vie ce genre de drame.

Si content qu'il soit d'avoir le soutien moral de Lindy, il ferait bien de veiller à maintenir leurs relations sur un plan professionnel. Déjeuner avec la mère et la fillette de Lindy, la semaine précédente, avait été plus dur qu'il ne l'aurait cru. Il s'occupait chaque jour d'enfants, et il était la plupart du temps capable de compartimenter les choses. Mais il en allait autrement dans les interactions sociales. À la fin du repas, il s'était surpris à éviter le regard de la petite Daisy afin de tenir le coup. Il espérait avoir assez bien caché son malaise.

Ils achevèrent la conversation. Les parents de Tessa semblèrent impatients.

— Vous pouvez aller la voir. Et dès que les documents administratifs de sortie seront prêts, vous pourrez la ramener à la maison, leur dit-il en se forçant à sourire. Nous reprendrons contact avec vous au début de la semaine prochaine.

Ils le remercièrent et rejoignirent leurs proches. La mère de Tessa fut étreinte par une femme plus âgée. Sa mère, peut-être. C'était bien que cette famille se soutienne dans les mauvais moments comme dans les bons – chose à laquelle il n'avait pas eu droit.

Lindy le rejoignit au-delà des portes.

— Est-ce que ça va ? lui demanda-t-elle.

Avait-elle remarqué quelque chose dans son expression, tout à l'heure ? Bon sang, il espérait que non !

Il s'adossa au mur et la fixa.

— Oui, très bien. Alors, que vouliez-vous me dire ?

Il n'avait pas voulu être brusque, mais lorsqu'elle cilla et détourna les yeux, il mesura la rudesse de son intonation.

Seigneur ! Pourquoi était-il toujours comme ça ?

Se penchant vers Lindy, il lui effleura les doigts en guise d'excuse.

La tiédeur de sa peau, lors de ce bref contact, éveilla en lui une onde de chaleur qui gagna l'ensemble de son corps.

Ce geste était une erreur. Une erreur colossale.

— Désolé, Lindy. La journée a été longue et dure.

— Je sais, et je ne veux pas en rajouter. Comme je l'ai dit tout à l'heure, ça peut attendre.

La sensation de chaleur se dissipa, et un frisson le prit alors qu'une pensée soudaine le traversait.

— Vous ne démissionnez pas, tout de même ?

— Quoi ? Non !

Elle portait une combinaison de travail colorée, d'une gaieté presque déplacée après l'examen qui venait d'avoir lieu. Le pire, c'était que, en la touchant, il ne lui avait apparemment pas bouleversé les sens comme cela s'était produit pour lui. Cependant, en la regardant mieux, il nota ses pupilles dilatées, ce qui le rendit rêveur.

— *Vous* voudriez que je démissionne ? rétorqua Lindy.

— Non, bien sûr que non ! Vous vous êtes admirablement bien tirée de l'entretien avec les parents de Tessa. Mieux que moi, en fait.

Elle sourit, l'air soulagé.

— Les médecins n'ont pas toujours la meilleure réputation sur ce plan.

Accueillant avec gratitude cette note plus légère, il fit mine d'être offusqué.

— Vraiment ?

Cette fois, elle rit.

— Vous le savez bien.

— Bon, passons à quelque chose de plus léger, alors.

— Soit. Bon, j'ai pris une initiative, dit-elle en fouillant dans sa poche pour en sortir un feuillet imprimé. J'ai suivi votre conseil. Je suis allée voir l'administrateur.

Il regarda la feuille, ou plutôt la main qui la tenait.

Elle tremblait.

Pour ce qui était de la note plus légère, c'était raté ! Il s'apprêta à questionner Lindy, mais un groupe passa en riant.

— Allons dans mon bureau. Nous y serons mieux pour parler.

Là, Lindy se laissa tomber sur un des fauteuils en cuir tandis que lui-même contournait le bureau pour s'asseoir.

— Vous avez parlé à l'administrateur du centre de soutien pour femmes en difficulté, c'est ça ? s'enquit-il.

— Oui. Je me suis souvenue de ce que vous aviez dit au sujet du coup de pouce nécessaire pour mettre les rouages en branle…

— J'ai dit ça, moi ?

— Mais oui, dit-elle en se penchant en avant, soudain plus à l'aise. Je suis donc allée le voir et je l'ai donné, ce coup de pouce. Je me suis portée volontaire pour les aider.

Cela le secoua. Il ne s'était pas réellement attendu à ce qu'elle franchisse le pas, même si la suggestion était venue de lui. Ni à ce que ses paroles la poussent à agir. Il ne savait pas très bien s'il devait s'en réjouir ou se sentir coupable.

— Et ? fit-il.

— Il a prévu une réunion publique informelle, vendredi. Il voudrait que j'y intervienne.

Un exposé ? Lindy ? Elle avait été bénévole pendant un certain temps, il le savait. Mais il semblait soudain que son expérience ne se limitait pas à cela.

— Waouh ! fit-il. Formidable. De quoi allez-vous parler ?

— Des raisons pour lesquelles une telle initiative est nécessaire et utile à la communauté.

— Elle l'est, bien sûr, approuva-t-il, tout en se demandant où il mettait les pieds. Le plus difficile, apparemment, est de convaincre les femmes concernées de quitter leur compagnon ou conjoint, de s'extraire de leur situation.

— Je sais, dit Lindy, secouant la tête alors qu'il allait objecter. Si, Zeke. Je sais *vraiment* ce que c'est.

À l'accent qu'elle mit sur ces derniers mots, il écarquilla les yeux.

— Oh ! bon sang, Lindy. Vous aussi ?

— Oui, hélas. C'est de cela que Neil voudrait que je parle. Je suis l'une de celles qui n'ont pas réussi à partir. Jusqu'au moment où j'ai mesuré qu'il ne s'agissait plus seulement de moi, mais aussi de ma fille.

Il serra les mâchoires.

Décidément, il ne comprendrait jamais ça. Quel homme fallait-il être pour faire du mal à ceux qu'on était censé aimer ?

Mais il pourrait tout aussi bien se pointer lui-même du doigt. N'avait-il pas fait du mal à Janice en refusant de prendre en compte ses requêtes alors qu'elle voulait échanger ? En restant inébranlable lorsqu'elle lui avait demandé de réorienter sa carrière dans un domaine qui n'implique pas des enfants ? Cependant, jamais il n'avait levé la main sur elle ni sur aucune autre femme. Pour lui, la brutalité était insensée. Et quelle femme fallait-il être pour rester en de telles circonstances ?

Lindy l'avait fait, de toute évidence.

Il sentit son cœur se serrer à l'idée qu'elle avait pu se recroqueviller dans un coin pendant qu'une ordure la menaçait, jouissant de l'avoir réduite à cela. Il avait envie d'amocher pour de bon le sale type.

— Et s'il n'y avait pas eu Daisy ? demanda-t-il.

— Je pense que j'aurais fini par partir. Du moins, je l'espère.

— Il est en prison ?

— Non.

Il fut secoué. Elle n'avait pas porté plainte ?

— Il est toujours dans la nature ? Ils n'ont pas entamé de poursuites ?

— Il n'est plus dans la nature.

— Mais vous disiez...

— Oui, je l'ai dit, coupa-t-elle, fermant brièvement les yeux puis levant sur lui un regard glaçant. Il est mort. Et avant que vous posiez la question, non, je n'ai pas pressé la gâchette. C'est la police qui l'a fait.

Il ne s'était pas attendu à cela. Mais à vrai dire, il ne s'était pas attendu non plus à ce que Lindy admette avoir fait autrefois partie de celles que Mid Savannah espérait aider.

— Seigneur. Je suis navré.

— Ne le soyez pas. J'ai surtout de la peine pour sa famille. Ses parents ne se doutaient absolument pas de ce qui se passait. Et moi, je me suis tue. Je sais parfaitement ce que c'est que d'appliquer une bonne couche de maquillage et de présenter un visage souriant pour dissimuler le désastre.

— Combien de temps avez-vous vécu avec lui ?

— Un an. Je l'ai quitté il y a deux ans.

Daisy devait alors avoir un an. Trop jeune pour se rappeler quoi que ce soit, c'était à espérer.

— Je répète tout de même que je regrette. Non qu'il soit mort, mais que vous ayez dû traverser ça.

— Je m'en veux de ne pas être partie plus tôt. Mais à un moment donné, je n'avais plus le choix. J'ai compris que je devais partir tout de suite ou y passer.

Elle avait failli mourir ! Bon sang ! Que lui avait donc fait cet homme ?

Il allongea le bras, recouvrant de sa main celle de Lindy qui tenait le feuillet imprimé.

— Je suis heureux que vous soyez partie.

— Et moi donc ! Le hic, c'est qu'il est mort avant que j'aie obtenu le divorce. Donc, aux yeux de la loi, je suis veuve et non divorcée.

L'ironie macabre de la situation n'échappa pas à Zeke.

— Du moins, il est sorti de votre vie, dit-il.

— Pas entièrement, j'en ai peur. Luke était accro au jeu. Certaines dettes qu'il avait contractées ont affecté mon crédit, bien que je les aie épongées.

C'était l'une des choses auxquelles les gens ne pensent pas : les conséquences d'un départ, et le moyen de survivre dans ces eaux-là. Il ne s'étonnait plus que Neil ait demandé à Lindy de prendre la parole.

— Avez-vous un avocat ?

— Oui. Il m'a aidée à négocier avec les organismes de crédit pour effacer certaines dettes de Luke. Mais je n'ai pas pu prouver qu'il avait contracté la totalité.

— Avez-vous besoin d'aide ?

— Pardon ? fit Lindy, le regard surpris, puis flamboyant de colère. Non. Je me débrouille très bien toute seule !

Comprenant qu'il l'avait offensée, il nuança son propos :

— Je n'ai pas voulu insinuer que vous n'arriviez pas à vous en tirer. Désolé d'avoir mal formulé les choses.

— Il n'y a pas de souci, dit-elle avec un sourire. Il faut croire que je n'ai pas accompli autant de progrès que je le croyais. Il m'arrive encore d'être sur la défensive. Et de sursauter quand quelqu'un survient derrière moi.

Il avait été témoin de ce fait une fois ou deux.

Il lâcha la main de Lindy puis contourna le bureau, se perchant sur le bord.

— C'est pour ça que vous avez arrêté de travailler pendant quelques années, dit-il. Pas seulement à cause de Daisy.

Cela ne le regardait pas, mais sa curiosité était éveillée.

— Oui. Luke ne voulait pas que je travaille... Il voulait me trouver à la maison en arrivant. Au début, je me suis convaincue que c'était adorable, et que je serais parfaitement heureuse dans mon rôle d'épouse et de mère. Des tas de femmes le sont, et c'est le chemin qui leur convient. Mais moi, j'ai toujours aimé mon métier. Je suis heureuse de l'avoir pleinement repris.

— Et nous sommes heureux de vous avoir.

Cela la fit rire.

— Vraiment ? Sacré revirement depuis mon premier jour !

Une petite fossette supplémentaire se dessinait sur sa joue gauche lorsqu'elle souriait. Pas véritablement une fossette, plutôt un léger creux provoqué par la légère asymétrie de son sourire, plus accentué d'un côté que de l'autre. En tout cas, c'était diablement séduisant.

Du calme. Qu'est-ce qui lui prenait de remarquer ces choses-là ? Surtout chez une femme qu'un autre avait fait si terriblement souffrir.

— C'est une sorte de revirement, je l'admets, dit-il.

Et il ne savait pas très bien ce qui l'avait suscité. Ce sourire, peut-être, vu sa manie de remarquer tout ce qui la concernait... Non, c'était absurde, cela n'avait rien à voir. Mieux valait l'attribuer au dévouement qu'il avait constaté chez elle après ce premier départ bancal.

Et il ne pouvait pas lui reprocher de s'être inquiétée ni d'avoir fixé l'horloge ce jour-là. N'y avait-il pas des jours où lui-même était étreint par le chagrin d'une disparition qu'il aurait peut-être pu prévenir s'il avait reconnu les signes ? Et plus souvent qu'il ne voulait l'admettre ?

C'était étrange que la mort oscille ainsi entre deux pôles opposés. Pour un être, c'était une libération de la maltraitance.

Pour un autre, la perte irréparable de quelque chose d'infiniment précieux. Telle que sa fille. Et la confiance de son ex-femme.

— Donc, reprit Lindy, le moment est venu pour moi de vous poser une question.

— Quelle question ? Je croyais que vous vouliez seulement m'informer de votre démarche.

— Oui, ça aussi. Mais j'aimerais savoir si ça vous intéresserait de vous porter volontaire.

Il écarquilla les yeux.

— Vous voulez que je fasse du bénévolat dans le futur centre ? Il me semble que c'est à vous que j'ai suggéré ça, non ?

— Certes. Mais vous êtes le chef du service de chirurgie pédiatrique. Vous pouvez apporter une autre vision des choses. Beaucoup de femmes se trouvent dans la situation que j'ai connue. Des femmes qui restent malgré la présence des enfants...

Elle prit une profonde inspiration.

— Vous vous rappelez Meredith Brewster ?

— La fillette qui a subi un pneumothorax ?

— Oui. Des Meredith Brewster, il y en a des milliers qui souffrent parce que leur mère s'englue dans une relation terrible. Vous pourriez en parler. Dire à celles qui restent et qui subissent ce que vous avez vu au fil des ans. Vous pourriez peut-être faire changer d'avis certaines d'entre elles.

Il se rembrunit.

— Je n'en suis pas sûr. Vous aurais-je fait changer d'avis ?

La réponse revêtait soudain une grande importance pour lui. Surtout à la lumière de ce qu'il venait d'apprendre sur Lindy.

Elle chercha son regard et le fixa pendant quelques secondes.

— Oui. Je pense que oui, dit-elle en lui effleurant la main à son tour. Je me sens bien, Zeke. Je suis contente d'être ici.

Contente d'être à Mid Savannah... Ou d'être dans son bureau et de lui tenir pratiquement la main ?

Il eut de nouveau une sorte de vertige en réaction à ce qu'elle venait de dire. Ou peut-être aux légers effluves qui venaient jusqu'à lui quand elle bougeait. En tout cas, cela lui donnait envie de commettre une folie. D'aller au-delà de leur relation professionnelle.

— Moi aussi, je suis content que vous soyez là, dit-il, glissant à bas du bureau et lui prenant la main pour l'amener à se lever. C'est une bonne chose. Une très, très bonne chose.

Elle soutint son regard, et il vit au fond de ses yeux une lueur chaleureuse qu'il n'y avait pas encore remarquée.

Il resserra son étreinte, et attira plus près la main de Lindy. Mais cette main ne fut pas la seule à réagir à sa requête silencieuse. Tout le corps de Lindy se porta vers lui.

Ils se retrouvaient debout à quelques centimètres l'un de d'autre. Il s'intima de la libérer et réussit à lui lâcher la main, mais ses doigts, comme mus par une volonté propre, s'élevèrent et lui enveloppèrent la joue.

— Oui. Je crois que vous auriez pu me convaincre de n'importe quoi, dit-elle.

Dès qu'elle eut prononcé ces mots, il fut perdu. Sa bouche se porta à la rencontre de la sienne, trouva ses lèvres, plus douces encore qu'il ne l'avait anticipé. Lorsqu'elle lui rendit son baiser, son univers familier explosa, se dispersant en une infinité de fragments. Et pour une fois dans sa vie, il lui était égal de savoir quels étaient ceux qu'il saurait retrouver et quels étaient ceux qui seraient perdus à jamais.

4

Lindy ferma les yeux.

Seigneur ! Dire qu'elle avait cru ne plus jamais avoir du plaisir à embrasser un homme ! Mais lorsque Zeke lui avait demandé s'il aurait eu le pouvoir de la faire changer d'avis, elle s'était sentie fondre. Il s'était comporté comme si cela comptait pour lui. Il avait dit que son engagement à Mid Savannah était une bonne chose.

La présence de Zeke aussi était une bonne chose ! L'ardeur brûlante de sa bouche dominait les sensations qui la traversaient, elle avait envie de savourer longuement ce glissement doux, peau contre peau. Ce mélange grisant qui s'incrustait en elle. Lorsque Zeke avait contourné le bureau, elle s'était demandé ce qu'elle éprouverait s'il la touchait. Et c'était tellement plus étourdissant que ce qu'elle avait imaginé !

C'était peut-être pour cela qu'elle lui avait touché la main à son tour. Par curiosité. Elle ne s'était pas attendue à la montée du désir qui avait ébranlé son monde familier, lui avait presque arraché un cri. Elle ne pensait pas avoir jamais éprouvé cela.

Puis Zeke avait osé l'impensable, il lui avait enveloppé la main avec la sienne. Ce contact avait submergé ses sens, tel un tsunami déferlant sur le rivage et bouleversant tout sur son passage. Elle en était toujours prisonnière, incapable de toute pensée rationnelle. Les pointes de ses seins étaient dures. Elle désirait Zeke de tout son corps et de toute son âme.

Il avait forcément été emporté aussi par la déferlante, non ?

Cette incertitude la poussa à franchir un nouveau pas pour voir jusqu'où allait la résolution de Zeke, quel était l'impact de ce baiser sur lui. Elle se mit au défi de se blottir contre lui, elle qui n'avait jamais seulement osé y penser.

Avec un léger bruit de gorge, elle se porta tout contre lui, ses seins effleurant son torse ferme.

Les mains viriles qui lui avaient enveloppé le visage vinrent se placer sur ses hanches, et elle crut qu'il allait la hisser contre lui. Il n'en fit rien, mais il la maintint fermement, comme pour la garder immobile.

Était-ce pour mieux la ravager de désir ?

Cette pensée ressuscita une part rationnelle de son esprit, et elle se figea.

Que faisait-elle ? Ne s'était-elle pas mise en garde contre le danger de se précipiter impulsivement vers ce qu'elle devait éviter ?

Possible. Rien qu'un instant encore, puis elle s'écarterait. Mais en attendant…

Elle soupira, consciente que le moment était fugitif.

Comme s'il avait perçu ses pensées, Zeke accentua son emprise sur ses hanches, mais au lieu de la rapprocher de lui, il la repoussa, supprimant tout contact entre eux, et son regard noyé révélait qu'il ne lui avait pas été facile de s'interrompre.

Bienvenue au club, pensa-t-elle.

Mais au bout du compte, il s'était montré plus fort qu'elle.

Il fut le premier à reprendre la parole.

— Bon sang, lâcha-t-il avec un soupir audible. Je suis navré, Lindy. Je ne sais vraiment pas ce qui m'a pris.

Pour sa part, elle le savait, mais elle n'allait certes pas endosser seule le blâme. Ouvertement, du moins. En son for intérieur, elle s'avouait que c'était elle qui s'était engagée sur ce chemin, sans vraiment savoir pourquoi. Peut-être parce qu'elle avait eu conscience de ne pas avoir peur de Zeke physiquement.

Mais émotionnellement ?

Seigneur ! Cet homme avait le pouvoir de la détruire si elle le laissait faire. Elle devait s'assurer qu'un tel incident ne se reproduise pas. Elle avait été si fière de sa résolution, persuadée qu'elle refuserait toutes les propositions de sortir avec un homme, qui ne s'étaient d'ailleurs pas présentées.

« Vous aurais-je fait changer d'avis ? »

Les mots qu'il avait prononcés vibrèrent dans son esprit comme un murmure insidieux, et soudain elle ne fut pas certaine qu'elle aurait été aussi forte qu'elle l'avait cru. Si Zeke l'avait invitée à sortir avec lui, aurait-elle refusé ?

Le baiser répondait à cette question : non, elle n'aurait pas refusé. Et cela lui faisait peur.

Elle lâcha la première chose qui lui vint à l'esprit :

— La violence conjugale est un sujet sensible. Vous ignoriez tout de mon passé et, franchement, je n'avais pas l'intention d'en parler avant cette réunion publique. La dernière chose dont j'aie besoin, c'est qu'on me prenne en pitié.

Zeke sursauta.

— Bon sang, à votre avis, c'est pour cela que je vous ai embrassée ? Parce que j'ai de la peine pour vous ?

La saisissant de nouveau par les hanches, il l'attira tout contre lui, lui faisant parfaitement sentir la nature précise de leur échange sensuel.

— Cela n'a rien à voir avec la pitié, dit-il.

Puis il fut de retour derrière son bureau, à l'abri, la laissant là debout, électrisée, n'ayant pas encore recouvré son souffle, espérant qu'il vienne l'enflammer de nouveau.

Elle pouvait toujours attendre ! Il fallait qu'elle sorte d'ici avant de prononcer des mots qu'elle regretterait.

— Je dois y aller, dit-elle.

Zeke poussa vers elle le feuillet imprimé sur le bureau.

— Si vous voulez toujours que je sois là vendredi, je viendrai. Combien de temps mon exposé doit-il durer ?

Elle fut tentée de lui dire de ne pas venir. Mais d'ici la fin de la semaine, elle aurait sûrement étouffé les braises d'aujourd'hui, non ?

En tout cas, si elle n'y parvenait pas, elle serait dans un sacré pétrin. Et si c'était en elle qu'il amenait le changement ?

Eh bien, si cela arrivait, elle gérerait ça en temps et en heure.

— Environ dix minutes. Vous voulez que je vous inscrive ?

Elle retint son souffle tandis que Zeke pianotait du bout des doigts sur la surface du bureau. Malgré sa peur, elle savait qu'il apporterait beaucoup au projet.

— Oui. Inscrivez-moi.

— Entendu. Et merci.

Elle ne précisa pas de quoi. Elle se contenta de pivoter sur elle-même et de s'esquiver, espérant qu'elle aurait la force, le lendemain, de laisser tout cela derrière elle. Elle n'avait nul besoin de nouer une relation avec quelqu'un, moins encore avec un collègue. Car si les choses dérapaient...

Allons, de qui se moquait-elle ? Elles avaient déjà dérapé tellement loin qu'elles avaient atteint le bout du monde !

Eh bien alors, c'était à elle de les ramener sur les rails. Au diable les tsunamis et l'électricité dans l'air. Plus question d'embrasser ce beau gosse de chirurgien !

Mais en réalité, elle savait qu'elle revivrait ce baiser en rêve. Cette nuit. La nuit prochaine. Celle d'après, et toutes celles qui suivraient. Vendredi semblait encore loin, mais il n'arriverait que trop vite. D'ici là, elle pouvait seulement tenter de se ressaisir, espérer qu'elle saurait faire semblant de s'être remise de cet échange. Mais ce serait un mensonge total.

Le résultat des examens de Tessa était là.

Zeke compta jusqu'à cinq avant d'ouvrir le fichier électronique.

De deux choses l'une : ou il dirigerait les parents vers un oncologue, ou il programmerait une opération pour ôter une tumeur bénigne. Ce qu'il espérait. Mais les espoirs ne se réalisaient pas toujours.

Il cliqua sur le fichier pour l'ouvrir, parcourut en pointillé l'ensemble du rapport médical :

« ... cellules atypiques... non invasives... »

Il faillit s'écrouler de soulagement.

Ce n'était pas tout à fait bénin, mais ce n'était pas cancéreux non plus, et probablement circonscrit à la zone où il avait localisé la tumeur. C'était une bonne nouvelle. Une nouvelle formidable, en fait !

Il faudrait tout de même pratiquer l'ablation de la tumeur, et il devrait en nettoyer l'environnement pour que le nodule ne se reforme pas. Mais ni une radiothérapie ni une chimiothérapie ne seraient nécessaires.

Sa main se porta vers le téléphone pour annoncer la bonne nouvelle à Lindy puis s'immobilisa.

Il ne passait pas habituellement d'appels individuels pour transmettre des résultats de tests aux membres de son équipe chirurgicale. Ils en étaient informés la plupart du temps à cause d'une chirurgie ou d'un traitement consécutifs.

En vérité, il avait envie d'entendre la voix de Lindy. Peut-être pour s'assurer qu'elle allait bien. En tant que médecin, il avait prêté serment, jurant de ne faire aucun mal à quiconque. Et sur ce plan, il n'était pas tout à fait sûr d'être à la hauteur.

Il hésitait toujours sur la raison du baiser de l'autre jour, même s'il avait finement analysé à plusieurs reprises ce qui l'avait amené. Au point d'en rester éveillé la nuit, et même d'avoir dû prendre une ou deux douches froides.

Il n'était pas plus près d'avoir la réponse aujourd'hui qu'il ne l'avait été sur le moment même. Cela avait cependant modifié la programmation de ses opérations chirurgicales. S'il avait auparavant demandé que Lindy fasse partie de son équipe, il répugnait maintenant à la mêler à son travail. Elle l'avait sûrement remarqué, mais si elle était intelligente, elle en serait soulagée.

Bien entendu, il y avait la question de sa requête pour qu'il apporte sa contribution à la réunion publique de vendredi et au fonctionnement du futur centre, mais ça ne les obligerait sans doute pas à passer beaucoup de temps ensemble.

De nouveau, il prit son mobile. Mais cette fois, ce fut parce qu'il se rappelait que Lindy désirait être tenue au courant du résultat des examens de Tessa. Cependant, plutôt que de passer un appel, mieux valait lui envoyer un message.

Il tapa le texte le plus rapidement possible, comme si c'était une façon de limiter le contact :

Les résultats de Tessa sont là. Cellules atypiques, mais pas de malignité. Chirurgie suivra à une date ultérieure.

Il appuya sur « envoi » et reposa l'appareil, se forçant à se remettre au travail sans se soucier de savoir si Lindy recevrait le message et y répondrait.

Il y était presque parvenu lorsqu'un *ding* lui apprit qu'il venait de recevoir un SMS.

De Lindy ?

Malgré sa réticence, son regard s'était déjà reporté sur l'écran. Le message était bien de Lindy, bref et laconique :

Quelle joie !

Rien de plus. Sauf que, aussitôt après, le mobile sonna.

Il déglutit en voyant que l'appel venait d'elle, mais cette fois, son subconscient ne suscita aucun conflit avec son moi conscient : il saisit le mobile et prit la communication.

— Ici Bruen.

Comme si elle pouvait ignorer qui était au bout du fil !

— Salut, euh... Je voulais juste savoir si la date de l'opération est déjà fixée.

— Pas encore. Je viens seulement d'avoir le rapport.

— Oh ! Bon...

Elle eut une hésitation, puis :

— J'aimerais faire partie de l'équipe chirurgicale, si possible.

— Bien sûr.

Il ne savait pas très bien pourquoi elle se sentait tenue de lui soumettre cette requête... Si, évidemment, parce qu'il avait évité de la mettre sur son planning.

Son cœur se serra.

Cela avait sans doute donné à un incident somme toute anodin plus d'importance qu'il n'en avait en réalité...

Sauf que pour lui, ça comptait énormément.

— C'était mon intention, ajouta-t-il.

— J'avais cru que..., commença-t-elle.

Il eut presque l'impression de la voir hausser les épaules à l'autre bout du fil. Ne souhaitant pas lui confirmer qu'il cherchait à l'éviter, il la contra en achevant la phrase dans un tout autre sens.

— ... Que les plannings étaient modifiés ? C'est le cas. Il m'a semblé avoir surchargé de travail certaines infirmières, et j'ai essayé de rendre les choses plus équitables. De répartir le fardeau sur un plus grand nombre.

Cela valait mieux que de dire qu'il ne voulait plus travailler avec elle. D'autant qu'il en avait envie, même s'il n'était pas sûr que ce soit une bonne idée.

— OK, dit Lindy. Il m'aurait déplu que ce qui s'est produit l'autre jour altère notre relation de travail.

Parlait-elle d'un endroit où elle pouvait être entendue ? Était-elle à l'hôpital aujourd'hui ?

— Ce ne sera pas le cas tant que nous n'y consentirons pas.

Pieux mensonge. N'y avait-il pas déjà consenti, au fond ?

— Merci. Je, euh... Je vous jure que je ne me jetais pas à votre tête.

Ça, c'était la dernière chose qu'il aurait attendue d'elle !

— Je sais. Et je vous jure que je ne me jetais pas non plus à votre tête, dit-il sans pouvoir réprimer un sourire. Comme vous l'avez observé, Lindy, nous abordions un sujet sensible. Je crois que ça nous a désarçonnés tous les deux. Mais je suis content que vous m'ayez parlé. Je pense réellement que vous serez un atout de choix pour le futur centre.

— Vous aussi. Vous êtes toujours décidé à venir à la réunion, n'est-ce pas ?

Hum... Sans doute dirait-il oui pour plus d'une raison. Mais il n'allait pas aller par là.

— Oui. Et comme je le disais, vous êtes la personne idéale pour parler de la violence conjugale et de la survie à cette violence. Tout le monde n'a pas subi ce que vous avez subi.

— Je m'en réjouis. Et j'apprécierais que tout cela reste entre nous.

Parlait-elle du baiser ou de son passé ?

Sans importance. Il n'était pas du genre à se prêter aux

commérages au travail – ni aux relations sentimentales, d'ailleurs. Il n'allait pas commencer maintenant.

— Ne vous inquiétez pas. Je n'en ai parlé à personne. Cela ne regarde que vous.

— Merci. Je vais aborder le sujet à la réunion, mais je préfère décider par moi-même de ce que je consens à dire.

— C'est tout à fait compréhensible.

Il saisit un stylo et le mania entre ses doigts, surpris d'être aussi à l'aise pour parler avec elle, après ce qui s'était produit. Il s'était attendu à des silences gênés aux deux extrémités de la ligne. Or la conversation était agréable. Tout comme d'entendre à nouveau la voix de Lindy.

Un peu *trop* agréable.

— Bon, je vous laisse, dit-elle.

Le stylo se figea entre ses doigts.

— Entendu. Je vous ferai savoir quand aura lieu l'opération de Tessa.

Ils se dirent au revoir, puis il se retrouva seul avec ses pensées, se demandant si leur prochain face-à-face serait aussi aisé que cette conversation téléphonique.

Il en doutait un peu. Mais s'ils avaient pu le faire une fois, ils pourraient récidiver. Du moins, il l'espérait, car cela rendrait le travail – et sa vie – infiniment plus facile.

Pourquoi avait-il cru que ce serait facile ?

Zeke avait programmé Lindy pour sa journée au bloc du lendemain, mais dès qu'il vit ses yeux noisette le regarder par-dessus le masque, il sut qu'il aurait dû attendre plusieurs jours encore. Car il se remémora avec précision la forme de ses lèvres. Leur contact. Leur goût.

Bon sang ! Il n'avait d'autre recours que de s'en tenir à sa résolution de surmonter ce souvenir. Avec le temps, cela s'arrangerait.

De son côté, Lindy paraissait en forme. Ses yeux pétillèrent quand elle le vit, et il sut qu'elle souriait sous son masque, que les plis légers se fronçaient de cette adorable façon qui l'atteignait au tréfonds de son être.

— Cela promet d'être intéressant, dit-elle.

Certes. Mais ce n'était pas au cas médical qu'il pensait.

— L'infection ne cède pas aux antibiotiques comme nous l'espérions.

Les cas d'infection pulmonaire étaient en effet intéressants, mais aussi éprouvants pour les nerfs. Le risque de répandre une bactérie dans d'autres parties de l'organe était réel. Cette fois, cependant, la poche d'infection était circonscrite, et on pouvait espérer l'ôter ou procéder à l'ablation du lobe pulmonaire en cas de complications.

Ce n'était pas pour cette seule raison que ces cas étaient stressants. Pour lui, ils étaient aussi porteurs d'un lot de souvenirs indésirables. Raison pour laquelle son ex-femme avait voulu qu'il change de spécialité. Après les opérations pulmonaires, il était toujours sonné. Il rentrait à la maison dans un état de stupeur qui n'était pas dû à une consommation de drogue ou d'alcool.

La première année avait été la pire. Il restait mutique pendant des semaines entières, ou il explosait de colère si Janice tentait de lui parler. Il n'avait jamais exercé de violence physique, mais il lui avait nettement signifié qu'il refusait les échanges. En faisant défaut à sa fille, il avait aussi fait défaut à sa femme. Elle avait besoin de lui, et il n'avait pas été là pour elle. Elle avait à juste titre demandé le divorce le jour anniversaire de la mort de Marina.

— Zeke ?

Lindy venait de lui poser une question. Mais laquelle ?

— Pardon, vous disiez ?

— Combien d'opérations de ce genre avez-vous réalisées ?

— Trop, répondit-il avec franchise.

Il avait sauvé beaucoup de vies, mais il avait aussi perdu l'être qu'il aurait voulu sauver par-dessus tout. Sa fille était morte de pneumopathie interstitielle infantile, une affection pulmonaire rare caractérisée par une inflammation du tissu de soutien. Hélas, il n'avait pas identifié la maladie au début. Pas avant qu'il ne soit beaucoup trop tard.

Son sentiment de culpabilité avait failli le tuer. Il était, prétendait-on, l'un des meilleurs chirurgiens dans son domaine, et pourtant le diagnostic lui avait échappé.

Il se rappela les fois où la toux de Marina s'aggravait, les poussées récurrentes de bronchite et les pneumonies à répétition. Quand ils avaient compris à quoi ils avaient affaire, ils n'avaient pas pu stopper le mal. Le fluide dans ses poumons était virulent et agressif, et son petit corps épuisé n'avait pas pu combattre plus longtemps les ravages de la maladie. Marina était morte, et il en avait eu le cœur brisé. Son couple avait implosé un an plus tard, lorsqu'il avait refusé de changer de spécialité.

Sa femme s'était opposée à sa décision en disant : « Cela ne ramènera pas Marina. » Cela n'avait pas ramené sa fille, certes. Mais cela avait bel et bien anéanti leur mariage.

À l'époque, il avait eu le sentiment de ne pas avoir le choix. Comme si sa pénitence et son expiation étaient de sauver les enfants des autres, ou du moins de le tenter. Même si cette tâche achevait de lui déchirer le cœur.

Lindy changea de place à côté de lui, lui rappelant le travail à accomplir.

Il prit une profonde inspiration.

— Prêts, vous ? Alors, au travail.

Et c'est ce qu'ils firent.

La zone d'infection avait la taille d'une balle de base-ball, plus vaste qu'il ne l'avait d'abord pensé, et il dut enlever plus de tissu qu'il n'avait anticipé. Il fallait tout nettoyer, sinon l'infection reviendrait, et il ne voulait pas de ça.

Lindy était juste à côté de lui, lui présentant les instruments pour ainsi dire avant qu'il ne les demande.

Cela signait la différence entre une bonne infirmière en chirurgie et une infirmière exceptionnelle. Pourtant, Lindy avait arrêté pendant... Combien de temps avait-elle dit ? Un peu plus de trois ans ?

— On dirait que nous avons tout enlevé. Nous allons expédier les prélèvements au labo de biologie et faire faire une culture.

— Ça semble bien. Vraiment net, murmura Lindy par-dessus son épaule.

À cet éloge, une onde de chaleur l'inonda, qui n'avait rien à voir avec la satisfaction du travail bien fait et surtout avec le baiser insensé qu'ils avaient partagé.

Il serait bien inspiré de mettre un terme à ce genre de pensée !

Une fois l'incision recousue, il poussa un soupir de soulagement.

Le traitement postopératoire comportait l'administration d'antibiotiques par intraveineuse. La culture les aiderait à déterminer lesquels pourraient éradiquer cette souche microbienne particulière, même s'ils avaient déjà essayé la plupart des antibiotiques à large spectre. La grosseur infectieuse avait persisté, quoi qu'ils aient tenté. Avec un peu de chance, grâce à l'ablation, tout microbe résiduel restant perdrait son emprise sur la petite malade.

Une infirmière prit le récipient de l'échantillon, y inscrivit le nom et la date de naissance de la patiente et le porta au laboratoire. Elle revint en annonçant qu'ils traitaient ça en urgence pour communiquer au plus vite les résultats.

— Remerciez-les. Ils peuvent me biper dès qu'ils les auront.

— Entendu, je transmets.

Zeke attendit que sa patiente reprenne connaissance tandis que les autres membres de l'équipe emballaient leurs instruments en vue de la stérilisation. Quand ils eurent terminé, il se tourna vers Lindy.

— Un café me ferait du bien. Et vous ?

En la voyant froncer légèrement les sourcils, il se rendit compte qu'il n'aurait sans doute pas dû lui faire cette proposition, étant donné les circonstances. Mais il avait réagi par habitude. Combien de fois n'avait-il pas suggéré à celui ou celle qui se trouvait près de lui de prendre un café en sa compagnie ? Cela n'avait pas de signification particulière, mais Lindy n'avait sans doute pas tort de voir les choses différemment. Si elle préférait refuser, très bien.

— Volontiers, dit-elle.

Il fut surpris par sa réponse, mais sûrement pas déçu. Il aimait avoir de la compagnie après une opération difficile. Personne n'avait jamais accordé à ces invitations un sens différent de celui qu'elles avaient : la camaraderie du travail commun. Il y avait parfois sept membres de l'équipe réunis à la cafétéria de l'hôpital, parfois deux. Il regarda autour de lui, mais la pièce étant pratiquement vide maintenant que la fillette avait été emmenée en salle de réanimation, il n'avait personne d'autre à inviter.

Il pouvait se permettre ça, non ? Ils étaient tous deux adultes, capables de dépasser une petite erreur.

Petite ? Pas tant que ça, à en juger par les rêves qui l'avaient encore hanté la nuit dernière.

Il n'avait pas très envie qu'une ribambelle de gens le voient prendre un café avec la nouvelle infirmière, après ce qui s'était produit entre eux. S'ils allaient quelque part ailleurs, cela susciterait peut-être moins de commérages.

— Je connais un café au bas de la rue. Cela nous fera prendre un peu l'air, si vous avez le temps.

— J'ai droit à ma demi-heure de pause, alors pas de problème, dit Lindy.

Mais elle semblait moins sûre d'elle qu'un instant plus tôt. Supposait-elle que cette invitation était une sorte de rendez-vous ? Il n'allait tout de même pas la détromper et la mettre dans l'embarras, même s'il devinait qu'elle ne se faisait pas ce genre d'illusion.

— Cela ne vous ennuie pas de marcher un peu ?

— Je suis bien équipée, affirma-t-elle. On va chez Mulroney's ?

— Oui. J'oubliais que vous êtes du coin.

Lorsqu'ils sortirent, ils furent brutalement assaillis par la chaleur torride de Savannah à cette heure de la journée.

— Le véritable risque, c'est la liquéfaction, lâcha Lindy en riant.

— J'en déduis que vous préférez éviter de prendre le café en terrasse ?

— J'aime autant avoir l'air conditionné, si ça ne vous ennuie pas. Plus il fait frais, mieux je me porte.

Cette fois, ce fut lui qui se mit à rire.

— Je reconnais que je n'ai pas fait preuve de prudence en suggérant cette sortie.

Heureusement, il ne leur fallut pas longtemps pour atteindre leur destination, et l'intérieur du café était d'une fraîcheur délicieuse. Il trouva une table dans un coin à l'écart, et invita Lindy à y prendre place. Un serveur se présenta presque aussitôt pour prendre leur commande.

— À vous l'honneur, dit Zeke à Lindy.

— Un café frappé, s'il vous plaît. Avec double dose de sucre.

Zeke haussa les sourcils mais ne dit rien. Il commanda un café noir et attendit que le serveur se soit éloigné pour parler.

— Auriez-vous commandé ça à la cafétéria de l'hôpital ?

Elle sourit.

— Y avez-vous déjà pris un café frappé ?

— Et vous ? répliqua-t-il.

— Non. J'ai supposé qu'il n'était pas meilleur que celui de la plupart des cafétérias. Je suis venue ici les deux dernières fois que j'ai pris ma pause. J'y ai même amené Daisy à une occasion, et je lui ai commandé un chocolat glacé.

— Le chocolat de Mulroney's a-t-il l'approbation de Daisy ?

— Elle adore. Ma mère l'avait amenée ici pour me voir ce jour-là, en fait. Maman est formidable, elle insiste pour garder la petite. Je ne le lui reproche pas, elle a manqué beaucoup de choses.

— Votre mari n'a jamais… ?

Elle ne lui demanda pas de préciser et répondit aussitôt :

— Non, jamais.

Elle avait les lèvres serrées, ce qui le retint de pousser le bouchon trop loin.

Tout comme la mère de Janice, sa propre mère adorait Marina, elle raffolait de tous les instants passés avec elle. Mais à la suite du diagnostic, le changement avait été radical. Ils n'avaient tout simplement plus eu la possibilité de laisser leur fille chez ses grands-parents pendant toute une journée. La vie avait été dévorée par la lutte contre un ennemi qui refusait de lâcher prise. Pour finir, cet ennemi avait emporté la partie, et il avait tout perdu. Ses parents avaient été dévastés par la disparition de leur petite-fille et de surcroît par l'éloignement de leur belle-fille. Janice en était navrée, mais ça la faisait trop souffrir de rester en contact avec eux. Elle était entièrement sortie de leur vie, déménageant à l'ouest des États-Unis.

Sa mère n'abordait jamais directement le sujet, mais elle insinuait de temps à autre qu'il devrait se remarier. Son rêve le plus cher était sans doute d'avoir à nouveau des petits-enfants, d'autant qu'elle vivait seule après la mort de son père, survenue un an plus tôt. Elle n'était toujours pas remise de ce deuil.

Quant au mariage, Zeke ne le voyait certes pas pointer à l'horizon ! Après s'être fermé comme il l'avait fait avec Janice, il s'était gardé de toute relation féminine. Il n'aimait pas ce qu'il était devenu. Il avait été égoïste, ne s'était montré d'aucun soutien, avait sombré dans un gouffre émotionnel ténébreux où il n'y avait de place que pour un occupant : lui. Il n'avait pas admis sa femme à bord. C'était moche, c'était mal, et il n'était pas certain de se comporter différemment s'il était de nouveau confronté à une crise semblable. Alors, il ne tentait rien. Il ne voulait pas compromettre le bonheur d'un autre être.

Et ce baiser avec Lindy, hein ?

Cela n'avait été qu'une poussée de désir passagère. Rien de plus, rien de moins. Il avait déjà étouffé ça dans l'œuf.

— Et vous ? fit Lindy. C'est toujours de ma vie personnelle que nous discutons. Que faites-vous lorsque vous n'êtes pas à l'hôpital ? Vous n'êtes pas marié, n'est-ce pas ?

Elle allait à la pêche aux informations !

Cela le fit sourire.

— Ne vous inquiétez pas, Lindy. Vous n'avez pas brisé mon couple en vous prêtant à ce baiser. J'ai fait ça tout seul il y a un bout de temps déjà.

— Alors, vous étiez marié ?

— Oui.

Il savait ce qui l'attendait, et il s'arc-bouta pour y faire face, même s'il était surpris que Lindy ne soit pas déjà au courant. Il y avait encore à l'hôpital un certain nombre des gens qui y avaient exercé lors de la maladie de sa fille.

— Des enfants ?

Elle avait un regard curieux, et rien ne laissait supposer qu'elle savait quoi que ce soit au sujet de Marina. Qu'allait-il lui dire ?

La vérité. Après tout, que n'avait-elle pas partagé avec lui !

— J'avais une fille. Elle est morte il y a cinq ans.

— Oh ! Zeke, je suis navrée ! Que s'est-il passé, si vous me permettez cette question ?

— Il n'y a pas de souci. Elle avait une maladie du poumon incurable. Elle est morte lorsqu'elle avait trois ans et demi.

La main de Lindy se posa sur la sienne, mais cette fois c'était uniquement par empathie.

— Je ne savais pas.

— Ce n'est pas un sujet qu'on aborde dans la plupart des conversations ordinaires.

Voulait-il dire par là que cette conversation-ci n'en était pas une ? Peut-être. De deux choses l'une : ou il commençait à devenir gâteux, ou Lindy avait le don d'inviter aux confidences.

Avant qu'il ait pu ajouter quoi que ce soit, on apporta leurs cafés, et la discussion revint sur le cas de Tessa.

— Vous savez quand l'opération aura lieu ?

— Très bientôt. L'hôpital s'efforce d'établir les plannings en fonction des créneaux encore libres. Ce sera dans le courant de la semaine prochaine, je suppose, après les portes ouvertes sur le centre d'aide aux femmes.

— Tessa est une charmante petite.

— Oui. Elle me rappelle un peu Marina.

Sans l'avoir voulu, voici qu'il en revenait à sa fille.

— Parlez-moi d'elle. Comment était-elle ?

— C'était un bébé adorable. Janice et moi nous sommes connus au collège et sommes tombés amoureux l'un de l'autre. Ensuite, il y a eu la fac de médecine avec toutes les pressions que cela implique. Quand j'en suis sorti et que nous étions prêts à avoir un enfant, rien ne semblait marcher. Nous avons fini par recourir à un traitement contre l'infertilité, et Marina est arrivée. Tout semblait aller bien au début.

— Vous avez dit qu'elle souffrait d'une maladie pulmonaire. De l'asthme ?

— Non, une pneumopathie interstitielle infantile. Un truc aussi affreux que ça en a l'air. Des infections pulmonaires à répétition. Elles ont fini par avoir le dessus.

— C'est ce qui vous a séparés, votre femme et vous ?

— Oui, environ un an après la mort de Marina. Je n'étais pas très vivable à cette époque.

— Comment ça ? s'enquit Lindy en inclinant la tête de côté.

— J'ai réagi assez mal à cette crise. Je me suis fermé. Ce n'est pas le genre de réaction qu'une femme a envie de voir chez son compagnon.

— Il y a pire.

En considérant les choses du point de vue de Lindy, il supposait que oui.

— Peut-être, mais en l'occurrence cela a signifié la fin de notre couple.

— Est-ce que ça ne vous fait pas mal ? Soigner les enfants des autres, je veux dire.

Le cas d'aujourd'hui avait été dur pour lui, il l'admettait.

— Quelquefois. Surtout quand le patient a le même âge que Marina, ou une maladie comparable.

— J'imagine. Je suis surprise que vous ayez décidé de continuer à traiter ce genre de patients.

Il haussa les épaules.

— Serait-il loyal de refuser de soigner un malade parce que ça m'attriste ou me met mal à l'aise ?

— Je comprends..., dit Lindy, marquant un arrêt comme pour réfléchir. Mais ça ne doit pas faciliter les choses.

— En effet.

Ils restèrent silencieux une minute ou deux, puis Lindy ferma les yeux en soupirant.

— Ils font vraiment du bon café, ici.

Plus de confessions ? Elle avait peut-être raison. Il y avait eu assez d'épanchements pour une seule pause-café. Et il était probablement temps de retourner au boulot.

— Je ne suis pas sûr qu'un café frappé compte pour un vrai

« petit noir », dit-il avec un sourire, pour indiquer que ce n'était pas réellement une critique.

La porte s'ouvrit, et deux infirmières de l'hôpital entrèrent. Lindy leur fit signe, et cela marqua la fin des conversations intimes.

Heureusement, elle avait retiré sa main de la sienne. Il n'aurait plus manqué que le réseau pipelettes des entremetteuses de l'hôpital fonde là-dessus des suppositions erronées de rapprochement amoureux !

Parler de Marina avait ramené à la surface des souvenirs qu'il aurait mieux fait de laisser enterrer. Quant à se lier avec une femme dont la fille avait presque le même âge que la sienne lorsqu'elle était morte, cela ne pouvait être une bonne chose. Cela risquerait de l'amener à se demander au fil des ans comment aurait été Marina si elle avait vécu...

Certes, il s'était déjà posé la question. Sa fille aurait presque neuf ans, aujourd'hui. Il avait bel et bien utilisé un logiciel permettant de « vieillir » le sujet d'une photographie. Il l'avait fait avec la photo de sa fille, pour voir à quoi elle aurait ressemblé aux divers stades de sa vie. Il avait imprimé les images obtenues, mais c'était une erreur. Ces reconstitutions l'avaient ensuite hanté pendant des mois. Il préférait se remémorer la fillette vivante plutôt qu'une sorte de fantôme brumeux qui ne prendrait jamais corps. Il avait finalement enseveli ces tirages au fond d'un tiroir. Il ferait probablement mieux de les détruire, même s'il avait l'impression d'anéantir une fois de plus ce qui aurait pu être.

Il y avait des mois qu'il n'avait pas pensé à ces photos, et il ferait bien de ne pas y penser à présent.

— Ma mère veut venir aux portes ouvertes, dit Lindy, même si je lui ai expliqué que ce n'était pas une affaire.

— Je ne le lui reproche pas. Elle doit être fière du chemin que vous avez parcouru.

— Je n'en parle que parce qu'elle veut amener Daisy. Allez-vous montrer des choses difficiles à supporter ?

— Je n'ai pas encore réfléchi à ce que je dirai, mais non, sûrement pas. Pas de clichés de blessures ni quoi que ce soit de choquant.

Mais la nécessité d'un centre de soutien était choquante en soi.

— Il y a une garderie pour les enfants des employés, à l'hôpital, vous êtes au courant ? Je suppose qu'elle fonctionnera aussi pour les portes ouvertes, votre mère pourrait y déposer Daisy.

— C'est une super idée ! Cela lui permettrait aussi d'avoir un peu de liberté s'ils acceptent les enfants à temps partiel. Bon, je ferais bien d'y aller, ma pause se termine.

— Et moi, je dois faire le point sur le patient qu'on opère ensuite. Je vous tiendrai au courant lorsque la date d'opération de Tessa sera fixée.

— Merci, dit Lindy, souriante. Et merci de m'avoir invitée à prendre un café. C'était sympa de sortir de l'hôpital, ne serait-ce que pour quelques minutes.

— Oui, c'était sympa, reconnut-il, en la couvant des yeux malgré lui.

5

Comme Lindy s'en doutait, sa mère avait tenu à venir aux portes ouvertes, promettant de déposer Daisy à la garderie dès que la réunion commencerait, pour le cas où les propos ne seraient pas adaptés aux oreilles enfantines.

Elle n'avait pas l'intention de communiquer le pire, mais elle était tout de même nerveuse de savoir sa mère présente.

— Tu n'as qu'à faire comme si je n'étais pas là, dit Rachel.

— Ben voyons, fit Lindy en lissant sa jupe.

Rachel était du genre à adresser de grands signes à la cantonade, ce qui ne permettait guère de l'ignorer.

— Et si tu veux sortir ensuite avec des amis, je peux garder Daisy cette nuit.

Elle connaissait à peine ces gens. Des amis ? Sa mère parlait-elle sérieusement ?

Euh… N'avait-elle pas embrassé l'un d'eux ?

Cela ne comptait pas. D'ailleurs, elle ne connaissait pas plus Zeke Bruen que les autres.

Vraiment ? Elle lui avait dit des choses que tout le monde ignorait à part ses parents, et Zeke lui avait confié sur sa fille des choses qui, disait-il, ne surgissaient pas dans les conversations ordinaires.

Pourtant, tout à l'heure, les personnes présentes dans la salle sauraient dans les grandes lignes ce qui lui était arrivé. Mais elle n'allait sûrement pas le proclamer sur une pancarte.

Elle regarda l'horloge et vit qu'elle n'avait plus que dix minutes avant de prendre la parole.

— Bon, maman, il faut que j'y aille.

— Je t'aime, ma fille. J'emmènerai notre petit bout de chou dans dix minutes.

Rachel embrassa Lindy sur la joue, puis s'installa dans un fauteuil, Daisy sur les genoux.

Quand Lindy parvint à l'avant de la salle, Zeke était déjà à côté de l'estrade, en conversation dans un groupe où se trouvait Neil, l'administrateur. Ce dernier lui fit signe de venir.

Prenant une profonde inspiration, elle les rejoignit.

Ces gens étaient-ils d'anciens volontaires ou des nouveaux comme elle ?

Vêtu d'un pantalon de treillis et d'un polo noir qui adhérait à son corps musclé, Zeke paraissait sûr de lui et calme. Tout le contraire d'elle, une vraie pelote de nerfs.

— Vous êtes belle comme ça, murmura-t-il.

Elle s'empourpra.

Génial. Il ne manquait plus que ça.

— Vous êtes bien aussi.

Sa mère, comme à point nommé, souleva Daisy dans ses bras et lui fit lever sa menotte, l'agitant comme pour un salut.

Pour ce qui était de paraître professionnelle, c'était réussi ! gémit Lindy intérieurement. Puis elle se ressaisit.

Ce n'était pas de professionnalisme qu'il s'agissait. Mais d'aider les femmes. Des femmes qui se trouvaient dans la situation terrible qu'elle avait vécue.

Neil désigna l'estrade.

— Quand tout le monde sera assis, je ferai une introduction, puis ce sera à vous, d'accord ?

Seigneur ! Pourquoi avait-elle pensé que ce serait une bonne chose que sa mère soit là ?

Minute, elle n'avait jamais pensé ça. Pas une seule seconde !

Pour comble, Rachel fut soudain près d'eux, se mêlant aux employés de l'hôpital.

— Regarde, Daisy, le monsieur avec qui tu as mangé l'autre

jour est là ! Lindy, il ne s'appelle pas Zeke ou un truc dans ce genre-là ?

— Oui, mais...

Zeke s'était écarté de quelques pas pour s'entretenir avec quelqu'un.

— Allons le saluer. Tu pourras lui parler de ton château de princesse.

— Princesse ! cria Daisy.

Lindy intervint avant que l'excitation croissante de sa fille ne devienne ingérable.

— Je ne pense pas que ce soit une bonne idée. Il est occupé.

— Allons donc ! Je suis sûre qu'il sera content de revoir Daisy.

Et avant que Lindy ait pu ajouter quoi que ce soit, le duo s'éloigna.

— C'est bien les mères, n'est-ce pas ? approuva quelqu'un à côté d'elle.

C'était Nancy, qui tenait un verre rempli de Coca, et sourit à son air catastrophé.

— Elles vous rendent chèvre, continua-t-elle, mais on n'en changerait pour rien au monde.

— Je n'en suis pas si sûre aujourd'hui, répliqua Lindy. Je ferais bien un troc.

Elles éclatèrent de rire en chœur, et Lindy glissa un coup d'œil vers sa collègue.

— Tu serais intéressée pour être volontaire, si le centre ouvre réellement ? lui demanda-t-elle.

— Oui. J'y ai un intérêt tout particulier, car ma petite sœur est dans une relation de couple toxique et ne veut pas quitter son compagnon.

— Je suis vraiment navrée, dit Lindy en se mordant la lèvre avec gêne.

Elle avait été un jour comme la sœur de Nancy, et cette dernière l'apprendrait bien assez tôt.

— J'espère qu'elle prendra conscience de ce qu'il faut faire, ajouta-t-elle.

Elle leva les yeux et vit que Zeke la fixait. Elle n'avait jamais vu quelqu'un d'aussi mal à l'aise, et elle se rendit compte soudain qu'il tenait Daisy dans ses bras…

Oh ! mon Dieu ! Il n'avait plus de fille qu'il puisse tenir dans ses bras, et Rachel lui avait refilé Daisy comme ça, sans crier gare…

Sa mère ne se doutait de rien, elle parlait à toute vitesse. Quant à Daisy, elle avait noué ses petits bras autour du cou de Zeke et l'étreignait.

Le moment était venu d'intervenir.

— Tu veux bien m'excuser une seconde ? Je dois aller secourir le Dr Bruen avant qu'il ne fasse un malaise.

Nancy pouffa.

— Oui, il a l'air un peu bizarre. Il est rouge comme une betterave.

— En effet.

Lindy se fraya un chemin parmi les groupes qui bavardaient, espérant rejoindre Zeke avant qu'il ne décide de bannir les enfants de toute future rencontre ou quelque chose dans ce genre-là – même si elle n'avait pas son mot à dire dans ce domaine.

Parvenue devant lui, elle tendit les bras.

— Désolée, Zeke. Je vais la prendre.

— Il n'y a pas de problème. Votre mère me parlait de votre nouvelle maison. C'est apparemment un endroit charmant.

— Certes, dit Lindy en décochant un regard sévère à Rachel. Mais je suis sûre que vous avez mieux à faire que de parler de mes conditions de vie.

— Au contraire. Je ne dois pas intervenir avant un bon moment, alors j'ai du temps à tuer. D'ailleurs, Rachel et Daisy m'empêchent de devenir trop nerveux.

C'était la chose la plus comique qu'elle ait entendue ce jour-là. Chirurgien respecté, Zeke Bruen dirigeait le bloc chirurgical avec l'assurance d'un capitaine de vaisseau. Il était peu crédible qu'il ait peur d'affronter des gens et de leur parler de ce qu'il faisait quotidiennement !

— Là-dessus, j'ai des doutes, dit-elle.

Il eut un large sourire.

— Daisy veut que je m'habille en princesse comme elle. Ça, ça me rend vraiment nerveux.

Lindy pouffa de rire.

Bonté divine, elle aurait dû s'en douter ! Combien de fois avait-elle dû mettre une de ses plus jolies robes de cocktail pour prendre le thé avec son bout de chou de fille ?

— Le spectacle promet d'être intéressant ! lança-t-elle.

Elle sourit à Zeke, reprenant son calme.

Peut-être que le regard qu'il lui avait lancé n'avait pas été horrifié, après tout. Elle lui avait proposé de le délivrer de Daisy, et il n'avait pas saisi l'occasion. Mais il était vrai qu'elle devait faire son exposé avant qu'il intervienne à son tour.

Rachel glissa son grain de sel.

— Il faudra qu'on vous invite à dîner un de ces soirs. Je suis sûre que Daisy et Lindy en seraient ravies.

Décidément, sans s'en douter, sa mère l'enfonçait de plus en plus profondément dans un bourbier à chaque mot prononcé.

— Daisy serait sûrement enchantée, mais je ne réponds pas de Lindy, se contenta de dire Zeke, qui lui adressa un bref sourire.

— Bon, je crois que la princesse ferait bien de prendre le chemin de la garderie, glissa Rachel, qui tendit les bras. Je chargerai Lindy de s'entendre avec vous pour la date du dîner.

— C'est entendu, dit Zeke.

Lindy se mordit la langue.

Bon sang, pourquoi fallait-il que sa mère possède à un tel degré le sens de l'hospitalité du Sud ? Pour comble, celle-ci insistait si gentiment que rares étaient ceux qui y échappaient. C'était sa façon d'être. Elle-même appréciait ce trait de caractère en général, même si elle se gardait de l'adopter.

Alors que sa mère partait, Neil pria chacun de prendre place. Il présenta dans les grandes lignes le projet de l'hôpital, les fonds déjà réunis, puis il passa à la liste des intervenants, qui incluait Lindy, deux psychiatres de l'hôpital et Zeke. Lorsqu'ils auraient fini de parler, les membres de l'assistance pourraient poser leurs questions.

Rachel revint dans la salle et y prit place au fond à l'instant où Neil achevait sa présentation.

— Il y aura une feuille d'inscription au fond de la salle pour ceux et celles qui seraient disposés à consacrer quelques heures au bénévolat. La concrétisation de ce projet est entre les mains de tous. Et maintenant, je passe la parole à Lindy Franklin, qui est nouvelle à Mid Savannah mais rompue à ce genre d'entreprise.

La nervosité que Lindy était parvenue jusque-là à dompter lui noua soudain la gorge presque à l'étouffer.

Zeke avait peut-être perçu sa panique, car il se rapprocha d'elle, tout en restant cependant assez loin pour que ceux qui se trouvaient dans les parages supposent qu'il attendait son tour.

Le simple fait de sentir sa présence derrière elle l'aida à surmonter ce moment difficile, et elle commença en s'éclaircissant la gorge.

— Bonjour à tous !

Son salut suscita plusieurs réponses qui la firent sourire, et elle se sentit mieux.

— Comme l'a précisé Neil, je m'appelle Lindy Franklin et je suis nouvelle ici. Mais ce qu'il ne vous a pas dit, c'est que j'ai été victime de violences conjugales.

Elle vit que les gens se déplaçaient sur leur siège tandis qu'ils se pénétraient du sens de ses mots. Nancy parut choquée, tout comme d'autres infirmières avec lesquelles elle travaillait.

— La plupart d'entre vous l'ignorent, et c'est au cœur du problème. La majorité des victimes ne parlent jamais de ce qui leur arrive. Elles quêtent rarement de l'aide. Mais leur faire savoir qu'une aide est à leur portée revient à leur tendre une bouée de sauvetage. La bouée dont ces femmes, dont j'ai fait partie, ont si désespérément besoin.

Elle parla de certains éléments qu'elle aurait aimé connaître lorsqu'elle vivait avec Luke, et des moyens de réussir à parler aux autres de ce qu'on subissait. Elle termina ainsi :

— Nous voulons que Savannah sache qu'une aide est disponible. Gratuite. Respectueuse de la confidentialité. Et nous pouvons vous aider à vous en sortir. Merci.

Des applaudissements s'élevèrent. Nancy lui adressa un signe d'approbation, pouce levé, tandis que sa mère se tamponnait les yeux avec un mouchoir.

Les deux psychiatres de l'hôpital la remplacèrent. Se référant à plusieurs choses qu'elle avait dites, ils entamèrent entre eux un dialogue éclairant sur les aspects psychologiques de la maltraitance.

— Bon boulot, Lind, lui murmura à voix basse Zeke avec une pointe d'admiration. À en juger par ce dont j'ai été témoin jusqu'ici, ce projet va décoller. Je serais surpris qu'on n'ait pas cinquante bénévoles tout de suite.

Elle avait laissé parler son cœur. Cela avait-il pu changer à ce point le cours des choses ?

« Il faut donner le coup de pouce nécessaire pour mettre les rouages en branle. »

Ce fut ensuite Zeke qui prit la parole.

Il conta les tourments de Meredith Brewster, prenant soin d'éviter tout élément qui aurait permis d'identifier la fillette. En l'écoutant, Lindy se remémora l'horreur qu'elle avait éprouvée en apprenant qu'une petite fille de cinq ans avait subi une atteinte physique aussi terrible en étant frappée par un de ses parents. Quand elle regarda autour d'elle, tout le monde n'avait d'yeux que pour Zeke, personne ne bougeait. Même sa mère était totalement captivée.

Fidèle à sa promesse, il ne donna pas de détails sanglants, mais cela ne l'empêcha pas de faire passer le message. Lorsqu'il eut fini, des applaudissements assourdissants éclatèrent.

Quelle intervention !

Neil fit quelques pas en avant, serra la main de Zeke et lui murmura quelques mots avant de se tourner vers le public.

— Merci aux membres de nos équipes qui ont pris sur leur emploi du temps surchargé pour nous parler. Et merci à vous tous d'être venus. Nous aimerions entendre vos questions ou vos commentaires. Si ce que vous avez entendu vous a intéressés, vous trouverez près de l'entrée des documents avec tous les numéros utiles. Et comme je l'ai mentionné tout à l'heure, il y a également une feuille d'inscription si vous avez envie d'aider ce projet à démarrer.

Il ajouta en lançant un coup d'œil du côté de Lindy.

— Une dernière chose : si vous avez le sentiment que la vie de quelqu'un est en danger immédiat, je vous incite à appeler les secours d'urgence sans attendre.

Les intervenants se répartirent le traitement des questions, et Lindy en eut plus que sa part. Elle répondit de son mieux, constatant avec gratitude le respect des gens, qui ne cherchaient pas à entrer dans le détail de ce qu'elle avait vécu.

Vingt minutes plus tard, plus aucune main ne se levait.

— D'autres choses à aborder ? demanda Neil, embrassant du regard le groupe d'intervenants.

Lindy garda les mains sur les genoux, même s'il l'englobait dans ce survol.

— Bon, eh bien, j'imagine que c'est tout, fit-il. Il y a des rafraîchissements au fond de la salle. Servez-vous, et merci encore de nous avoir accordé un peu de votre temps. Si vous devez rejoindre le public, c'est par là.

Et ce fut vraiment terminé.

Zeke donna un petit coup d'épaule à Lindy et lui sourit.

— Merci de m'avoir invité à venir. Je crois que l'hôpital va faire de grandes choses avec ce projet.

— Je le crois aussi, dit-elle.

Cette petite poussée décontractée lui faisait chaud au cœur. C'était comme s'ils revenaient au début de leur rencontre, avant ce fichu baiser qui avait tout faussé.

Elle repéra sa mère, qui avait déjà récupéré Daisy à la garderie et qui franchissait la porte.

— Je vais dire au revoir à votre mère et à Daisy, dit Zeke.

— Je suis sûre que ça leur fera plaisir, dit-elle en souriant.

Apparemment, ce fut le cas.

— J'allais inviter Lindy et Daisy à venir regarder un film chez moi ce soir, annonça Rachel. Vous êtes le bienvenu aussi !

Lindy se raidit malgré elle.

C'était plutôt cavalier de la part de sa mère d'inviter un tiers, d'autant qu'elle ne lui laissait pas à elle-même la possibilité d'accepter ou de refuser la proposition.

— Ce soir, je ne peux pas, désolé, dit Zeke. J'ai d'autres projets. Mais on peut remettre ça à plus tard, avec l'invitation à dîner dont vous parliez tout à l'heure.

— Cela va de soi. Donc, il va falloir que nous regardions *Princess Bride* sans vous, si je comprends bien.

— L'héroïne est une princesse ? Je vais manquer quelque chose, on dirait ! À propos, une petite fille m'a donné des tas de gommettes de princesse qui seraient plus utiles à Daisy qu'à moi.

— Princesse ! cria Daisy.

— Vivement qu'elle passe aux arts martiaux, marmonna Lindy.

— Les arts martiaux ? fit Zeke, redressant la tête.

Elle se mit à rire.

— N'importe quoi, pourvu que ça nous change des princesses ! Mais je suis sûre qu'elle adorera les gommettes. Merci d'avoir pensé à elle.

Une ombre fugitive passa dans le regard de Zeke.

— Je n'ai personne d'autre à qui les donner.

Lindy eut un coup au cœur.

Il se remémorerait sa fille !

Elle ne savait vraiment pas ce qu'elle deviendrait si elle perdait Daisy. Elle ne voulait même pas envisager une telle éventualité. Elle n'était pourtant pas à l'abri d'une tragédie, le passé le prouvait. Mais elle avait sûrement traversé la pire épreuve que la vie lui gardait en réserve, n'est-ce pas ?

Rien ne pouvait garantir qu'elles étaient désormais à l'abri, mais elle aurait juré que la plupart des parents échangeraient leur place avec celle de leur enfant sans hésiter si cela permettait d'éviter que celui-ci souffre. Dans ses prières, Zeke avait sans doute offert sa propre vie en échange de celle de sa fille...

Soudain, elle ne put plus imaginer un monde sans Zeke, même si elle ne le connaissait que depuis quelques semaines.

Avait-il toujours des contacts avec son ex-femme ? Avaient-ils partagé les affaires ou les photos de Marina pour en avoir des souvenirs ? Ce devait être un crève-cœur pendant un divorce...

S'étaient-ils disputés au sujet de ce que l'un et l'autre voulaient garder pour eux ?

Elle n'avait pas eu à traverser cela. Et même si Luke avait vécu, il aurait échoué en prison. Les tribunaux auraient veillé à ce qu'il n'ait plus jamais de contact avec sa fille.

— Daisy sera ravie, merci, dit-elle à Zeke. Je vais lui acheter un album pour qu'elle puisse les y coller.

— J'avais oublié qu'il existait des albums. J'aimerais lui en offrir un, si possible.

Des larmes lui picotèrent les yeux. Elle les refoula d'un battement de cils, mais quand elle réussit à parler, elle fut horrifiée de constater que sa voix tremblait.

— Vous n'êtes pas obligé de faire ça.

Elle ne voulait pas ranimer chez Zeke de douloureux souvenirs. Ses parents avaient évité d'aborder le sujet de Luke depuis qu'elle était revenue. Ils savaient plus ou moins ce qui s'était passé, mais elle ne leur avait jamais avoué qu'il avait tenté de l'étrangler. Les policiers étaient les seuls à être au courant. Et les professionnels de santé qui avaient examiné sa trachée pour évaluer les lésions et les contusions... Elle avait attendu que celles-ci soient résorbées avant de rentrer dans sa ville natale. Ses parents ne l'auraient pas supporté. Son père se serait reproché de ne pas être venu la chercher plus tôt, ce qui aurait pu le mettre aussi en danger. Et rien ne disait qu'elle serait partie.

— J'aimerais m'en charger, dit Zeke. Si vous voulez bien.

— Bien sûr.

Du regard, elle tenta de lui faire comprendre que rien ne l'y obligeait, mais il se contenta de sourire. Sa mère leur lança un bref regard et annonça qu'elle allait faire un saut en magasin afin d'acheter du pop-corn pour leur soirée cinéma.

— Je peux m'en charger, maman.

— Je suis sûre que tu as des choses à terminer ici. Si vous changez d'avis, dit-elle en regardant Zeke, demandez l'adresse à Lindy. Si vous n'avez jamais vu *Princess Bride*, vous ratez quelque chose, je vous assure. C'est très amusant, même pour des adultes.

— J'y penserai. Et encore merci pour l'invitation.

Zeke ne parlait plus d'un autre projet. Curieux.

— On se retrouve d'ici une heure, Lindy, ajouta Rachel.

Sachant qu'il ne servait à rien de discuter, Lindy acquiesça.

Une fois que Rachel et Daisy furent hors de portée d'oreille, elle regarda Zeke d'un air contrit.

— Je suis vraiment désolée. Elle ne se rend pas compte que tout le monde n'a pas forcément envie de regarder un film avec sa petite-fille.

— Elle est fière d'elle, c'est bien naturel.

Zeke avait raison, bien sûr.

— En tout cas, je suis désolée qu'elle ait essayé de vous forcer la main. Elle ne sera pas offensée que vous ne venez pas, d'autant que vous avez des projets.

— J'avais prévu quelque chose, mais j'ai changé d'avis.

Zeke ne donna pas d'autre explication.

Ce projet avait-il inclus une autre personne ? Était-ce un rendez-vous féminin ?

Cette pensée lui serra le cœur, tandis que des images affluaient sur son écran mental : Zeke embrassant une autre femme, promenant les mains sur son corps...

Stop ! Il sortait avec des femmes, bien sûr. Il aurait été fou de s'en abstenir... Mais pour sa part, elle ne sortait avec personne. Était-elle folle pour autant ?

Avant qu'elle ait pu réagir, Zeke continua :

— Si la proposition tient toujours, je crois que je verrais bien ce fameux film.

— V-vraiment ? balbutia-t-elle.

Elle avait eu l'impression qu'il n'avait guère envie de la voir en dehors du travail, alors qu'y avait-t-il de changé ? Et pour sa part, voulait-elle ce changement ?

En tout cas, elle ne pouvait guère se rétracter sans raison plausible, et elle n'en voyait aucune.

— Bon, très bien. Daisy sera folle de joie. Si elle parvient à rester éveillée. Elle a tendance à piquer du nez au beau milieu.

Il lui décocha un regard bref.

— Et vous, est-ce que vous allez bien ? Je ne veux pas être

indiscret, mais ces réunions sont toujours pénibles. Ce que ces personnes traversent est tellement dur...

Il s'arrêta abruptement, comme s'il réalisait à qui il parlait, puis il marmonna :

— Je suis heureux que vous vous en soyez sortie.

— Merci. Moi aussi. Mais je me suis juré d'éviter toute relation amoureuse d'ici longtemps.

— Je me suis fait la même promesse, alors nous sommes à égalité. Donc, c'est d'accord, une séance de ciné en amis ?

Amis ? Waouh ! Elle avait beau s'en défendre, elle devait avouer que ça lui plaisait beaucoup. Un peu trop.

6

Zeke savait précisément pourquoi il avait accepté l'invitation de Rachel : son projet pour la soirée avait tourné autour de la résolution qu'il avait prise pendant qu'il tenait Daisy avant le début des portes ouvertes.

Il avait d'abord été horrifié quand la mère de Lindy lui avait mis la petite dans les bras, mais rien ne l'avait préparé à la joie qui l'avait envahi quand la fillette s'était pendue à son cou.

Comme Lindy était venue à pied au travail, il les emmena acheter du pop-corn en voiture. Le plan était qu'il la dépose chez elle avec Daisy une fois le film terminé. C'était sur son chemin, de toute façon. Et Lindy avait précisé que s'il devait partir à cause d'une urgence, elle pouvait passer la nuit chez ses parents, qui la raccompagneraient le lendemain.

— Rachel est dans la cuisine, dit l'homme qui leur ouvrit la porte.

Lindy fit rapidement les présentations, et Harold, son père, serra la main de Zeke.

— Enchanté de vous connaître.

Laissant Lindy ouvrir la marche, Zeke entra dans la maison.

Ce n'était pas seulement une habitation, comme l'avait été celle où il avait vécu avec Janice après la naissance de Marina, mais un véritable foyer, chaleureux, avec des photos, des souvenirs de Lindy lorsqu'elle était enfant. Un endroit qui ressemblait beaucoup à celui où il avait grandi.

Pourquoi Janice et lui avaient-ils tiré si peu parti de leur foyer ?

Il ne le savait pas très bien, mais cela l'amenait à se demander s'il n'y avait pas eu une faille dans leur relation dès avant la naissance de Marina. La mort de leur fille avait tout simplement élargi cette faille et l'avait révélée.

Avec le recul, il se disait qu'il aurait dû suivre le conseil de son ex-femme et conserver quelques effets de sa fille. Il n'avait que quelques photos écornées, et les tirages qui évoquaient ce qu'elle aurait pu devenir. Son projet pour la soirée portait là-dessus à l'origine : il avait eu l'intention de les ressortir pour les réduire en charpie, car la pensée de ce qui aurait pu être ne cessait de le ronger depuis cinq ans.

En fait, la principale raison de venir chez les Franklin ce soir était d'éviter de faire ce qu'il aurait dû faire depuis longtemps !

Et pourtant, il était là, à passer du temps avec une famille qui mettait en évidence tout ce qu'il avait perdu. Cela ne torturerait-il pas encore plus ?

Il n'en savait rien, mais c'était trop tard pour reculer. Il pourrait simuler une urgence à l'hôpital, mais Rachel avait paru si contente qu'il ait changé d'avis qu'il n'avait pas envie de lui renvoyer son invitation à la figure.

Tout de même, il lui semblait absurde d'être assis sur un canapé avec une famille qu'il ne connaissait pas vraiment, à regarder un film en mâchant du pop-corn.

Il en prit un peu, et puis encore, et regarda les folies que les personnages commettaient sur l'écran.

Daisy, qui était à présent en vêtements de nuit, s'étira de tout son long et appuya ses pieds nus contre le bras du canapé, contraignant Lindy à se pousser jusqu'à ce que sa jambe se retrouve contre celle de Zeke.

— Désolée, murmura-t-elle en essayant de s'écarter.

Mais elle ne pouvait pas. Et il était coincé contre l'autre extrémité du canapé sans possibilité d'aller ailleurs.

Il céda à la tentation de passer un bras autour d'elle, ce qui ne suscita aucun incident. Mais ce ne fut pas de la part de Lindy sans un léger trouble qui ne lui passa pas inaperçu.

Lindy était peut-être contrariée, mais pas lui. Pour le moment, il savourait la satisfaction sourde qui affleurait à sa conscience, n'attendant qu'un encouragement pour se faire plus hardie. Il n'avait aucune intention d'écouter cet encouragement, mais c'était agréable d'imaginer ce qui se passerait s'il osait.

Une scène très vive entre deux personnages provoqua les gloussements sonores de Daisy. Lindy ne put s'empêcher de pouffer à son tour.

— Désolée, murmura-t-elle encore. Elle adore ce film, surtout le duel à l'épée.

Il ne put réprimer un sourire. Et soudain, la satisfaction prit plus d'intensité, éperonnée par ces mots chuchotés rien que pour lui. Bien qu'ils soient au milieu du salon de ses parents, on aurait dit qu'ils étaient dans le cocon de leur petit monde intime. Rachel et Harold, attentifs au film dans leurs fauteuils, ne représentaient qu'une sorte de toile de fond. Tout comme Daisy, malgré son rire.

Était-il le seul à éprouver ça, ou Lindy le ressentait-elle aussi ?

Il espéra que oui, parce qu'il allait se sentir extrêmement stupide s'il s'avérait qu'il était le seul à tirer une excitation émotionnelle de leur proximité.

Soudain, un léger bruit sonore s'éleva à côté de lui. Il coula un regard vers Lindy, se demandant si elle s'était endormie. Mais ce n'était pas elle. Daisy était à moitié renversée sur les genoux de sa mère, endormie, bouche ouverte, émettant de petits gargouillis.

Il pouffa, car quelques secondes plus tôt la petite fille était tout à fait réveillée !

— Je vous avais prévenu, lui souffla Lindy.

Et l'émoi de Zeke s'accrut d'un cran.

— En effet, répondit-il sur le même ton.

Pourvu que ses parents ne les voient pas ainsi, têtes rapprochées, murmurant entre eux. Dieu seul savait quelles idées ils pourraient en tirer !

Et quelles idées il en tirerait lui-même.

La pression continue de la cuisse de Lindy contre la sienne n'arrangeait rien. S'il n'y prenait garde, il allait leur fournir une preuve concrète qu'il n'avait pas envie de révéler. L'attirance physique était là, sans aucun doute. Mais il n'avait pas l'intention de lui laisser libre cours. Car, juste à côté de cette si douce pression contre sa cuisse, il y avait Daisy : la réalité qui ravivait son manque, l'absence de Marina dont il souffrirait sans doute pendant des années.

Un jour, il devrait affronter la nécessité de jeter les photos de reconstitution qu'il avait faites. Mais aujourd'hui n'était pas le bon, c'était clair.

— Combien de temps dure le film ? demanda-t-il.

— Nous sommes à peu près à la moitié... Tout va bien ?

Elle tenta de nouveau de déplacer sa jambe, mais les petits pieds de Daisy étaient toujours fermement plantés contre le bras du canapé. On aurait dit qu'elle ne voulait pas céder.

— Tout va très bien, assura-t-il. Et n'essayez pas de la bouger.

— Vous ne commencez pas à vous sentir en cage ?

— Pas du tout.

Ce qu'il ressentait n'était certes pas de la claustrophobie. L'autre face de l'attirance, c'était le sentiment qu'il était naturel et bon d'être contre Lindy. Et il ne voulait pas de ça. Car rien de tout cela n'était naturel et bon ! L'illusion se dissiperait comme un tourbillon de fumée dès qu'ils seraient de retour dans leurs foyers respectifs.

C'était du moins ce qu'il voulait croire. Pour le moment, il n'avait pas d'autre moyen de préserver sa santé mentale.

Il devait se concentrer sur le film...

Il se rendit compte que la tête d'Harold s'était fortement inclinée sur le côté, et un ronflement plus sonore que celui de Daisy lui monta aux oreilles. Il adressa un regard à Lindy, qui hocha la tête.

— Oui. Il s'endort toujours. Je crois que Daisy tient ça de lui.

Le sort en fut jeté : Zeke entoura Lindy de son bras, et elle se lova contre lui comme si elle n'avait attendu que ça.

Le moment où le couple cinématographique eut droit à son étrange mais heureuse fin n'arriva que trop vite, et il retira son bras, le ramenant contre lui avant qu'on ne les surprenne.

Nul ne remarqua rien. Rachel était trop occupée à réveiller Harold, qui grommela et se comporta comme s'il n'avait pas cessé un instant de regarder le film.

Lindy pouffa.

— Ça aussi, ça arrive tout le temps.

Le moment était venu de se lever. Dans une seconde. Sa jambe gauche s'était engourdie à cause de la position qu'il avait dû conserver, mais il n'avait pas eu envie que Lindy se déplace. Il ne le désirait toujours pas.

La mère de Lindy s'étira.

— Si vous restiez tous dormir ici ?

Il eut comme une crampe à l'estomac.

Quoi ? Rachel voulait qu'il passe la nuit avec Lindy et toute la smala ? Dans cette pièce ?

— Maman, Zeke a une maison, dit Lindy, souriant pour adoucir le propos. Et moi aussi.

— Oui, enchaîna-t-il, je vais raccompagner Lindy et Daisy, et rentrer chez moi ensuite.

— Vous en êtes sûr ? insista Rachel.

Lindy lui épargna la nécessité de répondre.

— Nous en sommes tout à fait sûrs.

— Oui, la maison de Lindy est sur mon chemin. Mais merci pour votre hospitalité. Et pour le pop-corn, dit-il en levant son bol presque vide. Où puis-je poser ça ?

— Je m'en charge, dit Rachel, tendant la main. Et merci d'être venu. Nous sommes très contents que vous ayez changé d'avis.

Il se leva, tirant sur son pantalon de treillis pour le rajuster. Harold hocha la tête et lui serra la main, la poigne ferme même après avoir dormi.

— Revenez quand vous voulez.

— Merci, monsieur. Je n'y manquerai pas.

Lindy était toujours assise, immobilisée sous la petite silhouette de Daisy. Rachel fit un pas pour l'aider, mais il la devança.

— Laissez-moi la prendre.

Il souleva la fillette dans ses bras, surpris que quelqu'un d'aussi petit donne une telle impression de solidité. C'était bon...

De nouveau ce mot-là. Un mot qu'il devait bannir de son vocabulaire !

Lindy se leva et s'étira.

— J'ai le côté droit tout engourdi, dit-elle.

Comme lui. Cela le fit sourire.

— Cette petite chose a coupé votre circulation ?

— Essayez un peu de la tenir pendant deux heures de rang, pour voir. Même si je n'échangerais ma place pour rien au monde.

Il se souvenait d'instants comme ça. En fait, ce souvenir-là l'avait aidé à traverser la pire période de son deuil.

— Vous êtes certain de vouloir nous raccompagner ? Un de mes parents pourrait s'en charger, j'en suis sûre.

— C'est sur mon chemin, je vous l'ai déjà dit. Et ça évitera à votre mère un aller-retour inutile.

Lindy prit le siège de bébé dans la voiture de Rachel puis l'installa dans celle de Zeke pendant qu'il tenait Daisy dans ses bras.

— Je le lui rendrai demain quand elle viendra nous chercher.

Il déposa Daisy sur son siège bébé et prit soin de boucler la ceinture : malgré le passage des ans, il savait encore le faire.

— Encore merci, Zeke, dit Lindy quand ils furent en chemin. J'espère que vous ne vous êtes pas trop ennuyé. Vos soirées du vendredi sont sûrement bien plus excitantes en général.

— Pas vraiment. Je n'avais pas projeté de voir des amis, juste d'être tranquille. J'avais des choses à rattraper. Mais je pourrai le faire une autre fois. Le film était charmant.

— C'est un classique. L'humour est un peu loufoque, mais on s'y laisse prendre.

Un peu comme il s'était laissé prendre au fait d'avoir Lindy près de lui. Un peu beaucoup, en fait.

Elle se renversa en arrière et s'étira, le mouvement faisant saillir ses seins.

— J'ai l'impression d'avoir le dos tout noué, dit-elle.

Il déglutit, aux prises avec un trouble indésirable.

Il avait été à la torture lorsqu'il avait tenu Lindy contre lui. Une très agréable torture. Il n'en était pas tout à fait remis. L'excitation ne se dissiperait que quand elle aurait quitté la voiture.

— Vous avez travaillé debout presque toute la journée, puis il y a eu la réunion, et ensuite le film. Ça n'a rien d'étonnant.

— Ah, parce que votre journée a été beaucoup moins fatigante ? fit-elle avec un sourire, en haussant les sourcils.

— J'admets que nous avons eu tous les deux une journée bien remplie.

— Du moins, je ne suis pas en service demain. Et vous ?

— Moi non plus. J'évite d'être de garde le dimanche, si la nécessité ne s'en fait pas sentir.

— Vous allez à l'église ? lui demanda-t-elle en se tournant vers lui.

— Quelquefois. Mais si je préserve mes dimanches, ce n'est pas pour des raisons religieuses. C'est plus personnel.

Elle dressa la tête, et il comprit qu'il allait lui parler, sans bien savoir pourquoi. C'était peut-être amené par les heures passées chez ses parents. Ou ce moment d'intimité, bras autour des épaules. Il avait le sentiment d'avoir avec Lindy un lien qui le poussait à la confidence.

— Marina est morte un dimanche. C'était il y a longtemps, et je pourrais sans doute maintenant travailler ce jour-là, mais ne pas le faire est devenu une habitude. Alors, je la reconduis.

Le soulagement l'envahit lorsqu'il constata que Lindy ne réagissait pas comme si elle le trouvait ridicule. Elle couvrit de la sienne sa main posée sur le levier de vitesses.

— C'est une excellente raison. Nous avons tous besoin de paix. C'est une façon de sacraliser ce jour et de garantir qu'on se souvient d'elle. Je pense qu'elle aimerait ça.

— Merci, dit-il, la gorge nouée, ému par sa compassion.

Lindy avait subi une tragédie personnelle, mais elle était capable de la dépasser pour voir les souffrances des autres. Il devrait essayer de lui ressembler un peu plus.

Elle jeta un coup d'œil vers le siège arrière.

— Je n'en reviens pas que Daisy dorme encore. J'espère qu'elle ne sera pas réveillée dès l'aube. Ça ne me déplairait pas de faire la grasse matinée pour une fois.

Il eut une vision de Lindy au réveil : des yeux noisette qui s'entrouvraient, un lent sourire sur son visage alors que, d'un air ensommeillé, elle... Elle le regardait.

Et voilà, c'était encore là ! Cette absurde émotion qu'il n'arrivait pas à refouler. Elle semblait au contraire s'incruster dans son esprit, devenir de plus en plus difficile à chasser.

Bon sang, il était chirurgien ! N'aurait-il pas dû être capable de l'exciser, tout comme il allait enlever la tumeur dans l'estomac de Tessa ?

C'était visiblement hors de sa portée. Il pouvait réaliser une opération sur les autres, pas sur lui-même.

Il se rendit compte que Lindy le regardait, attendant une réaction à sa remarque.

— Daisy a eu une sacrée journée elle aussi, dit-il. Comme nous tous.

Ils arrivèrent devant chez Lindy quelques minutes plus tard. Quand il voulut descendre de voiture, elle affirma :

— Je peux prendre la petite.

— Je n'en doute pas, mais si je vous aide, ce sera plus facile. Et puis, il y a le siège bébé.

— Oh ! Oui, c'est juste.

Il descendit de voiture, ouvrit la portière côté passager et défit les courroies du siège de Daisy.

— Vous voulez que je porte la petite ou le siège ?

Elle hésita.

— Allez déverrouiller la porte, trancha-t-il. Je la porterai, et je reviendrai chercher le siège bébé ensuite.

— Vous êtes sûr ?

Il soulevait déjà dans ses bras la fillette endormie.

Lindy le considéra pendant quelques secondes, puis pivota soudain sur elle-même pour s'engager dans l'allée en fouillant dans son sac à la recherche de ses clés.

— C'est par ici.

Il la suivit à l'intérieur, puis dans un couloir. Elle allumait les lumières sur leur passage. Puis elle ouvrit une porte et appuya sur un interrupteur. L'éclairage était sans doute préréglé, car il n'y eut pas un jaillissement de lumière dans la pièce, juste un épanchement diffus. Il vit un petit lit sur la droite et s'en approcha tandis que Lindy rabattait les draps.

Il coucha doucement Daisy dans le petit lit.

S'il s'était agi de Marina, il l'aurait embrassée pour lui dire bonne nuit. Mais ce n'était pas sa fille, et ce n'était pas à lui de border l'enfant. Il s'écarta, laissant à Lindy ce privilège. Comme il s'y était attendu, elle se pencha pour déposer un baiser sur le front de sa fille avant de rentrer les couvertures. Elle mit un doigt sur ses lèvres. Puis elle sortit sur la pointe des pieds et referma la porte derrière elle.

— Elle a le sommeil léger ? s'enquit-il.

Elle sourit.

— Pas du tout. Je crois bien qu'elle serait capable de dormir au beau milieu d'un ouragan.

— C'est une bonne chose pour vous.

— Oui. Elle a toujours fait ses nuits, même tout bébé.

Elle ferma soudain les yeux, comme lorsqu'on s'en veut d'avoir parlé.

— Désolée. Vous n'avez pas besoin d'entendre ça.

— C'est-à-dire ?

— Rien. Vous voulez un café ? Un verre de vin ?

— Pas de vin, non. Je préférerais une bière, si vous en avez.

— Oui, mais de la *light*. Est-ce que ça ira ?

— C'est parfait car je reprends le volant pour rentrer chez moi.

— Installez-vous donc dans le salon en attendant. Un verre de vin ne me fera pas de mal, j'ai besoin de me détendre.

Au lieu de passer dans l'autre pièce comme elle le lui suggérait, il la suivit dans la cuisine, où elle sortit du réfrigérateur une bouteille de bière et du vin.

— Vous préférez que je vous la serve dans un verre ?

— Non. Je boirai au goulot.

Il attendit qu'elle sorte un verre du grand vaisselier vitré, puis saisit le décapsuleur qu'elle lui tendait. Il fit sauter la capsule, et le contenu de la bouteille émit un sifflement réjouissant alors que la pression gazeuse se libérait. Il avala une longue gorgée, et suivit Lindy dans le salon.

— Je n'ai pas encore fini de meubler, dit-elle.

En effet, il n'y avait dans le salon qu'un canapé, une table basse et un poste de télévision. Il allait donc devoir s'asseoir à côté d'elle. De nouveau. Mais cette fois, il n'y aurait pas d'enfant pour les pousser l'un contre l'autre. Et il s'était rendu insensible à sa présence pendant le film, n'est-ce pas ?

Quelque chose lui soufflait que non. Mais plutôt que de rester debout comme un lâche pendant qu'elle était assise, il prit place sur le canapé et posa sa boisson devant lui.

— Bel endroit.

— Mes parents m'ont aidée à le dénicher, dit-elle, sirotant une gorgée de vin et se débarrassant de ses chaussures pour ramener les jambes sous elle. En fait, ils m'aident pour pas mal de choses. Ils m'ont proposé de m'héberger chez eux en attendant que je me remette. L'ennui, c'est que leur maison est petite, ils m'auraient eu tout le temps dans les pattes avec Daisy. Ils adorent leur petite-fille, mais il me semble qu'ils ont besoin d'un semblant d'intimité, même si elle tient une grande place dans leur vie.

Zeke prit sa bière et avala une gorgée. Le goût en était agréable.

— Alors, votre travail à l'hôpital vous plaît ?

— Je l'aime plus que vous ne pouvez vous en douter.

— Oh ! je crois en avoir une idée, au contraire ! Si cela approche de ce que je ressens pour la chirurgie, c'est quelque chose d'incomparable. Il y a les mauvais côtés et les chagrins, mais dans l'ensemble je ne voudrais pas d'une autre vie.

Il y avait sur le haut de la télé une photo de Lindy et de Daisy. Lindy, en blouse d'infirmière, tenait la fillette dans ses bras. Pas de mari sur le cliché. C'était peut-être Luke qui l'avait pris, même si Zeke concevait mal que Lindy ait tenu à conserver la photo en ce cas.

Il revoyait son ex avec Marina dans les bras, du temps où la vie était encore simple et pleine de bonheur. Mais pour finir, ils n'avaient pas été capables d'affronter leur deuil en tant que couple.

Traversé par une pensée soudaine, il se tourna vers Lindy.

— Pendant les portes ouvertes, j'ai reçu un message au sujet de l'opération de Tessa. Elle est programmée pour mardi. Vous voulez toujours être sur le tableau de service ?

— Oui. S'il vous plaît, dit Lindy, repliant les doigts sur ses pieds nus pour les ramener plus près d'elle.

Ses ongles étaient recouverts d'un vernis à paillettes argentées qu'il n'avait pas remarqué tout d'abord. Ce n'était pas le genre de couleur qu'il se serait attendu à lui voir porter, et il se surprit à être fasciné par la manière dont les petits éclats de couleur captaient la lumière.

Elle baissa les yeux et sourit.

— Il m'arrive d'avoir un petit coup de folie. Juste parce que c'est possible.

Il avait failli oublier. Il y avait eu un temps, visiblement, où elle ne pouvait pas s'exprimer sans crainte de s'exposer à des récriminations, ou pire. Mais tout de même ! Pour quelque chose d'aussi simple que du vernis à ongles ?

— Il contrôlait ça aussi ?

— Non, pas vraiment. Mais il ridiculisait mes choix quand ils ne correspondaient pas à l'idée qu'il se faisait de ce que je devais être.

— Et que deviez-vous être, selon lui ?

— Je n'en ai jamais été très sûre. La parfaite petite épouse, peut-être. Mais dans ce cas, je n'étais pas celle qu'il aurait dû choisir, parce que je suis loin d'être parfaite.

— Ça, je n'en jurerais pas ! Je ne crois pas que vous soyez si éloignée de l'être.

Zut ! Avait-il vraiment eu l'intention de dire ça ?

Lindy leva les yeux, et il vit passer dans son regard une série d'émotions rapides. Puis elle sourit.

— Si vous le dites, c'est que vous me connaissez mal. D'ailleurs, vous craigniez que je ne sois pas à la hauteur du service de chirurgie. Je ne l'ai pas oublié.

— Mais je ne vous connaissais pas. Vous vous en tirez très bien, en réalité.

— Vous ne me connaissiez pas avant, mais maintenant si ?

Il y eut une sorte d'attente étrange. Il ne savait pas très bien ce qu'elle attendait qu'il dise. Ou même si elle voulait qu'il dise quelque chose. Il se sentait tiraillé. Il avait bel et bien le sentiment d'avoir appris qui elle était ces dernières semaines. Et cela faisait partie du problème. De ce qui le ramenait toujours vers Lindy, même lorsqu'il n'avait qu'une envie, fuir très loin.

— Il me semble que je commence à vous connaître, dit-il.

— Je crois que je commence peut-être à vous connaître aussi. Vous n'êtes pas l'ogre que j'ai cru au début.

Il haussa les sourcils.

— Vous me considériez comme un ogre ?

— Eh bien... Le mot « ogre » est peut-être exagéré. Mais vous m'intimidiez.

Comme son mari l'avait intimidée ? Il n'aimait pas ça.

Il allongea le bras sur le dossier du canapé.

— Je ne fais pas cet effet-là aux gens, en général. Du moins, je l'espère.

Même dans ses pires moments, il n'avait pas suscité de peur chez Janice.

— Cela venait de moi, dit Lindy en se penchant vers lui. Vous avez été super, et j'apprécie.

La chaleur de son corps se communiqua à lui, provoquant tour à tour le relâchement puis la contraction de ses muscles. Il crut un instant qu'elle allait appuyer la tête contre son épaule, et il déglutit, désirant qu'elle accomplisse ce geste.

C'était peut-être le signe qu'il ferait bien de partir.

Mais Lindy choisit cet instant pour renverser la tête et le regarder dans les yeux.

Ce qu'il lut dans ses prunelles le figea sur place, peinant à retrouver son souffle. Il inspira avec force, saturant son cerveau d'oxygène et d'endorphines. Au bord de la griserie, il était prêt à oser l'impensable. Ses doigts posés sur le canapé glissèrent sur l'épaule de Lindy.

Il devait rompre l'enchantement !

— Dites-moi qu'il est temps de m'en aller.

— Est-ce que vous voulez partir ? lui demanda-t-elle.

Une question piège, c'était le moins qu'on puisse dire.

Il inclina sa bouteille, indécis.

— Ma bouteille est vide.

— Mon verre aussi. Vous voulez une autre bière ?

— Non, merci.

— Que voulez-vous alors ?

Question délicate. Ce qu'il voulait ne se trouvait ni dans une bouteille ni dans un verre. Il aurait dû réaffirmer sa volonté de partir, mais il ne parvint pas à prononcer les mots. Posant le doigt sur le vernis d'un orteil de Lindy, il dit :

— Je veux être comme ce vernis à ongles.

— Je ne comprends pas.

— « Je peux avoir un petit coup de folie. Juste parce que c'est possible. » C'est ce que vous avez dit, non ?

— Oui, souffla-t-elle. C'est ça.

— Donc, si j'étais ce petit coup de folie… Que feriez-vous ?

— Tout dépend de ce dont il s'agit.

Sa raison lui intimait d'arrêter tout de suite, mais une force obscure le poussa à continuer :

— Je vous embrasserais.

Lindy lui octroya un lent sourire.

— Dans ce cas, je vous rendrais le baiser.

— C'est la réponse que j'espérais, chérie.

Et là-dessus, il fit ce qu'il avait eu envie de faire depuis ce fameux jour, au bureau. Il attira Lindy à lui et écrasa sa bouche sur la sienne.

7

Lindy avait trouvé divin leur premier baiser, mais rien n'aurait pu la préparer au déferlement de sensations, à la griserie de cette nouvelle rencontre de leurs lèvres. Comment avait-elle pu décider d'éviter une telle expérience ?

Alors que Zeke l'attirait contre lui, elle se pendit à son cou et s'abandonna entièrement à la caresse. C'était ce qu'elle voulait. Ce dont elle avait besoin. Ce « coup de folie » lui allait à merveille. Elle méritait une nuit d'amour sans frein, d'un total abandon. Un échange sexuel offert à bras ouverts, et accepté librement.

Elle gémit lorsque la langue de Zeke s'insinua dans sa bouche, éveillant de petits frissons tout le long de son corps. Comme cette langue semblait vouloir se retirer, elle glissa une main sur la nuque de Zeke pour le retenir. Il aventura de nouveau sa langue plus avant, et une explosion de plaisir presque intolérable l'irradia tout entière.

C'était Zeke qu'elle voulait, rien que lui.

Elle agrippa ses cheveux et le sentit sourire contre ses lèvres. Comme il s'écartait, elle ouvrit les yeux, redoutant qu'il veuille finalement partir. Au lieu de cela, il effleura du pouce sa lèvre inférieure, plus sensible que jamais à présent.

— Ton coup de folie irait-il jusqu'à accepter que je reste, rien que pour cette nuit ?

— Oui.

Il abattit sa bouche contre la sienne pour un autre baiser rapide puis se mit debout et la cueillit au creux de ses bras.

— Où ?

— Ça m'est égal. Choisis.

— Je dirais bien ici, mais je tiens à ce que notre intimité soit garantie. Il ne faudrait pas qu'une petite visiteuse nous surprenne.

Il avait raison. Elle ne le voulait pas non plus.

— Ma chambre est au bout du couloir à gauche.

Zeke n'avait pas besoin d'autre explication. Il traversa le couloir d'un pas assuré, rapide mais sans précipitation.

Était-ce à cela que ressemblerait sa façon de faire l'amour ? Elle n'était pas sûre de savoir attendre.

Quand ils furent dans la pièce, il ferma la porte du bout du pied puis pivota de façon à faire face au battant.

— Ferme, Lindy.

Elle mit le verrou, les doigts un peu tremblants.

Zeke gagna le lit, et la laissa tomber dessus sans prévenir. Elle rebondit à une ou deux reprises, laissant échapper un rire. Mais ce rire mourut sur ses lèvres lorsqu'il se pencha sur elle, les mains posées de part et d'autre de son corps.

Mon Dieu !

Un rappel soudain de sa mémoire, dont ses muscles gardaient aussi le souvenir, la figea. Mais son esprit et son cœur remirent vite les choses en place.

Elle n'était plus prisonnière. Si elle demandait à Zeke de se lever, il le ferait. Il était sexy, fort, intense. Mais c'était aussi un homme bon et doux. Il avait quêté son autorisation à chaque étape, il n'avait rien tenu pour acquis. Il était ce dont elle avait besoin. Ce qu'elle voulait. Elle ne comprenait pas pourquoi il était résolu à passer la nuit avec elle, mais elle en était follement heureuse.

Il s'abaissa, prenant appui sur ses coudes, et l'embrassa de nouveau, ranimant avec vigueur les sensations étourdissantes qu'il avait éveillées en elle un peu plus tôt… Pour un instant seulement, car il se redressa et s'écarta d'elle.

Comme elle allait protester, elle le vit saisir le bord de son T-shirt et le passer par-dessus sa tête, révélant un torse ferme et hâlé, magnifique.

Elle n'avait pas envie que l'échange soit à sens unique.

Elle déboutonna les deux premiers boutons de son chemisier et tâtonna un peu avec le troisième, mais Zeke vint à sa rescousse, il les défit l'un après l'autre, fit glisser le chemisier de ses épaules, puis déglutit.

— Tu es belle, Lind. Tellement belle.

Ne s'y étant pas attendue, elle eut les larmes aux yeux.

Zeke lui effleura la joue du pouce pour chasser la larme qui y avait roulé.

— Qu'est-ce qui ne va pas ? demanda-t-il, rembruni.

— Rien. Tout va bien, je t'assure, dit-elle, levant les mains pour lui en envelopper le visage.

Elle huma sa senteur, la laissant s'infiltrer dans sa mémoire, désireuse de ne jamais oublier cet instant. Puis elle se délivra du chemisier qu'elle expédia quelque part vers le bout du lit.

— Fais-moi l'amour, murmura-t-elle.

Il déboucla sa ceinture, sortit son portefeuille de sa poche et en tira un préservatif qu'il posa sur le drap près d'elle.

Elle n'avait pas eu à demander. Il avait veillé au nécessaire. Seigneur ! Elle devait faire très attention, car il ne faudrait pas grand-chose pour qu'elle tombe amoureuse de cet homme. Or, c'était la dernière chose dont elle avait besoin, alors qu'elle commençait enfin à se trouver.

Mais, pour un soir, elle pouvait se repaître de Zeke sans sentiment de culpabilité, jouir de ce qu'il lui accorderait.

Il se débarrassa de son pantalon d'un coup de pied et se tint devant elle en boxer noir, le tissu moulant ne dissimulant rien de l'effet qu'elle lui faisait.

Elle avait envie de l'explorer, de le savourer, de prendre tout ce qu'il avait à offrir.

Elle posa les mains sur ses hanches étroites, les laissa s'aventurer sur sa peau au ras du boxer. Elle sentit frémir ses muscles et sourit.

— Ça chatouille ?

— Hum, oui, délicieusement.

Sa voix grave, légèrement rocailleuse, la rendit toute chose.

Savourant l'impact qu'elle avait sur lui, elle glissa les doigts sous l'élastique du boxer et empoigna ses fesses dures.

Il laissa échapper un murmure de gorge grave et bas indiquant qu'il aimait ça.

Zeke la grisait, il la portait à dépasser ses inhibitions.

Elle rabattit le tissu vers le bas en l'écartant pour faciliter le passage sur son pénis tendu, qui jaillit à l'air libre.

Elle ne put s'empêcher de le contempler fixement. Puis, l'attirant par les hanches, elle promena ses lèvres sur lui, arrachant à Zeke un juron sourd. Cela ne la retint pas, au contraire. Elle avait envie de lui donner du plaisir en laissant parler ce qu'elle était au plus profond d'elle. Et il y avait aussi une sorte d'avidité dans son élan : elle voulait qu'il la désire comme il n'avait jamais désiré une autre femme.

— Lindy…

Elle eut un coup au cœur de l'entendre prononcer ainsi son prénom, en un long gémissement rauque.

Comme elle s'écartait, se pourléchant les lèvres avec un sourire, il la renversa et la délivra de son pantalon avec une efficacité qui ne laissait aucun doute sur ses intentions. Son soutien-gorge et son slip en dentelle rejoignirent celui-ci, et il fut bientôt sur elle, l'embrassant à pleine bouche, laissant errer ses lèvres le long de sa mâchoire, lui mordillant le lobe de l'oreille, lui agaçant le creux du cou, atteignant enfin la pointe d'un sein, la suçant fort.

Elle se cambra, secouée par une tempête de sensations, chaque pouce de sa chair aspirant à ses caresses. C'était incroyable, elle se sentait basculer vers le point de non-retour. Mais lorsqu'elle sombrerait dans l'orgasme, elle voulait que Zeke soit en elle.

— Zeke, souffla-t-elle en explorant à tâtons la zone où il avait déposé le préservatif.

Il la devança, déchira le mince emballage et, d'un mouvement fluide, déroula le préservatif sur son pénis.

La vision était excitante, et elle aurait volontiers prolongé le jeu. Mais pour le moment…

Il lui écarta les genoux, puis, lui glissant les mains sous les hanches, il l'attira vers lui. Mais il laissa le geste en suspens.

Elle n'avait pas envie qu'il réfléchisse, elle voulait des actes ! Lui enveloppant les fesses de ses jambes repliées, elle lui signifia sans ambiguïté ce qu'elle attendait.

Et, soudain, il fut là, s'enfonçant en elle d'un mouvement rapide qui lui coupa le souffle. Il la fit retomber sur les draps, l'accompagna dans sa chute et prit sa bouche tout en entamant un mouvement de va-et-vient.

Elle ferma les yeux, savourant les sensations qui déferlaient en elle. Il n'avait pas pris le temps de la caresser, mais elle savait déjà qu'il n'aurait pas à le faire. La friction de leurs corps excités était une stimulation suffisante alors qu'elle se portait vers lui, quêtant d'autres poussées, encore et encore.

Lorsqu'il modifia légèrement l'angle de pénétration, elle hoqueta de plaisir, rouvrit les yeux pour chercher son regard, et découvrit qu'il la contemplait.

— Oh ! mon Dieu ! Zeke, je n'ai jamais...

— Dis encore mon nom, fit-il, le regard ardent, en s'enfonçant avec vigueur en elle. Dis-le.

— Zeke. Zeke, Zeke...

Alors qu'elle continuait de murmurer son prénom, il accéléra le rythme, éveillant en elle à chaque poussée des sensations aiguës. Et soudain, tout se précipita. Elle se contracta autour de son pénis, et sa voix mua en un cri. Le tempo s'accentua encore de façon inouïe, Zeke se tendit fortement, les muscles du visage contractés. Puis il s'effondra sur elle, l'entraînant dans un léger balancement, tandis que des éclats de volupté crépitaient encore en elle.

Puis ce fut fini. La joue de Zeke glissa contre la sienne, il roula sur lui-même, l'entraînant avec lui, et il l'embrassa.

— Que vient-il de se passer, bon sang ?

Cette question la déconcerta, puis elle comprit qu'il n'attendait pas réellement de réponse. Il avait seulement formulé à voix haute la question qu'elle se posait elle-même.

C'était tant mieux, car elle n'avait aucune réponse à y apporter. Mais l'interrogation fit écho dans son esprit : que venait-il de se produire, exactement ?

Et, tout comme elle avait fini par crier le prénom de Zeke dans l'intensité de la passion, la question prit de plus en plus de force, à en devenir assourdissante.

Elle devrait aller au travail et faire face à cet homme le surlendemain…

Et soudain, elle ne fut pas certaine d'en être capable. Pas sans qu'il puisse lire la vérité sur son visage. Elle avait voulu que cette nuit soit seule en son genre, elle l'avait vue comme un moyen de se sortir cet homme de la tête. Or, ce plan avait échoué, car à présent elle ne pensait plus qu'à lui. La normalité qu'elle avait conquise ne lui paraissait plus si normale que ça. Elle était nerveuse, rongée d'incertitude, et commençait à croire que ça n'avait pas été une très bonne idée. Elle aurait été incapable de se donner une explication, et à Zeke moins encore.

— Pour lundi…, commença-t-elle.

Aucun mot ne lui vint qui aurait pu exprimer ce qu'elle ressentait. D'autant qu'elle était allongée sur Zeke, savourant encore le plaisir d'être reliée à lui.

Il fronça les sourcils.

— Quoi, lundi ?

Elle perçut aussitôt dans sa voix une circonspection qui faisait écho à la sienne, et cela la mit en un rien de temps debout loin de lui.

Il ne tenta pas de se lever ni de se couvrir, mais pour sa part, elle gagna la salle de bains et passa son peignoir.

Lorsqu'elle retourna dans la chambre, il était assis, les cheveux ébouriffés comme un adolescent. Mais son regard était celui d'un homme mûr et prudent, il exprimait une austérité qu'elle n'avait jamais vue chez lui. Elle voulait apaiser ses craintes, lui assurer qu'elle ne voulait pas que les choses changent entre eux au travail, mais il la devança :

— Je sais que ceci n'était prévu ni de ma part ni de la tienne, mais cela a eu lieu. Si grand que soit le plaisir que j'y ai pris, cela ne doit pas modifier ce qui se passe en salle d'opération. Parce que si ça arrivait, si ça rejaillissait sur nos patients…

Il ne voulait pas qu'elle soit là ? Qu'elle l'assiste en chirurgie ou à l'hôpital même ?

Elle prit une profonde inspiration.

— Je ne suis pas sûre de te comprendre.

Il lui saisit la main et la retint avant qu'elle puisse la retirer.

— Les gens remettent leurs vies entre nos mains, Lindy. Ils nous font confiance pour qu'on se concentre pleinement sur ce qui doit être fait. Si ceci modifie cet engagement pour toi ou moi, alors nous ne pouvons plus travailler ensemble.

Une douleur vive la transperça.

Elle s'apprêtait à dire à Zeke qu'elle voulait rester sur le terrain professionnel comme d'habitude, et il ne voulait plus travailler avec elle !

— Est-ce que...

Sa voix flancha, car la peur surpassait la douleur.

Elle allait lui demander s'il voulait qu'elle démissionne, mais c'était là la réaction d'une femme acculée. La nouvelle Lindy devait se montrer forte.

Elle transforma sa question en constat.

— Je ne vais pas démissionner, si c'est ce que tu penses.

Zeke la dévisagea.

— Bon sang, non ! D'où te vient cette idée ?

— J'avais cru... Tu as dit que nous ne pourrions plus travailler ensemble.

— Je ne parlais pas de l'hôpital dans son ensemble, dit-il, passant une main dans ses cheveux. Une minute, je reviens.

Il gagna la salle de bains, emportant son boxer, qu'il avait remis lorsqu'il revint.

— J'ignore d'où tu tires cette idée, mais je ne te demanderais jamais de démissionner. Je veux juste que ce qui s'est passé cette nuit n'ait pas d'incidence sur nos patients. Personnellement, je crois pouvoir mettre cette expérience dans une case à part et l'y garder pendant le travail au bloc. Toi aussi, j'espère ?

— Absolument, dit-elle, soulagée et consciente qu'il avait formulé les choses mieux qu'elle ne l'aurait fait. Ce n'est pas susceptible de se reproduire, alors je vote pour qu'on laisse ça derrière nous.

— J'approuve.

Zeke paraissait plus sûr de lui qu'elle ne l'était au fond d'elle, mais s'il montrait une telle assurance, alors elle aussi.

À vrai dire, elle devrait le remercier. C'était bien qu'elle ait eu sa première expérience sexuelle post-maritale avec quelqu'un comme Zeke en qui elle avait instinctivement confiance.

À la pensée de ce prénom, elle frissonna de plaisir.

Cela l'avait excitée qu'il aime l'entendre dire son prénom. Et elle aimait qu'il l'appelle Lind. Peu de gens lui donnaient ce diminutif. Luke n'y avait jamais eu recours, il n'avait pas eu de mots doux pour elle...

Elle aimait un peu trop cette nouveauté. Elle devait éviter de se faire des idées car, c'était vrai, elle pourrait s'éprendre de Zeke. Mais il était visiblement sur une autre longueur d'onde. Il n'envisageait pas un avenir durable pour eux. Ils ne formaient pas un couple, et il était improbable qu'ils le deviennent un jour. Alors, elle avait intérêt à s'ôter ça de la tête. Inutile de languir après lui et de se demander s'il ressentait la même chose. C'était non. Il venait de dire qu'il pouvait enfermer ce qu'il venait de se passer entre eux dans une boîte et l'y garder scellé hermétiquement.

Pourvu qu'elle ait la force d'en faire autant !

Elle n'était pas stupide. Elle avait conscience que les sentiments qu'il faisait surgir en elle pouvaient, si elle n'y prenait garde, virer à l'engouement sensuel, à la toquade basée sur des sensations agréables.

« Des sensations agréables » ? Les mots étaient faibles pour traduire ce qu'elle avait éprouvé ! Et cela faisait partie du problème. Elle ne voulait pas chercher de mots plus forts.

Elle se secoua, s'arrachant à l'errance de ses pensées, et vit Zeke posté devant elle torse nu, mains sur les hanches.

Son cœur fit un bond dans sa poitrine.

C'était l'un des hommes les plus séduisants qu'elle ait jamais côtoyés. Il fallait qu'il s'habille avant qu'elle ne commette quelque idiotie, comme lui enlever son boxer et le traîner au lit. Si cela arrivait, elle aurait encore plus de mal à le laisser partir.

— Je suis contente qu'on soit d'accord sur la ligne à suivre, dit-elle.

Elle n'était pas sûre qu'ils le soient, mais elle ne voyait rien d'autre à dire pour qu'il sorte de sa chambre et de sa maison.

Comme s'il avait lu en elle, il prit son pantalon de treillis et l'enfila. Se rendant compte qu'elle le contemplait, elle se détourna, et retapa le lit. Mais cela lui rappela la façon dont elle l'avait attiré à elle pour glisser sa bouche sur…

Seigneur ! Y avait-il une boîte assez grande pour tout y enfermer ? Elle devait en trouver une à tout prix !

Du moins, Zeke était maintenant rhabillé, et il avait relogé le portefeuille dans sa poche. Il n'y avait pas à craindre que ce qui s'était passé se répète. Pas cette nuit, du moins, et aucune autre nuit à suivre sans doute. Il l'avait avertie. Si elle voulait continuer de travailler avec lui, elle avait intérêt à se ressaisir !

Elle lui sourit donc et l'accompagna jusqu'au seuil, continuant de sourire tandis qu'il gagnait sa voiture et démarrait, la laissant en proie au doute.

Car si Zeke n'avait aucune peine à effacer de sa mémoire les événements de la soirée, elle n'était pas sûre de pouvoir suivre son exemple. Mais si elle en était incapable, elle devrait jouer diablement bien la comédie pour éviter qu'il ne voie au travers d'elle ce qui se passait dans son cœur.

8

Le lundi matin, Zeke fut soulagé de retrouver Lindy dans la salle d'opération, déjà en tenue. Même si elle avait dit vouloir suivre le cas de Tessa, il n'était pas tout à fait sûr qu'elle serait là. Surtout après s'être montré aussi pontifiant au sujet de ce qui était mieux pour leurs patients.

Comme si elle n'était pas du même sentiment que lui à ce sujet ! Si elle ne s'était pas présentée et avait refusé de travailler avec lui, il ne le lui aurait pas reproché. Non pas à cause de ce qui s'était produit l'avant-veille, mais parce qu'il s'était comporté en patron et non en collègue.

Elle était infirmière et lui chirurgien, mais cela ne signifiait pas qu'il lui était supérieur. Certes, il dirigeait le bloc opératoire, mais il n'avait pas à dire à une infirmière à quel endroit elle pouvait travailler ou non. Pas sans une bonne raison.

Et il n'allait dire à personne ce qui s'était passé entre eux. Il espérait seulement que Lindy serait aussi secrète que lui. Pas parce qu'il en était gêné ou honteux, pas du tout, mais le lieu de travail n'était pas l'endroit indiqué pour se prêter à ce genre de confidence. La nouvelle serait déformée, et si par malheur quelque chose tournait mal…

Et voilà, il recommençait. Il réagissait comme s'il était le seul à savoir se contenir !

Lindy avait autant à perdre que lui, et même plus. Elle était nouvelle à l'hôpital. Elle ne voudrait en aucun cas qu'on sache qu'elle avait couché avec lui. Donc, ils feraient comme ils avaient dit et garderaient le secret.

Heureux de la voir, il lui octroya un sourire plus chaleureux qu'il n'aurait dû.

— Tout va bien ?

— Oui, merci.

Elle avait répondu avec raideur, de façon formelle.

Il comprenait. Il n'avait pas voulu lui donner l'impression que son job était menacé, il avait mesuré après coup seulement le sens qu'elle avait attribué à ses propos. Il espérait avoir éclairci ce point, mais peut-être n'y avait-il pas tout à fait réussi. En tout cas, à ce stade, il ne voyait pas comment rendre les choses plus claires.

Croyait-il vraiment pouvoir lui-même maintenir une séparation entre sa vie personnelle et sa vie professionnelle ?

En fait, non. Lorsqu'il était reparti de chez elle, en la regardant dans le rétroviseur, il avait soudain douté d'être capable de maintenir cette séparation. Et cela l'avait terrifié.

Il avait trouvé chez elle un désir d'exploration passionné qui l'avait secoué. Comme si le monde qui s'ouvrait à eux était tout neuf et brillant, prêt à ce qu'ils en fassent la conquête. Cela l'avait atteint de plein fouet et ému.

Sa femme et lui avaient entamé une relation sexuelle à une époque où ils étaient tous deux novices. Cette expérience-ci était différente, nouvelle.

La réaction de Lindy avait peut-être son origine dans ce qu'elle avait subi. Le fait qu'elle ait confiance en lui, qu'elle le croie incapable de se conduire comme son mari défunt, le touchait. Cela le rendait humble. Mais cela lui faisait aussi comprendre qu'il n'était pas un partenaire idéal pour elle. Il ne pouvait pas lui promettre d'être là quand elle en aurait besoin. Après tout, il avait prouvé qu'il n'était guère digne de confiance dans ce domaine : au lieu de regarder en face les problèmes, il se retranchait en lui-même, repoussait toute tentative pour l'atteindre.

Mais il devait surmonter cela et se comporter comme le professionnel qu'il prétendait être.

Il prit donc une forte inspiration.

— Prêts ?

Il regarda ceux qui l'entouraient et vit les hochements de tête de ceux qui se dévouaient à la même cause que lui : sauver des vies, aider les enfants à vivre avec les meilleures chances de bonheur et de bien-être.

Contrairement à la fois précédente, Tessa était à présent sous anesthésie générale, car cette opération serait beaucoup plus invasive que la première. Il avait planifié l'ablation de la tumeur. Cela impliquait de prélever une partie de l'estomac, cet organe ayant heureusement la particularité de pouvoir se dilater et s'adapter aux besoins de l'individu.

— Allons-y, dit-il. Scalpel.

Comme lors des précédentes opérations, Lindy anticipa tous ses besoins, plaçant l'instrument désiré dans sa main gantée presque avant qu'il ne le demande.

Sauf que cette fois, il avait une conscience aiguë du contact de ses doigts. Il avait beau tenter de l'oblitérer, il n'y parvenait pas.

Il localisa la tumeur sur la paroi de l'estomac et bloqua avec soin l'apport sanguin au nodule à l'aide d'une pince chirurgicale.

— Prêt pour l'ablation.

D'une main remarquablement sûre, il progressa à la lisière de la tumeur, indiquant les positions sur un diagramme afin de savoir précisément où avait été localisée la grosseur. Ce serait nécessaire si la pathologie se renouvelait à partir de cellules tumorales encore présentes après l'ablation. S'il laissait des cellules anormales, il y aurait de fortes chances pour que la tumeur se développe à nouveau. Ensuite, il souleva la tumeur et la déposa dans le conteneur en acier inoxydable que Lindy lui présentait.

— J'ai besoin qu'on porte ça au labo pour savoir si les pourtours sont propres.

Le laboratoire de biologie effectuerait un rapide examen pour détecter des cellules anormales à la lisière de la tumeur, et s'ils en trouvaient, préciser à quels endroits. Dans ce dernier cas, il saurait précisément où ôter plus de tissu, qui serait ensuite contrôlé aussi.

L'une des infirmières prit le bac contenant le spécimen.

— Je reviens tout de suite, dit-elle.

L'attente commença.

Il n'y avait pas de musique dans la salle d'opération. Il préférait travailler dans le silence. Son équipe le savait et se limitait à des conversations minimales à voix basse pour ne pas le distraire.

Les yeux de Lindy croisèrent les siens par-dessus le masque.

— Ça avait l'air net, dit-elle.

— Merci. Tout va bien ? demanda-t-il à l'anesthésiste.

— La petite est en bonne forme.

L'horloge égrenait les secondes, et le tic-tac résonnait dans la tête de Zeke alors que le temps s'étirait, prenait l'allure d'un rêve surréel. Mais cela n'avait rien d'un songe. Il s'agissait de la vie d'une enfant, et il ne voulait pas suturer la plaie avant d'être certain que c'était sans danger.

Dix minutes plus tard, une infirmière prit l'appel du labo. Elle lui adressa un signe, pouce levé, avant de raccrocher.

— Tout est net.

Une série de murmures satisfaits parcourut la pièce.

— Refermons-la.

Il sutura l'estomac avec de petits points précis, pour ne pas risquer qu'un trou ou une fuite apporte le danger d'une péritonite et d'une deuxième chirurgie, ou pire. Cela fait, il entreprit de coudre les muscles abdominaux, et enfin l'épaisseur de la peau, avant de lever les yeux vers l'horloge.

L'opération avait pris trois heures, et non quatre comme il l'avait estimé. C'était en partie grâce au savoir-faire de son équipe, et en particulier de Lindy, qui avait brillamment rempli son rôle. Il avait eu un ou deux rudes moments, mais elle avait tenu le coup sans faillir.

— Bon travail, comme d'habitude, dit-il. Mettons-la en salle de réveil. Quelqu'un prend un café ?

Il avait pris soin de le proposer assez tôt pour que Lindy

ne se sente pas sur la sellette si personne d'autre que lui ne se portait volontaire.

Deux infirmières répondirent qu'elles venaient. Quant à Lindy, elle hésita comme si elle se demandait quelle était la place de cette invitation dans les règles qu'ils avaient définies concernant leurs relations de travail. Finalement, elle acquiesça.

Il en éprouva un profond soulagement.

Peut-être allaient-ils s'en tirer, après tout. Lindy ne s'était peut-être pas méprise sur ses intentions autant qu'il l'avait cru. Ou du moins, elle lui accordait le bénéfice du doute.

Et c'était tout ce qu'il pouvait demander. À dater de maintenant, plus de soirées cinéma ni de nuits de quelque sorte que ce soit avec Lindy pour sa tranquillité d'esprit.

Le vendredi soir suivant, alors que Zeke s'apprêtait à quitter l'hôpital, il entendit des petits pas se précipiter derrière lui dans le couloir, et avant qu'il ait pu l'éviter, Daisy s'était cramponnée à sa jambe.

Il se figea, regardant la petite fille lever les yeux vers lui, un adorable sourire aux lèvres.

Marina avait eu coutume de se précipiter vers lui et de faire pareil. Mais cette enfant n'était pas Marina.

Lindy survint en toute hâte pour rattraper sa fille.

— Je suis vraiment navrée, dit-elle. Je me suis aperçue trop tard qu'elle m'avait échappé.

Il déglutit.

Il pourrait en dire autant de Marina. Il n'avait pas pris conscience non plus que celle-ci lui avait échappé, avant qu'il ne soit trop tard. Et il lui avait fallu encore plus de temps pour admettre qu'elle ne reviendrait pas...

Serrant les mâchoires, il eut un sourire contraint.

— Il n'y a pas de souci, assura-t-il.

— Daisy, il faut lâcher Zeke, dit Lindy, détachant de lui les doigts de sa fille puis la soulevant dans ses bras.

La fillette le regarda dans les yeux.

— Zeke, peux venir voir film ?

— Non, pas ce soir.

C'était une semaine après la soirée désastreuse où il avait raccompagné Lindy chez elle et lui avait fait l'amour. Elle ne lui avait pas demandé de venir ce soir. En fait, elle lui avait clairement fait comprendre qu'elle ne le désirait pas. Tant mieux, car ainsi il n'aurait pas à refuser une invitation – invitation qu'il aurait évidemment rejetée. N'est-ce pas ?

— C'est quoi, le film ? demanda-t-il par simple curiosité.

— *Princesse malgré elle !* s'écria aussitôt Daisy, l'air ravi.

Il ne put s'empêcher de sourire à son tour.

— Tu aimes toujours les princesses, hein ?

— Princesse !

Quand il leva les yeux vers Lindy, il la trouva tendue.

— Sois tranquille, je ne viendrai pas, lui dit-il.

— Je ne pensais pas que...

— Je sais, coupa-t-il.

Pourtant, elle serra plus étroitement Daisy contre elle, comme pour l'exclure de leur petit cercle.

Il en fut blessé, ressentant comme un avant-goût de ce que l'on ressent quand on est repoussé.

— Je ne veux pas que mes parents se fassent des idées, ce qui risquerait de se produire si ça devenait régulier.

La pensée de soirées cinéma régulières et de tout ce qui allait avec stimula une part de lui-même qu'il réduisit au silence.

— Je ne veux pas plus que toi qu'ils se fassent des idées, dit-il en se forçant à donner une pichenette taquine à la petite fille. Même si les princesses vont me manquer.

Saisissant l'ambiguïté du propos, il précisa :

— Les princesses de l'écran.

Décidément, il s'enferrait ! Il semblait enclin à tout gâcher même lorsqu'il tentait d'arranger les choses.

Daisy se mit à rire et serra très fort sa mère, puis eut un soudain accès de toux sonore.

Il sentit son cœur se serrer.

— Est-ce qu'elle va bien ?

— Oui, c'est juste une allergie ou quelque chose dans ce genre. Cela lui arrive de temps à autre.

« Une allergie ou un truc de ce genre ». N'avait-il pas prononcé lui aussi ces mots ?

— Tu lui as fait passer un examen ?

Lindy lui adressa un sourire en coin.

— Je suis infirmière, tu te rappelles. Oui. Je l'ai amenée chez le pédiatre et lui ai fait passer un examen. Il n'y a pas à s'inquiéter.

Il se détendit, même si lui-même, médecin, n'avait pas repéré les signes révélateurs quand Marina était tombée malade. Mais c'était un rappel, s'il en fallait un, que ce n'était pas une bonne idée de s'engager dans une relation avec une femme qui avait un enfant.

Il était heureux comme ça, son travail lui apportait tout l'accomplissement dont il avait besoin. C'était du moins ce qu'il ne cessait de se répéter.

Commençait-il à mettre cette certitude en doute ?

Peut-être bien, car il se sentait un peu abattu à la pensée de ne pas passer la soirée en compagnie de Daisy et de sa mère. Lindy était de toute évidence plus douée que lui pour compartimenter les choses.

— Eh bien, je suis content qu'elle soit en bonne santé, dit-il.

— Pendant que nous y sommes, commença Lindy en relevant sa fille sur sa hanche, comment va Tessa ? Tu sais quand elle va sortir ? J'espérais passer la voir. Je suppose qu'elle sera encore à l'hôpital demain.

— On ne la laissera pas sortir avant un jour ou deux. Je veux être sûr que tout se passe bien quand les liquides et les solides seront réintroduits dans son régime alimentaire. Ses parents remercient le ciel.

— Je n'en doute pas. Tu es un grand chirurgien.

Ce n'était pas le sens de son propos.

— Ils ont eu de la chance que la tumeur soit bénigne, rectifia-t-il.

— Je suis certaine qu'ils se félicitent aussi que ce soit toi qui l'aies opérée. Ne te sous-estime pas.

— Ce n'est pas le cas.

Il se savait bon chirurgien. Mais parfois, il se demandait s'il n'était pas défaillant sur le plan de l'empathie, en s'efforçant de rester émotionnellement détaché de ses patients alors même qu'il tentait de les sauver. De la même manière, il avait autrefois tenu son ex-femme à distance. Tessa avait ouvert une faille dans ce système, et Daisy s'était engouffrée encore plus avant dans la brèche. Il devait faire attention, ou il n'aurait bientôt plus aucune protection.

Lui en fallait-il une, d'ailleurs ?

Il avait eu coutume de penser que oui. Mais à présent ?

— Bon, il faut qu'on y aille. Maman est allée rendre visite à une amie malade, et elle est censée nous rejoindre dans le hall.

— Passe une bonne soirée. Au moins, tu te coucheras à une heure raisonnable.

La coloration soudaine du visage de Lindy lui révéla qu'elle savait précisément à quoi il faisait allusion.

— Eh bien, je suppose que toi aussi, dit-elle.

C'était douteux, mais il n'allait pas lui avouer qu'il avait connu plusieurs nuits d'insomnie, à se rappeler ce qu'ils avaient fait une semaine plus tôt. Et évoquer cette expérience, même de manière taquine, n'allait sûrement pas l'aider. Il ferait mieux de laisser tomber le sujet avant de s'enliser – ou de changer d'avis pour ce qui était de regarder le film de princesses de Daisy. Plus il s'éloignerait de cette idée, mieux cela vaudrait.

Trois jours plus tard, Lindy avait rendez-vous avec Zeke dans un hôpital voisin dont le service d'assistance téléphonique pourrait inspirer celui du futur centre d'aide aux femmes de Mid Savannah. Ils devaient y passer une heure ou deux, voir comment se déroulaient les choses, puis faire un rapport à Niel et au comité.

Et si cela les amenait à répondre au téléphone ? Elle n'était soudain pas sûre de pouvoir affronter ça devant lui…

Prenant une profonde inspiration, elle attendit que Zeke pousse la porte et lui emboîta le pas.

Les lieux étaient déserts à l'exception de deux personnes : l'une était assise à un bureau, un téléphone à la main, et l'autre, qui paraissait être son superviseur, se penchait au-dessus d'elle. L'homme griffonna sur un calepin puis le poussa vers la jeune femme au téléphone.

Les appréhensions de Lindy s'accrurent. Cette bénévole affrontait-elle un appel difficile ?

L'homme leur fit signe d'avancer, et ils attendirent qu'il en ait terminé avec la jeune femme. Le petit bureau paraissait avoir été à une époque un grand placard de fournitures. Il n'y avait guère de place. À eux quatre, ils occupaient presque tout l'espace.

Lindy avait envisagé un endroit plus vaste avec assez de place pour que deux ou trois personnes y travaillent ensemble. Et pour recevoir des gens sans rendez-vous en cas de nécessité. Mais une seule bénévole ? Personne ne pouvait prendre la relève si elle se retrouvait dans une situation dangereuse !

Non, ce n'était pas tout à fait vrai. Lors de son entretien préalable avec la responsable de ce service, elle avait appris qu'une deuxième ligne permettait d'alerter les secours ou de faire appel aux services aptes à traiter les problèmes les plus compliqués. Ou les plus dangereux. C'était un point à ne pas oublier lorsqu'ils ouvriraient le centre de Mid Savannah. Là où elle-même avait été bénévole, un bouton d'appel d'urgence permettait d'alerter la police si, par exemple, un compagnon enragé se présentait. Elle n'avait jamais eu à actionner, heureusement !

— Tu es déjà venu ici ? demanda-t-elle à voix basse à Zeke.

— Non, c'est la première fois, et ce n'est pas ce que j'imaginais.

— Moi non plus. Là où j'ai travaillé, il y avait plusieurs lignes, et de la place pour recevoir les personnes qui venaient, précisa-t-elle. D'ailleurs, j'ai des visées sur un bâtiment que je voudrais visiter quand nous sortirons d'ici.

Elle était mal à l'aise d'avoir fait appel à Zeke pendant son jour de relâche, d'autant que cette structure s'avérait vraiment restreinte. Mais des membres du comité directeur exerçaient des pressions sur Neil pour que les choses avancent plus vite.

Elle avança vers le duo au téléphone et comprit que la bénévole tentait d'obtenir une adresse. Le haut-parleur était mis, et la femme au bout du fil semblait en colère.

— Je veux savoir où je peux avoir un bon avocat pour faire un procès à mon petit ami ! Il m'a frappée !

La voix de l'interlocutrice était belliqueuse plutôt qu'effrayée.

— Je ne peux pas vous fournir ce genre d'information, répondit l'opératrice, mais je suis en mesure de vous obtenir de l'aide si vous êtes en danger. Comment s'appelle ce petit ami ?

— Je refuse de vous le dire.

Quelques jurons bien sentis retentirent à travers le haut-parleur, amenant la bénévole à hausser les sourcils en direction de son superviseur. C'est alors que Lindy aperçut ce qu'il avait écrit sur le calepin.

Canular possible.

Cela n'y ressemblait pas, la femme avait une voix presque pâteuse, comme si elle avait bu ou pris une substance qui altérait ses facultés.

— Dans ce cas, pouvez-vous me donner votre adresse, pour que nous veillions à ce que vous soyez en sécurité ?

Clic. La femme avait raccroché.

La bénévole soupira.

Jeune, avec de longs cheveux blonds et de grands yeux bleus, elle se présenta sous le nom de Tara Sanders.

— Désolée de t'avoir sollicité pour rien, dit-elle à son partenaire. Je n'avais jamais eu un appel de ce genre. D'abord, j'ai cru qu'elle était suicidaire. Et tout à coup, elle a demandé un avocat !

Todd Grissom, son partenaire, hocha la tête.

— Il paraît préférable d'accorder aux gens le bénéfice du doute lorsque les circonstances s'y prêtent. Mais elle a raccroché, alors nous sommes obligés de remettre l'enregistrement à la police, qui pourra peut-être en tirer parti. Bien entendu, nous conserverons le numéro de téléphone, comme pour tous les appelants.

Zeke regarda autour de lui.

— Je vois un autre bureau avec un téléphone, dit-il en désignant l'espace derrière Tara.

— Nous avons une deuxième ligne. Malheureusement, nous manquons de volontaires pour la gérer. Nous allons devoir jeter l'éponge si rien ne change dans les deux mois à venir.

Lindy n'était pas sûre de comprendre.

— Y avait-il assez de volontaires lorsque vous avez lancé cette initiative ?

Ce fut Tara qui répondit :

— Il y a trois ans que je suis bénévole, et il y avait beaucoup de monde au début. Mais les gens se lassent. Ils s'épuisent. Il y a un flot intarissable de gens qui ont besoin d'aide, et on manque de moyens pour faire face.

C'était pour cette raison que Mid Savannah désirait ouvrir un centre.

— Combien d'appels quotidiens avez-vous en moyenne ? s'enquit Lindy.

Alors même qu'elle prononçait ces mots, le téléphone derrière Tara se mit à sonner. Todd prit l'appel, parlant à voix basse tandis qu'il notait les propos de son interlocutrice.

— Je dirais qu'on a une quarantaine d'appels, dit Tara.

Lindy effectua un rapide calcul.

— Donc, cela fait environ cinq appels par heure.

Et moins d'un quart d'heure à accorder à chaque personne.

— Et si on tente de vous joindre pendant que vous êtes en ligne ?

— Les gens ont un signal « occupé ». Todd ne répond que si personne d'autre n'est disponible. Pour certaines femmes, c'est difficile de se confier à un homme. Mais rien ne garantit que celle qui a appelé le refera plus tard.

— Eh bien, merci beaucoup de nous avoir autorisés à venir et à observer votre fonctionnement, dit Lindy.

— Vous ne voulez pas essayer de gérer un appel ? Nous avons un dossier avec un ensemble de renseignements qui nous aide énormément. Vous étiez volontaire à Gretchen's Place, c'est ça ?

— En effet.

— Preniez-vous les appels ?

— Oui. C'était aussi très surchargé.

Mais là-bas, le flot de bénévoles ne s'était pas tari.

Tara prit sous son bureau un épais classeur, qu'elle posa sur le plan de travail.

Hou là, il était bien plus épais que tout ce qu'ils avaient pu avoir à Gretchen's Place !

— Comment vous y retrouvez-vous ?

— C'est classé par ordre alphabétique.

Todd était toujours au téléphone en arrière-plan.

Lindy se tourna vers Zeke.

— On s'en va tout de suite après, d'accord ? Sauf si tu veux essayer toi aussi.

Zeke secoua la tête.

— Je me débrouille mieux en tête à tête qu'au téléphone.

— À Gretchen's Place, dit Lindy, il y avait un registre où on notait tous les numéros.

Tara ouvrit le classeur à la première page.

— Nous en avons un aussi. Il faut également enregistrer l'appel et en avertir la personne au bout du fil. On attribue à chaque appel un numéro, ce qui permet sa sauvegarde automatique sur ordinateur. On peut ensuite le ressortir à une date ultérieure, ainsi que l'enregistrement, le jour et l'heure. Cela permet de se couvrir pour le cas où quelqu'un remettrait en question notre version de la conversation.

Lindy était impressionnée. La petite taille du lieu ne lui avait pas laissé supposer que l'assistance téléphonique était aussi sophistiquée. Ils avaient bien démarré, mais les choses avaient fini par tomber à l'eau pour Dieu sait quelle raison. C'était un rappel salutaire du fait que, dans une telle mission, il ne faut pas se reposer sur ses lauriers.

Elle jeta un coup d'œil vers Tara, qui semblait attendre sa réaction.

Elle pouvait aborder les choses comme elle l'avait fait dans l'autre hôpital. Ce n'était sans doute pas très différent.

Elle se glissa sur la chaise et regarda l'écran.

Tara prit une deuxième chaise et s'assit près d'elle, ouvrant le classeur à la page d'une liste de numéros de téléphone.

— Voici les organismes dont on a besoin. On peut aussi les afficher sur l'ordinateur.

Elle se pencha pour cliquer sur une icône baptisée « Références ressources », et une page identique à celle du classeur s'afficha sur l'écran.

— Tout est là, donc on n'a pas à sortir le classeur chaque fois qu'on veut communiquer un numéro de téléphone. Il faut essentiellement écouter et s'assurer que la personne qui appelle n'est pas en danger immédiat.

— Si quelqu'un me paraît en danger, puis-je le signaler même si la personne soutient qu'elle ne risque rien ?

— Absolument. C'est arrivé plus d'une fois. À la fin, on sauvegarde toujours la communication. Un membre de l'équipe collationne régulièrement les appels. Si une alerte a été résolue, par exemple si on a dirigé la personne vers un lieu approprié, on efface l'enregistrement pour libérer de l'espace. Mais le numéro de téléphone, la date et l'heure restent mémorisés pour appuyer les demandes de subventions.

— OK, j'ai compris.

Lindy leva les yeux et surprit le regard de Zeke sur elle.

Bon sang ! Comment allait-elle pouvoir se concentrer s'il la regardait comme ça ?

Comment la regardait-il, d'ailleurs ? Elle ne le savait pas très bien. Mais ça lui plaisait. Leur nuit d'amour lui faisait presque l'effet d'un rêve aujourd'hui. Une combinaison irréelle de réactions physiques et émotionnelles qui auraient pu être celles d'une autre. Ce n'était pourtant pas le cas. Elles lui appartenaient, et elle ne voulait pas y renoncer. Pas encore.

La bouche sexy de Zeke s'incurva en un demi-sourire qui la rendit toute chose.

— Qu'est-ce qu'il y a ?

— Rien. J'ai juste hâte de te voir à l'œuvre.

Elle lui décocha un regard aigu, mais rien dans son attitude n'indiquait que ces mots avaient une portée cachée.

Était-elle la seule à avoir du mal à oblitérer le souvenir de cette nuit ? Si seulement c'était aussi facile que de faire disparaître les traces d'un appel sur l'ordinateur !

Mais même si elle parvenait à l'effacer, il en resterait sans doute quelque trace, une sorte de mémo mental gravé en elle à jamais, comme pour les données dont avait parlé Tara.

Et c'était probablement bien ainsi.

Toute expérience, dans la vie, est une occasion de mûrir. Même si elle ne savait pas très bien ce que lui avait enseigné cette nuit d'abandon, sinon d'être plus circonspecte quand elle serait aux prises avec un désir sexuel débridé...

Elle sourit, car c'était une parfaite description de ce qui s'était produit : elle avait laissé parler son appétit sexuel, et il s'était déchaîné. Elle avait eu un coup de folie.

« Coup de folie ». Elle avait prononcé ces mots, et Zeke les lui avait rappelés...

Comme s'il savait exactement ce qu'elle pensait en cet instant, il posa son regard sur sa bouche.

Lindy réalisa qu'elle souriait. Elle devait se ressaisir !

— Non. Désolée, dit-elle, se hâtant d'effacer ce sourire. Que devrais-je savoir d'autre ?

Ce fut Zeke qui répondit :

— Tu as l'art de te fourrer dans des situations impossibles, tu en sais sans doute déjà assez.

Il avait deviné la dérive de ses pensées !

Tara sourit à son tour.

— Il a raison. Il n'y a pas besoin d'ingurgiter tout ce qu'il y a à savoir pour gérer un seul appel.

C'était vrai concernant l'assistance téléphonique. Mais pour le reste ?

Lindy avait envie d'admettre qu'elle désirait sentir encore la bouche de Zeke sur la sienne. Mais cela n'arriverait pas. Pas maintenant, en tout cas. Plus jamais, peut-être...

Le téléphone sonna, la faisant tressaillir.

Seigneur ! Allait-elle réellement décrocher ?

— C'est à vous. Je suis là en cas de besoin, dit Tara.

Hélas, c'était de Zeke qu'avait besoin Lindy. Et elle craignait qu'il ne soit déjà conscient de l'impact qu'il avait sur elle. Il était hors de question qu'elle l'admette, car il ne lui offrait rien de durable. Même pas de rééditer leur nuit.

Elle souleva le récepteur, dit bonjour d'une voix un peu tremblante et attendit de voir à quoi elle avait affaire.

9

Zeke supporta tant bien que mal les deux heures de visite du centre d'appel puis d'un immeuble situé quelques pâtés de maisons plus loin. C'était une chose que d'être confiné dans un petit espace avec d'autres personnes, et une toute autre de se retrouver dans un vaste entrepôt sans autre compagnie qu'un agent immobilier qui attendait patiemment que Lindy et lui effectuent leur visite.

Au centre d'appels, il avait frimé, taquiné Lindy, conscient qu'ils n'avaient pas d'autre échappatoire. Mais il avait senti sa souffrance contenue, si vive qu'il avait eu peur qu'elle n'explose. Craignant qu'elle ne retourne dans le monde de la peur et du déni, il avait tenté d'alléger l'atmosphère, et du coup c'était devenu plutôt chaud pour lui.

Il avait le sentiment que Lindy et lui avaient quelque chose en commun en dehors du fait d'avoir couché ensemble. Et c'était loin d'être aussi agréable ! Était-il possible qu'elle souffre de stress post-traumatique à la suite de son expérience ?

C'était à envisager, comme pour n'importe quelle personne affectée par un traumatisme profond, y compris lui.

Leurs ébats sexuels avaient oblitéré cela pendant une brève période. Un peu comme une de ces drogues qui, utilisées une fois, rendent accro à vie. Il se surprenait à vouloir renouveler l'expérience. Mais ils étaient convenus que cela n'arriverait plus.

Lindy acheva de faire le tour des lieux.

— Eh bien, cet endroit pourrait convenir, je pense.

— Il faudrait investir pas mal d'argent pour l'adapter aux besoins du centre.

— Ce sera le cas pour n'importe quel autre lieu.

Ils revinrent vers la voiture, et Lindy mit le contact.

Il se tourna pour lui faire face et lui toucha l'épaule.

— Est-ce que ça va ?

— Oui, je crois. Mais je suis plutôt surexcitée. J'aurai sûrement du mal à m'endormir. Je te dépose chez toi ou à l'hôpital ?

Comme il n'était que 19 heures, il doutait qu'elle rentre directement chez elle se coucher. D'ailleurs, elle devait s'occuper de Daisy, à moins que la petite ne passe la nuit chez Rachel et Harold.

— Tu dois aller chercher Daisy ?

— Non, maman la garde chez elle.

— Tant mieux. Ça te fera sûrement du bien de te détendre.

— Après avoir passé deux heures sur une chaise ? J'ai plutôt besoin de m'activer. De dépenser de l'énergie.

Il ne ferait pas nuit avant un moment, et pour sa part il n'avait pas envie de rentrer dans une maison vide. Mais que faire d'autre ?

À cet instant, il avisa une affiche publicitaire qui suggérait une solution parfaite.

— J'ignore si ça te tente, mais Savannah accueille tous les ans un festival de jazz. Le concert se déroule ce soir à Forsythe Park. Il est sûrement à moitié entamé à cette heure, mais c'est gratuit, si ça t'intéresse. Sinon, tu peux me déposer à l'hôpital, que je récupère ma voiture.

— Je me souviens du festival, il y a une éternité que je n'y ai pas assisté. Tu penses y aller ?

— J'en avais plus ou moins l'intention. Tu veux te joindre à moi ?

Il répugnait à rentrer chez lui, et l'idée d'aller seul au concert était déprimante. Il avait renoncé à retrouver les clichés de Marina qui reconstituaient l'aspect qu'elle aurait eu en grandissant. À vrai dire, il n'avait pas vraiment cherché. Il ne cessait de remettre ça au lendemain. L'invitation au concert faisait partie de sa procrastination, mais il était réellement séduit par l'idée d'un concert en plein air, installé sur une couverture. Comme

Lindy, il y avait très longtemps qu'il n'avait pas assisté à une des manifestations, et ce soir, cela semblait l'idéal pour mettre en veilleuse son cerveau survolté. La musique est le remède parfait contre le stress. Il n'y en a aucun autre de meilleur, et ce n'est...

Ah, non, il n'irait pas par là !

— J'adore l'idée du festival de jazz, dit Lindy. Je crois qu'il y a encore une couverture à l'arrière de ma voiture, un souvenir du pique-nique où j'ai emmené Daisy après notre retour ici. Si ça ne t'ennuie pas d'être assis par terre.

Avec Lindy ? Cela promettait d'être divin, il ne savait toujours pas trop pourquoi. Le souvenir de leur nuit ensemble, peut-être ? Cela devrait s'atténuer, à la longue. S'ils passaient du temps ensemble sans que le sexe y soit impliqué, il s'habituerait peut-être physiquement à l'idée que cela faisait partie du passé. Comme son ex. Et Marina.

Un accès de douleur l'assaillit, mais il l'ignora.

Il sortit son téléphone.

— C'est la meilleure façon d'écouter un concert. Laisse-moi juste vérifier que ça se passe bien au parc.

Si jamais c'était en salle, les places seraient limitées.

Il déroula les données sur l'écran jusqu'à la date du jour et hocha la tête.

— C'est bien au parc.

— Super. C'est décidé, alors. Tu veux que je conduise ?

Il sourit, le cœur soudain léger.

— Si je fournissais le transport, puisque tu apportes le confort ? Ça te paraît équitable, comme marché ?

Quinze minutes plus tard, ils étaient en route dans sa Jaguar – le seul luxe qu'il s'accordait –, la couverture pliée sur le siège arrière.

Il était heureux que Lindy ait accepté de venir. Sa lassitude mentale et corporelle se dissipait pour céder la place à une sensation d'attente chaleureuse.

À Savannah, septembre marque le début d'un fléchissement dans la canicule. À ce moment, alors que le soleil n'allait pas tarder à se coucher, la température était agréable, et même presque fraîche.

Ce fut un défi de trouver une place où se garer, car ils arrivaient après le début des festivités.

En prenant la couverture dans la voiture plus « raisonnable » de Lindy, il s'était senti tout réchauffé. Il avait imaginé le pique-nique avec Daisy, ce qui avait éveillé en lui une nostalgie douloureuse qu'il n'était pas tout à fait parvenu à bannir. Elle restait présente à l'arrière-plan, guettant l'occasion de se faire sentir à nouveau...

Ah, enfin ! Quelqu'un libérait un créneau.

Il se faufila dans l'espace, coupa le moteur, et le son plaintif d'un saxophone parvint jusqu'à eux.

— C'est génial ! dit Lindy. Merci d'avoir eu cette idée. Je n'avais pas très envie de rentrer dans une maison vide, mais je n'ai pas voulu l'avouer à ma mère lorsqu'elle a proposé de garder Daisy cette nuit.

— Bienvenue au club. La pensée de rester assis chez moi à fixer les murs ne m'emballait pas non plus. Eh bien, nous allons savourer de la bonne musique, et une compagnie meilleure encore.

Ils descendirent de voiture, et il se chargea de la couverture. Le léger parfum floral de Lindy s'attardait sur le tissu. En le repliant sur son bras, il en libéra la senteur, qu'il huma profondément. Ç'aurait été agréable d'amener aussi Daisy au festival, d'être assis ensemble, tous les trois...

Il faillit évoquer une prochaine fois mais se reprit avant que les mots ne lui échappent.

Pourquoi y aurait-il eu une prochaine fois ? S'il prenait régulièrement un café avec Lindy après une opération, il n'allait pas passer son temps semaine après semaine au centre d'aide aux femmes. Il n'en avait pas le loisir, pour commencer. Deuxièmement, Lindy trouverait bizarre qu'il se pointe chaque fois qu'elle était bénévole. Alors, il avait intérêt à tirer parti de cette soirée et à ne pas bouder son plaisir, car il n'était pas certain d'avoir à nouveau une occasion semblable.

Ils se frayèrent un chemin à travers le public.

Le saxophoniste jouait toujours, les notes aériennes volaient vers lui, s'infiltrant dans les fibres de son être. Les muscles de son cou commençaient à se relaxer, ses maux de tête à s'atténuer.

— Là, ça te paraît bien ?

Il avait repéré un endroit assez grand pour étaler la couverture sans gêner personne ni avoir l'impression d'être agglutinés à leurs voisins.

— C'est parfait, assura Lindy.

Il déploya et étala la couverture sur la pelouse, attendit que Lindy ôte ses chaussures et s'installe, genoux repliés, les bras autour. Elle renversa la tête en arrière, la ployant de droite à gauche comme si elle éprouvait elle aussi le besoin de soulager sa nuque endolorie. Ses cheveux bruns effleuraient la couverture derrière elle, glissant de côté et d'autre.

— Tu as mal ?

Elle porta la main à sa nuque comme pour la masser.

— Un peu. Je ne sais pas bien pourquoi.

La musique devait instiller à Zeke un fallacieux sentiment de sécurité, car il ne résista pas.

— Viens, laisse-moi faire.

Il ôta ses mocassins, s'assit à côté d'elle, glissa une main sous sa chevelure et se mit à lui masser la nuque.

— Hum, ça fait du bien, merci.

Se laissant envelopper par la musique, il continua à lui masser la nuque et le cou, la pulpe de son pouce malaxant avec persévérance les muscles noués pour les détendre.

Lindy avait les yeux clos. Il avait l'impression qu'elle savourait la sensation que ses doigts lui procuraient. Ses gestes n'attiraient sans doute pas l'attention de ceux qui les entouraient, et même si c'était le cas, il n'avait pas un comportement différent de celui que tout homme aurait eu pour une femme aimée.

Sauf qu'il n'aimait pas Lindy, il ne devait pas l'oublier.

Alors, quels sentiments éprouvait-il pour elle ?

Du diable s'il le savait ! Une chose était sûre : ce n'était pas platonique. Il avait beau se sermonner intérieurement ou se raccrocher au souvenir des amitiés qu'il avait pu connaître, il savait qu'il devait y avoir une troisième possibilité qu'il n'avait ni atteinte ni accomplie. Quelque royaume sublime qu'il lui fallait découvrir.

Comme si elle avait lu en lui, Lindy laissa couler un long soupir avant de s'écarter légèrement.

— Merci, ça va.

Elle allongea les jambes et se renversa en arrière, prenant appui sur les coudes. Elle n'avait plus le même vernis sur les orteils. Le vernis argenté et scintillant avait été remplacé par un violet opalescent dont la teinte changeante évoluait quand elle remuait les pieds, comme en cet instant où elle suivait le rythme de la musique.

— Encore un petit coup de folie ? fit-il.

Elle leva les yeux vers lui, puis considéra ses orteils.

— Oui ! dit-elle en riant. Tout le monde a sa facette d'audace débridée, non ?

Il avait eu à connaître une autre de ses facettes d'audace débridée, mais il s'empressa de refouler cette pensée. Ils étaient venus pour la musique, pas pour autre chose.

Plantant ses paumes sur la couverture en arrière de lui, il se força à se détendre alors que les notes de jazz continuaient à fuser autour d'eux.

Il percevait des conversations à voix basse et des rires que le crépuscule enveloppait de son ombre. Toutes sortes de gens se trouvaient là, certains assis sur des transats, d'autres comme eux sur des couvertures, d'autres encore simplement sur l'herbe. Tous avaient en commun l'amour d'un mode de vie à la fois ancien et moderne.

Savannah avait un charme qu'il n'avait pas souvent trouvé ailleurs. Et Lindy s'harmonisait à la perfection avec ce charme. Son éloignement de sa ville natale ne l'en avait pas dépouillée, même s'il y avait chez elle, pour accompagner la facette « audace débridée », quelque chose de grave qui lui venait probablement de ce qu'elle avait enduré.

Comme cela lui était déjà arrivé, il eut un élan de colère.

Comment un homme pouvait-il faire tant de mal à la

personne qu'il était censé aimer ? Et pire encore, n'attacher aucune importance à la présence de sa fille lorsque la violence éclatait ? Dieu merci, Daisy était un nourrisson à l'époque. Il ne pouvait imaginer sa propre fille confrontée à cet aspect hideux de la nature humaine, ni comprendre qu'on puisse être enragé au point de s'en prendre à un autre être humain. Même s'il n'ignorait pas qu'un auteur de violences, conjugales ou non, peut faire très bonne impression quand on le rencontre et que l'horrible vérité n'éclate que dans l'intimité du foyer.

C'était le danger de compartimenter les choses, comme il l'avait jugé nécessaire au sujet de sa nuit avec Lindy. Mais faire l'amour ne cause de mal à personne, n'est-ce pas ? Et il tenait en cage l'envie de recommencer. Ce Zeke-là ne devait pas transparaître en présence de Lindy.

Il voulait profiter de cette nouvelle facette de leur relation. En réalité, il avait vu Lindy dans des circonstances plus variées que ce n'était le cas avec les autres femmes de l'hôpital. Il connaissait la Lindy inquiète, la Lindy compétente, la Lindy altruiste et engagée… Et celle qui était sexy en diable. Celle qui avait eu du désir pour lui durant toute une nuit.

— Il est vraiment bon, tu ne trouves pas ?

La voix douce qui s'élevait près de lui le troubla, et il ne comprit pas trop ce que Lindy voulait dire avant de se rendre compte qu'elle parlait du musicien.

Que s'était-il donc imaginé ? Que c'était lui qui lui inspirait ce murmure ?

— Oui, il a du talent. Je ne crois pas l'avoir déjà entendu, mais comme je te le disais, il y a une éternité que je ne suis pas allé à ces concerts. La dernière fois, ce musicien portait peut-être encore des couches.

Lindy laissa couler un léger rire.

— Tu n'es tout de même pas si vieux ! S'il portait des couches, alors, toi aussi. Il ne peut pas avoir plus de trente-cinq ou trente-six ans.

— Comment as-tu deviné mon âge ?

— À l'apparence que tu as.

Il fronça les sourcils.

— Comment ça ? Quelle apparence ? fit-il, trouvant le propos peu flatteur.

— Ces petits plis de sourire que tu as aux coins des yeux.

— Donc, j'ai des rides ?

— Non, pas des rides. Des plis. Il y a une différence.

— Explique-toi, dit-il, soudain curieux.

— Les rides sont provoquées par les soucis ou le stress. Les plis sont causés par le bonheur.

Vraiment ? Il ne se sentait pas heureux, en général. Mais Lindy avait peut-être perçu une part de lui-même qui lui échappait. Son travail le rendait heureux. Cela pouvait-il réellement transparaître dans la manière dont les plis du visage se gravent dans la peau d'un être humain ?

— Toi aussi, tu as de petits plis, dit-il.

— Ah, oui ? Où ça ?

Il se pencha pour effleurer du bout du doigt l'arête du nez de Lindy, glissa jusqu'au coin le plus proche de lui.

— Ici. Quand tu souris, ta peau se fronce à cet endroit. Je me rappelle très bien la première fois que je l'ai remarqué.

— Vraiment ?

— Oui. Tu étais au bloc, et tu portais un masque chirurgical. Je savais quand tu souriais grâce à ces petites fronces de part et d'autre de ton nez. C'était diablement sexy.

— Waouh ! Je n'en savais rien. Et je ne vois vraiment pas en quoi ça peut être joli. Sur n'importe qui.

— Eh bien si, ça l'est.

Il ne savait absolument pas pourquoi il lâchait de telles choses, mais c'était Lindy qui avait commencé cette conversation à propos de « petits plis ». Il aimait bien qu'elle voie en lui quelqu'un d'heureux. Il y avait une éternité qu'on ne lui avait pas dit une chose pareille. Même sa mère ne le lui disait plus. Elle traînait son chagrin depuis la mort de l'homme qui avait été son époux pendant trente-quatre ans. Marina et lui avaient quitté ce monde à peu d'années de distance.

C'était peut-être dans la fréquentation de Lindy que les rides qu'il portait s'étaient transformées en « petits plis » ? C'est vrai que le chagrin n'a pas de date d'expiration, mais il est peut-être possible de s'en défaire. Si on y consent.

En quoi était-ce un problème que Lindy et lui soient ensemble, au fond ? Il s'en était fait une montagne, mais ce n'était peut-être pas justifié. Du moment qu'elle n'attendait pas une relation à vie. Elle ne l'avait certes jamais laissé entendre, et ce n'était sans doute pas ce qu'elle souhaitait, après ce qu'elle avait subi.

Tout à coup, cette sortie au concert lui semblait l'idée la plus stupide qu'il ait jamais eue. Pourquoi ne l'avait-il pas emmenée chez lui pour faire ce dont il avait réellement envie ?

Parce qu'il avait considéré que c'était une mauvaise idée. Ou parce qu'il avait redouté un refus de sa part. Peut-être un peu des deux.

Il allait tester une de ces hypothèses. Il testerait peut-être l'autre en fonction de la réaction de Lindy.

— Lind, as-tu vraiment envie de rester pendant toute la durée du concert ?

Cela capta l'attention de Lindy. Elle croisa son regard et le considéra pendant un long moment – ou du moins qui lui parut tel. Puis elle sourit, et les fossettes surgirent de part et d'autre de son nez.

— Je crois qu'on pourrait me persuader de partir un peu avant la fin, dit-elle.

Il se pencha pour lui donner un baiser léger. Il ne voyait pas d'autre façon de lui faire connaître ses intentions. Et lorsqu'elle leva la main et replia un bref instant les doigts autour de sa nuque à lui, il eut sa réponse.

Il se leva, lui tendit la main pour l'aider à se relever et rafla la couverture pour la replier de nouveau sur son bras. Il y eut autour d'eux quelques regards déroutés, mais certains sourires lui dirent qu'on comprenait très bien de quoi il retournait. Après tout, les mélodies du jazz étaient une parfaite introduction à ce qu'il avait en tête. Dès l'instant où il avait suggéré qu'ils viennent ici, les choses avaient tendu dans cette direction. Mais il avait été trop bête – ou au contraire trop malin – pour se l'avouer, et à présent, tout ça lui était bien égal.

Il expédia la couverture à l'arrière de sa voiture. Dès qu'ils furent dans l'habitacle, il écrasa sa bouche sur celle de Lindy, et il eut toutes les peines du monde à s'écarter d'elle pour démarrer. Il avait envie de faire l'amour tout de suite. Mais ils seraient sans doute arrêtés avant d'arriver au meilleur moment. Alors, il appuya sur l'accélérateur.

Son appartement se trouvait à l'autre bout de la ville, et il leur fallut près d'une demi-heure pour y parvenir. Pendant tout le trajet, la paume de Lindy s'attarda sur sa cuisse, et à chaque changement de vitesse, chaque pression du pied sur les pédales, elle semblait se placer plus haut. Il ne savait pas trop si c'était provoqué par ses propres mouvements ou si elle déplaçait volontairement ses doigts. En tout cas, il était totalement excité et avait toutes les peines du monde à se concentrer sur la route.

Il avait pourtant intérêt à être attentif, sinon ils finiraient par percuter un lampadaire. S'il survivait, il devrait expliquer à la police pourquoi il s'était laissé distraire, et les parents de Lindy n'approuveraient pas que leur fille finisse à l'hôpital par sa faute.

Au prix d'un énorme effort, il croassa :

— Si cette main remonte encore plus haut, je vais être obligé de m'arrêter et de trouver une planque dans un bouquet d'arbres.

— Serait-ce si épouvantable ? dit Lindy en riant.

— Non. Mais je préfère t'avoir dans mon lit, où je serai libre de te faire tout ce dont j'ai envie.

Lindy remonta encore un peu sa main.

— Cela signifie-t-il que je pourrai moi aussi te faire tout ce que je veux ?

— Oui, *baby*, tu pourras faire tout ce que ton cœur désire.

La main s'enhardit de nouveau.

Il serra les mâchoires et pria pour arriver au plus vite.

Ils atteignirent la porte de ce qui devait être l'appartement de Zeke dans un cliquètement de clés, et Lindy se retrouva plaquée contre le battant dans le couloir désert alors que Zeke l'embrassait encore et encore.

Elle n'aurait jamais cru être aussi troublée par un trajet en voiture où ils s'étaient à peine touchés. Mais il avait été peuplé de tous les sous-entendus possibles.

Zeke pressait contre elle son membre érigé tout en essayant de glisser la clé dans la serrure derrière elle. Elle se mit à rire et se déporta sur le côté pour qu'il ait plus librement accès au verrou... Et à certaines zones de son corps qui quêtaient satisfaction.

Le battant s'ouvrit à l'improviste, et elle fut projetée en arrière, évitant de justesse la chute parce que Zeke la retenait par le poignet. Elle ne put pourtant pas éviter une étagère placée près de la porte. Des papiers, des prix et des diplômes sous cadre jaillirent de toutes parts.

Elle lâcha un murmure horrifié et fit volte-face pour réparer les dégâts.

— Laisse, dit Zeke, qui lui tenait toujours la main, en la faisant pivoter vers lui. Ce ne sont que des objets, Lind. C'est sans importance.

Seigneur ! Elle désirait tant cet homme !

Elle se pendit à son cou, se hissant sur la pointe des pieds.

— Alors, ou nous allons passer un moment sur le canapé que j'aperçois sur ma droite, ou tu m'emmènes dans ta chambre et tu me montres ce que tu voulais dire tout à l'heure en me promettant que je pourrais te faire tout ce que je voudrais.

— Ah, j'ai promis quelque chose ? fit-il en lui mordillant la lèvre. Je suis peut-être un peu trop avancé.

— Eh ! Pas question de faire machine arrière !

— Alors, tu ferais bien de me confier tes intentions.

Dans un brusque accès d'audace, elle lui murmura à l'oreille la chose la plus osée qui lui venait à l'esprit. Celle qu'elle avait pensée lorsqu'elle l'avait vu se gainer d'un préservatif la première fois.

Il répondit par un rire rauque où perçait l'incrédulité.

— Je t'assure que ça n'aura pas lieu. Ce ne sera pas une fête à sens unique.

— Mais tu as promis...

Cet échange libre et sans fausse honte était plus excitant que tout. Elle avait hâte d'être au lit avec Zeke, de le sentir en elle, sur elle. Une seule fois ne lui avait pas suffi. D'autant qu'une émotion brute, comme à vif, s'emparait peu à peu d'elle, l'amenant à considérer Zeke dans toute sa complexité d'homme, et... Oh ! mon Dieu ! Elle l'aimait.

Elle aimait son rire. Ses « petits plis ». Et même ses rides. Elle aimait ce qu'il lui faisait ressentir. Comment était-ce possible ? Elle n'en savait rien, mais elle était éblouie d'éprouver un sentiment aussi profond. Quelque chose de sacré et de bon. Quoi qu'il advienne par la suite, elle avait une dette envers Zeke, et elle tenait à lui prouver sa gratitude.

Pourquoi attendre d'être dans la chambre ? La fête pouvait commencer tout de suite. Elle était impatiente, elle désirait qu'il la prenne tout de suite.

Avec des gestes fébriles, elle déboucla sa ceinture, défit le bouton du pantalon, passa à la fermeture à glissière.

Elle libéra son membre, savourant de sentir dans sa paume son pénis durci, sa peau brûlante, et d'entendre le soupir étranglé qu'il laissa échapper lorsqu'elle replia les doigts et le caressa.

— Oh ! Lindy, dit-il en lui prenant le visage à deux mains. Qu'est-ce que tu me fais ?

— Il faut bien que quelqu'un commence, si ce n'est pas toi, dit-elle en se haussant encore un peu pour lui mordre la lèvre.

Elle lui laissait entendre qu'elle n'avait pas peur que les choses soient trop emportées, car elle savait qu'il ne lui ferait pas de mal. Pas vraiment.

Elle le libéra le temps de se dépouiller de son propre pantalon et de son slip. Comprenant sa hâte, Zeke ne tarda pas à trouver un préservatif et à s'en gainer, avant de l'attirer à lui. Mais au lieu de la prendre à même le parquet, il roula et la souleva pour l'amener sur lui.

Elle se laissa descendre, comblée peu à peu, et il la saisit par les hanches, la laissant installer le tempo et se contentant de l'agripper alors qu'elle le recevait complètement en elle puis se soulevait...

S'arrimant avec les mains à ses épaules, elle prit appui sur lui pour se soulever et retomber, encore et encore, grisée par la sensation de pouvoir que lui apportait l'échange. Les yeux clos, elle se concentra sur les sensations qui déferlaient et accéléra l'allure, percevant confusément la rauque approbation de Zeke. Elle accéléra, de plus en plus proche de l'acmé du plaisir. Et ce fut soudain l'explosion, violente et prolongée, tandis que Zeke basculait avec un cri dans l'étourdissement de la volupté ultime. Dans l'oubli.

Un oubli plus beau que tout ce qu'elle avait pu vivre.

Elle aimait Zeke. Elle *l'aimait*. Et elle avait envie de dire ces mots à haute voix encore et encore. Mais elle n'osait pas.

Il rouvrit ses magnifiques yeux bruns, et elle se sentit de nouveau perdue.

— C'était... C'était inouï, dit-il en élevant les mains pour lui envelopper la tête et l'attirer pour un baiser, vite suivi d'un deuxième. Je n'arrive pas à me repaître de toi.

— C'est ce que tu viens de faire.

Il esquissa un sourire.

— À ce que tu crois. Mais c'était ton tour. Maintenant, c'est le mien. Cette fois, on va au lit. Tu passes la nuit ici.

Il roula sur le côté, la faisant basculer et se libérant d'elle. Elle poussa un léger cri de protestation, vite mué en rire lorsqu'il se mit debout et lui tendit la main.

— Qu'est-ce qui te fait croire que je vais accepter ?

— Tu te rappelles ce que tu m'as demandé tout à l'heure et que je t'ai refusé ?

Soudain excitée, elle lâcha :

— Tu veux dire que... ?

— Accepte de passer la nuit ici, et tu le sauras, chérie, dit-il en accentuant son sourire.

— J'accepte. Avec joie.

Il l'entraîna dans la chambre et referma la porte derrière eux.

10

Zeke se réveilla dans un état de confusion, sans trop savoir où il se trouvait. Pendant un bref instant d'affolement, il crut qu'il avait loupé l'heure d'aller au travail, puis il comprit qu'il était encore tôt. Son portable indiquait à peine 6 heures.

Il entendit un bruit, comme un meuble qu'on aurait traîné sur le parquet, et se tendit, avant de se remémorer d'un coup les événements de la nuit écoulée.

Lindy était restée chez lui, et ils avaient fait l'amour… Il tenta de faire le compte et n'y parvint pas. Tout était brouillé dans sa tête. Mais ses muscles étaient relâchés, détendus.

Cependant, où était-elle ? Avait-elle quitté l'appartement ?

Il fronça les sourcils en entendant de nouveau, un peu plus fort, le bruit de tout à l'heure.

Ce devait être elle. Mais que fabriquait-elle ? Cherchait-elle à partir avant qu'il ne se réveille ?

Il n'aimait pas ça. La veille, juste avant de s'endormir, il s'était vaguement promis de se lever tôt, de lui préparer un petit déjeuner, puis d'avoir avec elle une longue conversation.

Ignorant les protestations de ses muscles, il se leva puis gagna la pièce voisine sans prendre le temps de s'habiller, de peur qu'elle ne s'en aille avant qu'il puisse l'en empêcher.

Ayant franchi le seuil, il s'immobilisa.

Elle avait redressé l'étagère et était en train de remettre en place ce qui était tombé à terre, rassemblant les papiers qu'elle tassait en pile nette.

— Tu n'es pas obligée de faire ça.

Elle se retourna vivement.

— Bonjour. Je tenais à le faire. C'est réconfortant de savoir que je peux renverser une étagère sans essuyer la colère de quelqu'un.

— Je suppose qu'il est question de Luke ?

— Oui. Le dernier jour avec lui était...

Lindy s'interrompit et le considéra de haut en bas.

— C'est difficile de te parler lorsque tu es tout nu.

— Bon, accorde-moi une minute, dit-il avec un sourire. Je tiens à connaître la suite de l'histoire.

Il alla enfiler un slip puis reparut.

— Tu parles du jour où tu es partie ?

— Oui. Je t'ai dit qu'il avait pris des cartes de crédit à mon nom, tu t'en souviens ? Eh bien, je venais de le découvrir, et je l'ai affronté à ce sujet. Il est entré dans une rage folle, hurlant que je ne savais rien de lui. Je l'avais déjà vu en colère, mais là, c'était différent, et j'ai su que je devais partir. Mais quand je suis allée chercher Daisy, il m'a empêchée de passer. J'ai eu peur. J'ai battu en retraite dans la cuisine et composé le numéro d'appel des urgences. J'avais tout juste donné mon nom et mon adresse à la police lorsque je l'ai senti derrière moi. Il a replié le bras autour de mon cou, et tout à coup je n'arrivais plus à respirer. J'ai compris que j'allais mourir. J'ai pensé à Daisy, j'ai pensé que j'aurais dû le quitter depuis longtemps, que j'aurais dû la protéger. Et puis, j'ai perdu conscience. Il y avait sûrement un policier dans le voisinage, parce que lorsque je suis revenue à moi, j'étais vivante, et Luke était allongé sur le sol. Il y avait du sang partout. Ils m'ont dit qu'il s'était emparé de l'arme d'un policier lorsqu'ils l'avaient appréhendé et qu'ils avaient été obligés de tirer.

Bouleversé, Zeke fit un pas en avant.

— Je me doutais que ç'avait été dur. Mais, bon sang, Lind, je ne me doutais pas que c'était à ce point ! Je serai franc : je suis heureux qu'il soit mort, parce que sinon je serais tenté de lui régler son compte.

Lindy se remit à ramasser les papiers, rassemblant une

nouvelle pile qu'elle posa sur une des planches de l'étagère. Il voulut l'empêcher de continuer et la tourna face à lui, lorsqu'il reconnut soudain ce qu'elle tenait à la main.

Une mince pile de clichés imprimés.

Elle la regarda en fronçant les sourcils puis releva la tête d'un air interrogateur.

— Qui est-ce ?

Elle lui présenta la pile de documents, et il se retrouva face à une photographie de sa fille. Pas n'importe laquelle. Une de celles qu'il avait évité de chercher. Elles n'étaient donc pas dans son bureau, finalement, mais sur cette étagère.

La douleur qu'il avait éprouvée en voyant sortir cette photographie de l'imprimante se ranima violemment, et il se ferma, même si la question posée restait en suspens.

Bon sang, qu'est-ce qui ne tournait pas rond chez lui ? Lindy venait de se confier à lui, de lui raconter le pire jour de son existence. Alors, pourquoi ne parvenait-il pas à lui parler de ça ?

Parce que ça lui était impossible. C'était une faille de son caractère. Peut-être n'était-il pas fait de la même étoffe que les gens normaux, mais il savait qu'il ne lui parlerait pas de la photo. Et qu'il ne lui suggérerait pas non plus qu'ils commencent à sortir ensemble.

Il ne voulait pas que Lindy subisse ce qu'il avait fait subir à Janice. Surtout après ce qu'elle avait enduré avec Luke. Elle avait besoin d'un homme ouvert, honnête, qui lui apporte la nouvelle vie qu'elle méritait. Et il n'était pas cet homme-là. Daisy non plus ne devait pas côtoyer quelqu'un qui la comparerait sans cesse à un fantôme ou se demanderait à quoi sa propre fille aurait ressemblé. Il avait su dès le départ que tout ça n'était pas une bonne idée, et Lindy venait de lui prouver à quel point.

Il lui ôta des mains la liasse de photos et les posa sur une pile de papiers.

— C'est Marina. J'ai utilisé un logiciel spécialisé pour voir à quoi elle aurait ressemblé si elle avait grandi.

Lorsque Lindy serait partie, il les passerait à la déchiqueteuse et s'en débarrasserait une bonne fois pour toutes. Dieu merci, elle avait trouvé ce cliché avant qu'ils n'entament une relation dont il savait à présent qu'il ne pouvait pas la poursuivre. Il devait donc y mettre un terme.

— Écoute, Lindy, pour la nuit dernière...

Il ne voulait pas la blesser, même si ce qu'il allait dire ne serait peut-être pour elle qu'une simple égratignure. Il s'était peut-être trompé, il était possible qu'elle ne tienne pas à lui. Il était possible qu'elle s'offre une expérience qu'elle n'avait pu avoir en tant que femme mariée.

Il déglutit.

Quelques instants plus tôt, au lit, il avait bel et bien envisagé de prolonger leur relation de façon durable. Permanente, même. Une tentation prématurée, risible. Même s'il n'avait pas envie de rire en cet instant.

— Oui, quoi ? fit-elle.

Elle l'observa, le regard plein d'une circonspection qui en était absente une minute plus tôt. Puis elle parut comprendre.

— Je vois, dit-elle en pâlissant.

Pendant quelques secondes, il y eut un silence où il chercha les mots les moins blessants, mais elle le devança :

— Craignais-tu que j'attende quelque chose de toi à cause de cette nuit ? Si c'est le cas, ne te bile surtout pas. Tu as pu constater que je suis plutôt névrosée. Et ça ne changera pas. Je n'ai pas l'intention de m'engager avec quelqu'un. Plus jamais. Je dois protéger ma fille.

Ces derniers mots semblaient le viser à la jugulaire, et ils atteignirent leur but puisque c'était en partie à cause de Daisy qu'il voulait rompre. Et s'il éprouvait un jour du ressentiment parce que Daisy, elle, était vivante ? Et si elle comprenait pourquoi ? Il ne pouvait pas faire ça à cette petite. Ni à Lindy. Et à lui-même non plus. Mais il n'avait pas besoin de le dire puisque Lindy lui faisait savoir qu'elle ne voulait pas poursuivre leur relation.

Eh bien, c'était parfait. Ils y gagnaient l'un et l'autre.

— Je sais, dit-il. Et j'allais suggérer la même chose. Question de timing, ou... Bref, peu importe. Il est clair qu'aucun de nous ne veut d'une relation durable en ce moment. C'était vraiment bien. J'y ai pris plaisir. Mais je crois que nous avions raison la première fois. Mieux vaut que nous restions sur un terrain strictement professionnel.

L'expression de Lindy s'était figée, et il se demanda fugitivement s'il n'avait pas seulement entendu ce qu'il voulait entendre. Mais non ! Elle avait souligné qu'elle ne voulait s'engager avec personne à cause de Daisy !

Eh bien, ils étaient deux. Il ne pouvait pas engager une liaison avec elle à cause de Daisy. Et à cause de lui. Elle se croyait « plutôt névrosée », mais sa névrose à lui battait la sienne à plate couture.

Il se sentait à nu, exposé. Il regretta soudain de ne pas être entièrement vêtu.

— Exact. Puisque nous avons éclairci la situation et que nous sommes d'accord, je vais m'en aller. Il faut que je passe chercher Daisy chez maman, et je dois faire des courses.

Des courses sans lui, pensa-t-il avec un élan de douleur.

— Je croyais qu'elle passait la nuit chez ta mère ?

— J'ai changé d'avis.

Par sa propre faute, pensa-t-il, blessé plus profondément encore.

— Je m'habille et je t'accompagne.

— Non ! s'écria-t-elle, avant de poursuivre d'une voix plus basse : Je ne veux pas qu'ils te voient arriver. Cela donnerait à Daisy l'occasion de te voir et te parler, et nous savons tous les deux, je crois, que ce ne serait pas une bonne idée. Je ne voudrais pas qu'elle s'attache à toi et me retrouver contrainte de… De lui dire qu'elle ne peut plus te revoir.

— Je comprends, fit-il, le cœur lourd.

Elle ne lui laisserait pas revoir Daisy. Et pourquoi aurait-elle agi autrement ? Daisy s'était jetée sur lui presque chaque fois qu'elle l'avait vu. Il valait mieux qu'il en soit ainsi. Pour tous les deux.

— Je peux au moins t'accompagner à l'hôpital pour que tu récupères ta voiture.

— Merci, mais je préfère prendre un taxi. J'en ai déjà appelé un, en fait. Il ne devrait pas tarder. Je vais aller à sa rencontre.

Lindy regarda la photo abandonnée au sommet de la pile.

— Ta fille aurait été très belle, Zeke. Je suis vraiment navrée qu'elle ne soit plus là avec toi.

Là-dessus, elle franchit son seuil et referma la porte.

Il resta planté là, considérant l'espace qu'elle venait d'occuper, et se demandant s'il ne venait pas de commettre la plus grosse erreur de sa vie.

Quelque part en lui, la réponse surgit : oui, il l'avait commise. Et il s'en avisait trop tard.

Lindy passa le reste de la semaine dans une sorte d'état second. Chaque fois qu'elle levait les yeux sur le planning au-dessus du bureau des infirmières et voyait son nom dans d'autres cases que celles de l'équipe de Zeke, elle mesurait qu'il l'avait expulsée de sa vie. Non seulement de sa vie personnelle, mais aussi de sa vie professionnelle !

Elle regrettait de ne plus travailler avec lui. Leur collaboration lui manquait, leurs conversations aussi. Et leurs ébats amoureux. Mais rien de tout cela n'était désormais possible. Elle avait donc une seule alternative : encaisser ça et faire contre mauvaise fortune bon cœur ou trouver un poste dans un autre hôpital de la ville.

Ce ne serait pas difficile. Les infirmières avec son niveau de qualification étaient recherchées, à ce qu'on lui avait dit. Elle avait eu quatre propositions avant de se décider pour Mid Savannah Medical Center. Elle avait choisi le meilleur parmi les meilleurs... À plus d'un titre. Mais il semblait qu'elle ne conserverait rien de tout cela.

Et le centre d'aide aux femmes en difficulté ? Elle avait personnellement demandé à Zeke de s'y impliquer. Son bénévolat allait être un calvaire. Même si elle doutait qu'il s'y montre à nouveau s'il la voyait présente.

Ce qui était étrange, c'était que, lorsque Zeke l'avait rejointe au salon, il était nu, et il avait eu alors une attitude beaucoup plus douce que celle du Zeke qui était revenu en boxer et avait approuvé toutes les raisons qu'elle avait avancées pour qu'ils ne restent pas ensemble. Ni elle ni lui n'avaient parlé d'amour. Elle avait dû supposer que Zeke n'éprouvait rien pour elle. Cela lui avait porté un coup en plein cœur, et pendant quelques terrifiantes secondes, elle avait été incapable de trouver son souffle. C'était comme si on l'étranglait de nouveau. Mais cette fois, sa propre stupidité en était la cause.

Elle aurait pourtant juré que...

Lorsqu'elle lui avait dit qu'elle ne pouvait pas réfléchir lorsqu'il était nu devant elle, il avait eu ce sourire si caractéristique. Ce sourire sexy qui semblait dire « Non, sans blague ? » et qui avait boosté son assurance. Une assurance de courte durée. Car presque aussitôt après, le visage de Zeke s'était figé, dur et froid, et elle n'avait pas compris pourquoi.

C'était juste après qu'elle avait saisi la photo de sa fille.

Parce qu'il était furieux qu'elle l'ait touchée ?

Non... Il avait plutôt paru choqué. Et elle avait eu un choc elle aussi, parce que le visage sur la photo ressemblait tellement à Zeke ! Mais pourquoi... ?

C'était peut-être en relation avec Daisy, qui avait presque le même âge que Marina lorsque celle-ci était morte. Est-ce que Zeke avait pensé à ça ? À en juger par son expression, il y avait longtemps qu'il n'avait pas vu ces clichés. Il les avait peut-être crus perdus...

Seigneur, en quoi cela l'avançait-il de se tourmenter sur les raisons de tout cela ?

En rien. Donc, elle ferait bien de prendre une décision et de s'y tenir. Elle n'allait pas supplier Zeke d'avoir une liaison avec elle. L'ancienne Lindy l'aurait peut-être fait, mais la nouvelle n'était pas un paillasson sur lequel tout un chacun pouvait s'essuyer les pieds. Elle avait survécu à une terrible épreuve. Ceci n'était qu'une promenade de santé, comparé au passé.

Sans doute comparait-elle l'incomparable, mais ça n'avait pas d'importance. Ce qui était fait était fait. Il n'y avait pas de retour en arrière possible. Ni pour elle ni pour Zeke. Et plus vite elle s'en convaincrait, mieux cela vaudrait.

Elle alluma son ordinateur et, de site web en site web, chercha la meilleure offre de travail. Un poste aussi éloigné que possible de Mid Savannah Medical Center.

11

Zeke se réfugia dans son bureau et se laissa tomber sur son fauteuil, sonné.

Il n'arrivait pas à croire que Lindy quitte l'hôpital à cause de ce qui s'était passé entre eux. Mais franchement, qui pouvait l'en blâmer ? Il n'avait rien fait pour la convaincre de rester. Il avait même cessé de la mettre sur son planning chirurgical. Si cela ne revenait pas à dire qu'il ne voulait pas d'elle, il voulait bien être pendu ! Ce n'était pourtant pas ce qu'il avait voulu signifier...

Pourtant, c'était toujours comme ça que ça finissait avec lui.

Où diable était-elle ?

La pensée qu'elle reparte peut-être en Californie le rendait malade. Cela aurait dû lui rendre les choses plus faciles, mais ce n'était pas le cas. En fait, il était plus malheureux qu'il ne l'avait jamais été.

Tout en maniant un stylo entre ses doigts, il tenta de raisonner, essayant d'examiner les faits un à un avec des yeux enfin dépouillés de leurs œillères. Et parvenu à un certain point, il s'arrêta.

Il aimait Lindy !

C'était aussi simple que ça. Et tout aussi compliqué. C'était pour ça qu'il l'avait retirée de son planning. Pour ça qu'il avait su instinctivement que les choses ne pourraient jamais redevenir comme avant. Il était beaucoup trop tard. Et il y avait maintenant plusieurs jours qu'il tanguait entre deux mondes. Le présent. Et le passé. Il ne pouvait vivre que dans l'un ou l'autre. C'était tout ou rien.

Alors, que choisissait-il ? Vivre dans un profond puits de chagrin avec une part de bonheur ? Ou vivre dans un profond puits de chagrin sans bonheur du tout ?

Cela avait-il la moindre importance, à présent ? Lindy était partie. Il l'avait repoussée par son comportement stupide.

Il n'y avait qu'une chose à faire.

Il quitta l'hôpital, monta en voiture et se rendit chez lui. Là, il prit la petite liasse de photos et les regarda une à une, examinant les changements avec son œil de chirurgien.

Ce n'était pas là sa fille. Ce ne serait *jamais* sa fille ! En se cramponnant à quelque chose d'irréel, il avait sans doute détruit la meilleure chose qui lui soit arrivée depuis la mort de Marina. Lindy. Et Daisy. Il aimait cette petite fille. Il ne savait ni comment ni pourquoi, mais il l'aimait. Et, Juste Ciel, il aimait sa mère aussi.

Marina aurait été horrifiée de savoir qu'il s'était raccroché pendant si longtemps à ces photos factices. C'étaient les vraies qu'il devait chérir, celles qui la montraient telle qu'elle avait été réellement, une petite âme douce et bonne qui n'avait pas mérité son sort.

Lindy non plus ne l'avait pas mérité. Elle n'avait pas mérité ce qu'il lui avait réservé. Ou plutôt, ce qu'il *ne lui avait pas* réservé. Son silence sur le problème réel en disait long. Et il avait eu grand tort.

Qu'y pouvait-il, à présent ?

Tout d'abord, se débarrasser de ces clichés.

Au moment même, il mit dans la déchiqueteuse les photos factices.

Puis il pouvait essayer de parler. Même si c'était douloureux, peu importe. C'était agir en adulte, et s'il ne pouvait pas réussir à l'être, alors il avait intérêt à recourir à un thérapeute qui l'aide à y parvenir.

Il savait du moins une chose : il voulait que Lindy et Daisy fassent partie de son avenir.

Et s'il implorait Lindy de revenir et qu'elle cédait, quelle serait la suite ? Et si Daisy tombait malade et mourait ? Et si Lindy était percutée par une voiture et mourait ? La douleur d'une telle éventualité n'était-elle pas pire que celle de perdre Lindy à jamais ?

Non, elle ne l'était pas. Il devait donc la trouver, et vite, avant qu'il ne soit trop tard. Et il savait par où commencer.

Lindy était assise dans la salle d'attente d'un hôpital de soins intermédiaires à l'autre bout de la ville.

Elle détestait le lieu. Elle détestait les gens, et la sensation qu'elle avait eue en franchissant ses portes. Elle savait que cela n'avait rien à voir avec l'hôpital, et tout à voir avec elle-même. Car elle n'avait pas aimé non plus les quatre autres hôpitaux où elle avait posé sa candidature. Deux avaient voulu l'engager sur-le-champ. Elle avait réservé sa réponse.

Quand elle trouverait le bon endroit, elle le saurait.

C'était du moins ce qu'elle s'était dit. Mais elle n'en était plus aussi sûre. Après tout, elle n'avait pas voulu confronter Zeke à ce qui s'était produit dans son salon une semaine plus tôt. Et maintenant, il était trop tard. Elle avait déjà donné sa démission. Elle doutait qu'on veuille la reprendre à Mid Savannah, car elle ne les avait guère avertis par avance. Mais on ne l'avait pas non plus prévue pour des opérations chirurgicales, et elle ne voulait pas rester assise à ne rien faire. Elle ne fonctionnait pas comme ça.

Donc, son fonctionnement, c'était de fuir les problèmes ? Et depuis quand ? Bon sang, elle n'avait pas pris la tangente lorsqu'il l'aurait fallu, et à présent, elle fuyait lorsqu'il ne le fallait pas ! Elle avait fui cet homme qui était tout pour elle. Zeke, qui lui avait fait découvrir la vie sous un nouveau jour. Qui était la meilleure chose qui lui soit arrivée. Et, sans égard pour son propre cœur meurtri et brisé, elle avait jeté par la fenêtre toute possibilité de le ravoir.

Mais Zeke ne l'aimait pas, il le lui avait pratiquement dit !

Non, en fait, il s'était tu. C'était elle qui avait parlé, lui mettant toutes sortes de mots dans la bouche, qu'il s'était contenté d'entériner. Et elle n'avait pas dit la seule chose qui aurait pu tout changer.

Si Zeke ne l'aimait pas, il lui faudrait l'accepter. Mais s'il avait de l'amour pour elle ? Si, comme elle, il avait seulement eu peur d'admettre la vérité ?

Bon sang, elle aurait dû lui courir après et lui dire ce qu'elle ressentait ! S'il n'éprouvait pas les mêmes sentiments, elle ne serait pas plus mal en point qu'à présent. Elle pourrait continuer à chercher du travail et espérer se remettre un jour de sa déconvenue sentimentale, mais seulement si elle affrontait un refus réel. Si elle entendait les mots de la bouche même de Zeke.

Une femme apparut et appela son nom. Le moment de l'entretien d'embauche était arrivé.

Elle se leva, regarda son interlocutrice, puis s'excusa en souriant et s'en alla.

Pour une fois dans sa vie, elle allait affronter ses peurs. Elle allait affronter Zeke.

Alors qu'elle franchissait la porte, elle était si concentrée sur sa résolution qu'elle ne vit pas l'homme qui venait sur sa droite, ne prenant conscience de sa présence que lorsqu'il lança son prénom.

La voix lui était familière. Trop familière. Elle se retourna vivement et vit Zeke debout non loin d'elle.

Comment diable se faisait-il qu'il soit là ?

Qu'était-il venu chercher ? Pas elle, sûrement, mais elle était en route pour le voir. Puisqu'il était là, elle allait faire ce qu'elle avait décidé, et au diable les conséquences.

Elle redressa le menton, et sa voix ne trembla pas.

— J'allais justement te voir.

— Ça tombe bien, parce que je venais justement te voir.

— Hein ? Comment ça ? Comment as-tu su où j'étais ?

— Tu n'étais pas chez toi, tu ne prenais pas mes appels, alors je suis allé trouver la seule personne qui sache où te trouver.

— Ma mère.

— Oui, mais tu ne dois pas lui en vouloir. Elle hésitait à me le dire, mais Daisy s'est portée garante pour moi.

— Évidemment ! Elle s'est précipitée sur toi pour t'embrasser, je parie ?

— Tu as deviné, fit Zeke, fourrant les mains dans ses poches.

Prise d'un pressentiment, elle eut les larmes aux yeux, et ce fut d'une voix brisée qu'elle se contraignit à parler :

— Ne la rends pas folle de toi comme tu l'as fait pour moi. Sauf si tu as l'intention d'y donner suite.

Bon, elle avait livré son cœur. C'était fait.

Zeke fronça les sourcils, et un silence s'étira.

— Qu'est-ce que tu as dit ? demanda-t-il enfin, d'une voix douce et intense qui donna le frisson à Lindy.

Résolue à obtenir une réponse nette, même si c'était une rebuffade, elle déclara :

— J'ai dit que j'étais amoureuse de toi.

« Tiens, encaisse un peu ça ! »

— Et si je te disais que je suis tombé amoureux de toi bien avant que tu t'éprennes de moi ?

— Je répondrais que c'est impossible, dit-elle après une brève lutte entre son cœur et sa raison.

— Pourquoi dis-tu ça ?

— Parce que je suis tombée amoureuse de toi quand nous étions assis sur la couverture, au festival de jazz.

Il ferma brièvement les yeux, puis les rouvrit et les posa fixement sur elle.

— Répète un peu ça.

— Je suis amoureuse de toi, Zeke. Je t'aime.

— Tu prétendais n'avoir aucune intention de t'engager avec quelqu'un.

— Tu m'as servi la même réplique.

— J'ai menti, dirent-ils à l'unisson.

— Mais pourquoi ? fit-elle, le devançant cette fois.

— J'ai perdu ma fille et ma femme, Lind. Et j'avais peur de m'attacher à Daisy, à toi, puis de perdre l'une de vous, ou toutes les deux. Ou de me retrancher en moi-même émotionnellement et de vous perdre aussi. Dans mon esprit, l'issue était la même. Je vous perdais.

— Oh ! mon Dieu, Zeke ! Quand je pense à ce qui aurait pu se produire…

— Je sais. Lorsque tu as quitté l'hôpital, j'ai imaginé que tu repartais en Californie, et j'ai compris que le danger de te perdre ne venait pas de l'extérieur mais de moi. Je t'avais repoussée. Et ça avait marché, de toute évidence.

— Pas tout à fait. Parce que, en attendant ici pour un entretien d'embauche, j'ai compris que j'en avais fini d'avoir peur de ce qui pouvait arriver. Si on a eu du malheur, cela ne signifie pas que ça va se reproduire.

Zeke approuva d'un hochement de tête puis lui enveloppa le visage de ses mains frémissantes.

— J'ai enfin accepté cette vision des choses. Je t'aime, Lind. Je veux être avec toi. Seulement toi.

Elle appuya son front contre le sien.

— Je le veux aussi.

— Je n'ai pas eu le temps d'acheter de bague, mais je veux te passer la bague au doigt. Si tu me dis oui.

— Oh ! Zeke ! Je te dis oui, bien sûr.

— Je tiens à faire les choses comme il faut. Quand Janice et moi nous sommes mariés, nous étions probablement trop jeunes. Mais toi et moi avons traversé des épreuves très dures, et il me semble que nous sommes assez mûrs et intelligents pour savoir ce que nous voulons de la vie et la saisir. Du moins, je le suis.

Lindy prit une profonde inspiration puis expira pour laisser les blessures passées se dissiper dans l'atmosphère.

— Moi aussi. Vous voulez dire que vous me voulez pour épouse, docteur Bruen ? demanda-t-elle d'un ton plus léger.

— Tout à fait, infirmière Franklin, répondit Zeke, qui l'attira dans ses bras. Oh ! Lind, dire que j'ai failli te perdre !

— Non. Je partais à ta recherche, comme je te l'ai dit. J'avais l'intention de te déclarer ce que j'éprouvais pour toi.

— Nous avons repris nos esprits, grâce au ciel.

— J'y suis et j'y reste, affirma Zeke en l'enlaçant. Reviens à Mid Savannah. On veut tous que tu reviennes.

— Tu crois qu'on me reprendra ?

Il l'étreignit plus étroitement.

— Je suis sûr que tu seras accueillie à bras ouverts. Par Neil. Par notre équipe. Par moi. Surtout par moi.

Elle rit, émue.

Elle ne serait jamais mieux qu'aux côtés de l'homme qui la tenait serrée. Maintenant qu'il était à elle, jamais elle ne le laisserait partir. Comme les portes automatiques s'ouvraient sur la moiteur caractéristique de Savannah, elle sut que cette douce ville du Sud accueillait leur nouveau départ.

Épilogue

Lindy et Zeke, l'administrateur de Mid Savannah et d'autres personnalités étaient rassemblés devant le large ruban rouge qui s'étendait devant un porche aux piliers blancs. Ce qui était autrefois une demeure aristocratique proche de l'hôpital était sur le point de devenir le Centre d'accueil des femmes en difficulté de Mid Savannah. Ciseaux en main, Neil s'apprêtait à couper le ruban.

Zeke enlaça sa femme sans se soucier des photographes qui mitraillaient la scène, et sa main se posa sur le ventre de Lindy où une nouvelle vie était en train de croître.

Les trois premiers mois de leur mariage avaient apporté à plus d'un titre leur lot d'excitation. Le test de grossesse positif lui avait causé un certain choc, mais après quelques minutes de panique incoercible, il avait accueilli la nouvelle de tout cœur.

Caleb Roger Bruen serait un enfant aimé. Il n'y avait dans la vie de garanties pour personne, mais Zeke avait décidé que la peur et le sentiment de culpabilité ne prendraient plus jamais possession de lui. Il s'était vu accorder une deuxième chance qu'il ne méritait probablement pas, mais il n'allait ni tenir son bonheur pour acquis, ni gâcher une seule seconde du temps qui lui était donné de partager avec Lindy.

— Prêt ? lança la voix de Neil, le ramenant au moment présent. Un, deux, trois !

Le ruban tomba, salué par les cris et les bravos des spectateurs.

L'administrateur avait voulu donner au centre le nom de

Lindy, mais elle avait refusé, affirmant que cette partie de sa vie était désormais derrière elle. Si elle était désireuse d'aider les femmes qui en avaient besoin, elle préférait éviter ce rappel de l'épreuve qu'elle avait traversée. Elle avait besoin d'aller de l'avant dans la vie. De plus, elle voulait pouvoir se confier à ses enfants au moment qu'elle aurait choisi, et non parce qu'ils auraient vu une pancarte à son nom.

Lorsque les photographes eurent achevé leur travail, Zeke se pencha vers elle pour lui murmurer à l'oreille :

— Tout va bien ?

Lindy pivota vers lui.

— Parfaitement. Je t'aime, Zeke.

— Moi aussi, je t'aime.

Elle regarda sur le côté, au-delà du porche, où de grands magnolias en fleur bordaient la route aussi loin que portait le regard, magnifiques.

— C'est l'époque de l'année que je préfère, dit-elle.

— Ah ?

— Hum, fit-elle, les mains réunies sur son ventre, c'est le moment idéal pour être enceinte.

Elle avait prononcé ce dernier mot comme si elle le savourait.

— Je ne savais pas qu'il y avait une époque idéale pour ça.

— Il n'y en a pas, concéda-t-elle, mais j'adore voir les magnolias en fleur.

Il l'embrassa sur la bouche.

— C'est toi qui es resplendissante. Tu rayonnes.

Il lui avait demandé d'arrêter son travail au centre jusqu'à la naissance du bébé, mais à sa façon tranquille, Lindy lui avait répondu qu'elle avait besoin de mener cette action. Besoin de continuer ce qu'elle avait entrepris à son retour à Savannah. Elle avait promis de ne pas se surmener et de faire une pause lorsqu'elle atteindrait le septième mois de grossesse.

Il n'avait plus qu'à lui faire confiance. Et il avait confiance en elle. Elle voulait cet enfant autant que lui. Daisy aussi, qui était très impatiente de connaître son petit frère.

— Tes parents nous attendent chez eux à quelle heure ? demanda-t-il tandis que l'assistance se dispersait.

Lindy leva les yeux vers lui avec un sourire coquin.

— Pas avant 18 heures. Pourquoi ? Tu as une idée en tête ?

Il n'avait rien prémédité jusqu'à ce qu'elle prononce ces mots. Mais il ne fallait pas le pousser beaucoup pour que ses idées prennent un tour sensuel et amoureux, désormais. D'ailleurs, Lindy n'avait rien à lui envier sur ce plan.

— Toujours, dit-il en consultant sa montre. Il est 15 heures. Ça suffira, tu crois ?

Elle se mit à rire.

— Tu es bien ambitieux, aujourd'hui !

— Je suis ambitieux tous les jours, en ce qui te concerne.

— Dans ce cas, je vais t'aider à réaliser tes ambitions.

Elle se haussa sur la pointe des pieds et lui octroya un baiser langoureux.

Il s'écarta, le souffle court.

— Nous ferions mieux de partir si nous voulons rentrer à temps. Avec un peu de chance, il n'y aura pas d'urgences.

— La seule urgence pour le moment, c'est moi, dit-elle en lui ébouriffant les cheveux.

Il lui prit les mains, déposa un baiser au creux de ses paumes puis l'entraîna vers le parking.

Il avait hâte d'arriver chez eux pour lui prouver à quel point elle comptait pour lui et lui promettre à nouveau d'être le meilleur époux possible. Car Daisy, Caleb et elle méritaient ce qu'il y avait de mieux, et il y veillerait chaque jour de sa vie.